悬爱
-03-

徐徐图之

翼苏 / 作品

贵州出版集团
贵州人民出版社

图书在版编目（CIP）数据

徐徐图之 / 翼苏著. -- 贵阳 : 贵州人民出
版社, 2016.12（2020.3重印）
ISBN 978-7-221-13784-5

Ⅰ. ①徐… Ⅱ. ①翼… Ⅲ. ①长篇小说－中国－当代
Ⅳ. ①I247.5

中国版本图书馆CIP数据核字(2016)第292010号

徐徐图之

翼苏 著

出 版 人	苏 桦
出版统筹	陈继光
选题策划	胡晨艳
责任编辑	徐楚韵
特约编辑	菜秧子
流程编辑	唐 博
装帧设计	刘 艳 米 籽
封面绘画	Haru
出版发行	贵州人民出版社（贵阳市观山湖区会展东路SOHO办公区A座 邮编：550081）
印　刷	三河市华东印刷有限公司
开　本	889×1194毫米 1/32
字　数	267千
印　张	9
版　次	2017年1月第1版
印　次	2017年1月第1次印刷 2020年3月第2次印刷
书　号	ISBN 978-7-221-13784-5
定　价	45.00元

目录

Contents

Contents

目录

1
粽子与鸡排

1月中旬的 S 市进入了一年中最冷的时期，从南方回来刚下飞机的徐缓缓只好把带的衣服一件件往身上套。她把羽绒服的帽子罩在头上，长长的围巾又绕了好几圈，直到把眼睛以下全部裹住，已经裹成了个粽子的她这才稍稍缓了过来。

下了出租车，徐缓缓拉着行李箱正准备往警局里走，突然瞥见旁边一家新开的鸡排店，刺骨寒风中依旧有不少的人在排队。

"生意这么好应该很好吃吧。"徐缓缓捂着咕咕叫着的肚子，直勾勾地看着广告牌上的爆浆鸡排，脚步不由自主地往那里走去。

她拉着行李箱排到了队伍的末尾，歪着头看着前面的人点单。

鸡排的香味慢慢传了过来，徐缓缓狠狠一吸，结果吸了一鼻子的毛线。

刚等了几分钟，放在口袋里的手机振个不停，她拿出来看来电显示，顺便看了看时间。

"哎呀。"她脱了手套赶紧接了起来，然后把手机塞进了围巾里，"喂。"

"徐小姐，你现在到哪里了？"

"唔，我已经在警局门口了。"

徐缓缓挂了电话，歪着头看了一眼还有三四个人的队伍，她皱了皱鼻子，看来只好等下再来吃了。离开之前，她拉下围巾吸了吸鸡排的香气，眼神突然变得坚定起来，她一仰头拉着行李箱头也不回地走了。

鸡排，我们下次再约！

到了警局的门卫室，徐缓缓说了自己的身份后，男警员便带着她往里走，还客气地帮她拉了行李箱。

进了室内，暖气舒服得让徐缓缓叹了口气，她把脖子上的围巾绕了下来，拉下了帽子，脱了最外面的长羽绒服和一件马甲。

带徐缓缓到刑侦队办公室门口的男警员一回头，突然发现她小了一大圈。

徐缓缓对着有些疑惑的男警员咧嘴一笑："谢谢了。"

"是徐小姐吗？"

听到声音的徐缓缓扭头一看，一个穿着警服高大健硕的男人向她走了过来。

"嗯，我是。"随着他越走越近，身材娇小的徐缓缓只好把头越抬越高，才能看到对方的眼睛。

好……好高啊！

"我是刑侦队的高临，辛苦你了。这次实在是碰到棘手的嫌疑人了，被抓回来之后一个字都不肯说。"

徐缓缓跟着高临进了办公室，她把行李箱放在角落里，脱下的外套罩在上面，用皮筋随意扎起了自己的头发，然后接过了高临递来的案件资料。她抿着嘴唇从最上面开始扫到了最下面，立刻翻到了下一页，一分钟的时间，她看完了所有的信息。

徐缓缓把资料递还给高临，抬头时在对方脸上看到了些许意外的表情，慢吞吞地道："我要看之前审讯的录像。"

在电脑后面的技术员周齐昌一听便提醒："可他一个字没说。"

徐缓缓耸了耸肩，无所谓地道："没事，不用他说话。"

等她坐在电脑前看了一眼整个审讯录像的时长，她眨了眨眼睛，抬头一脸期待地看向高临："那个，趁着这段时间，能不能帮我订个外卖，就附近那家鸡排店。"

"呃，好的。"这点要求高临自然是没问题，还拿来了外卖单。

可听徐缓缓报完要点的东西后，看着她的体形，他不确定地问："这些你一个人吃？"

"嗯，对啊。"她肚子真的饿了。

等快进着看完了审讯录像，外卖也到了。高临拿着一大袋鸡排和一杯饮料进来的时候，看见徐缓缓眼睛明显一亮，抿着嘴唇笑了起来。

高临和自己的队员看着徐缓缓抱着这袋鸡排，手里拿着大杯饮料，嘴里含着吸管，提着笔记本电脑就这么独自走进了审讯室。

在审讯室里，靠在椅背上坐着一个三十多岁的男人，剑眉小眼，眼中带着狠色，他抖着腿看着审讯室的门打开，嘴角一侧上扬，露出一个轻蔑的表情。不过随即就变成了疑惑，因为王成发现进来的不是穿着制服的警察，而是一个身材娇小的女孩，看上去二十左右的模样，年轻稚嫩，而且空气中还飘来鸡排的香味。

他拧着眉头看着女孩把怀里的袋子和饮料放在桌上，然后把笔记本电脑也放了上去。她在他对面坐了下来，打开了笔记本电脑，整个脑袋便完全被挡在了后面，全程都没有看他一眼。

王成就这么看着，他心里琢磨着对方想干什么，然后等待着她开口。

几秒后，她从袋子里拿出了一块鸡排；

几分钟后，她又从袋子里拿出一盒鸡块；

又过了几分钟，她又拿出了一盒薯条，倒了番茄酱在上面。

整整半个小时，王成就这么看着那个原本被装满了的袋子渐渐瘪掉。吃完最后一根薯条后，她拿出纸巾擦了手，喝了一大口饮料。

王成听到她清了清嗓子，脸上马上露出了讥笑，他倒想看看她在玩什么把戏，问的第一个问题会是什么。

"嗒嗒嗒……"

然而接下来的时间，除了敲击键盘的声音和喝饮料的声音之外，再没出现第三种声音。

完全被漠视的王成胸口剧烈地起伏着，呼吸开始急促，他嘴唇上翻，露出愤怒厌恶的表情，吼了出来："你到底在干什么？！"

听到声音几秒过后，徐缓缓才歪着头从电脑后面探出头，慢吞吞地开口："嗯？打扰到你了吗？我在写小说，言情小说。"

王成恶狠狠地质问她："你不是警察吗？"

徐缓缓摇了摇头："不是啊，我只是在这里等人，没有别的房间了，他们就让我到这里来了。"

"嘀！"王成冷笑着道，"他们不是让你来打探的吗？"

徐缓缓眨了眨眼睛，大而明亮的眼睛让她天生一脸无害的模样。

"我就是个写小说的，那个，你要是无聊，可不可以帮我看看我这章写得怎么样？我读者太少了……"提到这事，徐缓缓在心里暗暗叹了口气，她的小说什么时候能火啊？！

"啪！"

正郁闷的徐缓缓被他拍桌子的声音吓得缩了缩脖子，她委屈地嘀咕："你要是不愿意就算了。"

王成懒得跟她废话："搞什么鬼！那帮条子呢？"

"在忙大案子呀。"徐缓缓把笔记本电脑合上，脑袋往前凑，压低声音紧张兮兮地道，"好像是特大连环杀人案吧，别说刑侦队了，全局的人都在查！"

徐缓缓看着王成前额紧皱，呼吸急促，脖颈处的青筋暴起，突然叹了口气："你是在等着他们审问吗？那这几天估计是不行了吧，毕竟……"

王成："我杀了三个人！"

徐缓缓："我写了四本书。"

王成冷笑了一下，抬起下巴道："还有一条人命在我手里，他们不管那个孩子的死活了吗？！"

徐缓缓露出吃惊的表情："孩子？在哪里啊？"

王成轻蔑地笑了，一脸笃定："嘀，当然是谁也找不到的地方。"

话音刚落，徐缓缓开了口："阁楼里啊。"

王成讥笑的表情一僵，瞳孔猛地收缩了一下："不……"

徐缓缓抬起手，食指放在嘴唇上做了一个嘘声的动作："你家……哦，不，工厂？"

"唔……"王成脸部肌肉的反应让徐缓缓眯起了眼睛，她的脸上再次露出了那种看到食物的愉悦表情，"对了，你工作的工厂附近……"

他露出一瞬间的错愕紧张，接着又恼怒起来，抬高嗓音掩饰着内心的慌乱："你放屁！"

徐缓缓伸出手指着他的脸："可是你自己告诉我的，用你的表情。"

王成怒目圆睁，要不是被手铐铐着，他一定会冲上去掐死她。

徐缓缓站了起来，俯视着他，语气缓慢而平静地开了口："你是不是觉得杀了人很厉害？"

她摇了摇食指，微微眯起了眼睛，压低声音道："并没有，你只是个从头到尾被我耍了的失败者。"

接着，徐缓缓在王成的怒吼大骂声中收拾完东西，慢慢挪出了审讯室。

高临等在门口，看到她出来便接过了她手里的笔记本电脑："我已经派人去查工厂附近有阁楼的出租房，他应该是最近临时租的，这样很快就能找到被绑架的孩子了。"

"那就好。"

高临对她的成果既佩服又意外："我们几个人轮流审问，他之前明明一个字都不说，为什么你进去反而……"

徐缓缓的语速就像她的名字一样慢："因为他想得到关注，你们在审讯他的时候，他脸上最多的就是得意、蔑视的表情。我就知道他享受这样的状态，他觉得只要手里有了人质，警察就会妥协和他谈判，于是他就保持沉默让你们干着急。所以一旦他发现自己被漠视了，他就会很愤怒，会急切地想要说出来，重新引起关注。"

她只是通过观察抓住了他心理的弱点，击破起来就容易多了。

高临听后恍然大悟道："所以你才带吃的进去，又在他面前装作玩电脑。"

徐缓缓抬头看着高临，一本正经而严肃地颔首道："嗯，就是这样。"然而她却有些心虚，其实她带东西进去就是为了吃，还有她在里面确实写了几百字的小说。

"可你是怎么知道他把孩子关在阁楼的？"对于这点，高临并没有想明白，明明王成对此什么都没说。

徐缓缓解释道："我问他孩子在哪儿时，他的视线明显向上看着，所以是在高处，我就猜了一下，他马上紧张了，证明我的猜测是对的。"

"原来如此。"徐缓缓说得轻巧简单，但高临知道这可不是什么人都能从中看出端倪的。

之后高临特意派人送徐缓缓回家，又重新裹成粽子的她心安理得地接受了。下了车，她又拉着行李箱慢悠悠地走进了所住的大楼。

刚走进去，徐缓缓发现电梯门快要关上了，不想再等的她加快了脚步，行李箱的轮子在地上发出摩擦声。

"麻烦等一下。"徐缓缓伸出手，在还有几步时，她从还未完全关上的电梯门里看到了里面站着的身形修长的男人，他穿着黑色的羽绒服，俊美白净的脸上是如同雕刻般精致的五官，浑身散发着高傲禁欲的气息。

徐缓缓嘴巴微张，伸出的手还停在半空中，然后就这么看着门缓缓合上。

Oh no！

"……"徐缓缓的手和头无力地垂了下来，在认命地按了按钮以后，她咬着嘴唇回忆起刚才的那一幕，那个清冷漠然的眼神，分明是看向自己的。

徐缓缓微微鼓着腮帮偏头看着不断上升的数字，最后停在了"12"。

"哎？"那个男人居然是她的邻居吗？

2、
八宝鸭与红烧肉

关于那个冷漠的男人是不是她邻居的问题徐缓缓没想多久，坐电梯到了12楼，毕业之后她就一个人住在这里，家里不算乱，当然也不能算干净。

换了厚厚的家居服后，她从行李箱里拿出了笔记本电脑，其他的东西一概没理，泡了杯奶茶，便打开了文档。虽然在审讯室里写了几百字，但她今天的更新还没写完呢！

作为一个几乎日了两年的勤奋作者，徐缓缓看着她的读者数量和收益，默默地汗颜了一把。还好这不是她的正经职业，不然说不定哪天连奶茶和泡面都买不起了。

总算写完了三千字，徐缓缓来回看了两遍，发到网上之后便幸福地在床上滚了两圈，这大概是她一天中最有成就感的时候了。

等从床上爬起来，她才发现手机里有一条新短信。

"徐缓缓，明大的同学聚会你答应过我一定会来的，十二点聚丰酒店302包间，别忘了啊！"

这是毕业之后第一次办初中同学聚会，徐缓缓对见那些同学兴趣不大，却对聚丰酒店很感兴趣，那里的八宝鸭和红烧肉是特色，她之前去吃过一次，就一直念念不忘。于是在对方的坚持下，对于美食诱惑抵挡不住的徐缓缓答应了下来，反正她就是过去吃的。

第二天，磨蹭了许久的徐缓缓在十一点不到时总算爬了起来，洗漱打扮之后，背着包带着空空的肚子出了家门。

十二点整，徐缓缓到了聚丰酒店，服务生带着她到了302包间。

往里一看，她估摸了一下人数，已经来了三十多个人，那时候他们班一共三十六个人，也就是说人基本到齐了。

大家怎么都来得这么早啊？

怀着这样心情的徐缓缓走了进去，大家都在三三两两地聊着天，非常热闹。

"这是？"原本想直接走到角落沙发那儿的徐缓缓被这一声叫唤打乱了计划，她只好停了下来，伸手和他们打了招呼。

"是不是徐缓缓啊？"长着一张娃娃脸的徐缓缓现在的模样几乎和初中时期没什么大变化，以至于一个女生立马认出她来。

"徐缓缓？"听到她的名字，一时间几乎所有人的视线都集中到了她的身上。

徐缓缓扫了一圈，收集着他们脸上的表情——轻蔑的、惊讶的、看好戏的都有，这些不算友善的表情她忽视不了，就像是一种条件反射一般自动传输到大脑里。

"真的是徐缓缓啊，我还以为你不来了呢。"

徐缓缓露出一个无害的微笑。

"还好你来了，我们都惦记着你呢。"

她认出对方是韩雯英。徐缓缓看着她脸上的笑容，确切地说是假笑，一个一秒都不到的讥笑，配合着这个表情，她这句话实际表达的意思就是："还好你这个垫底的来了，不然我们少了好多乐趣呢，呵呵！"

和韩雯英关系很好的一个漂亮女生也开了口："是啊，徐缓缓，你过得怎么样啊？做什么工作啊？"

透过对方轻蔑而期待的眼神，徐缓缓一秒读出她其实真正想说的是："赶紧告诉我们你过得有多糟糕，工作有多烂吧。"

初中的时候，徐缓缓反应慢，理科次次倒数，那时候同学们看不起的不是不好好学习的人，而是"脑子笨"的人，因此徐缓缓被排挤了。但是因为她反射弧长，也就没心没肺地读完了初中，并没有造成什么心理阴影。

可现在，她当然看得一清二楚，也知道他们希望从她嘴里听到什么，她开了口，说了两个字："老师。"

话一出口，徐缓缓自然在他们脸上看到了不可置信的表情和怀疑的眼神。

"老师？"

"初中老师？"

徐缓缓："不是。"

"幼儿园老师？"

徐缓缓："不是。"

"啊……"众人内心想：小学老师啊？

"教语数英的？"

徐缓缓："不是。"

"啊……"众人内心又想：副课老师啊？

结合起来就是小学副课老师，众人心想对于徐缓缓来说已经是个不错的职业了，毕竟是这么一个脑子笨的人。

徐缓缓没有做任何解释，在他们面前她不想废话，随他们怎么猜想，反正她说的每一个字都是真话。

发现徐缓缓的生活和工作似乎没有他们想象中的那么糟糕，他们也对她没了兴趣。某个男生转移了话题，大家也就又开始聊起了别的。

多年未见的同学聚会无疑是炫耀自己工作和对象的最好时机，徐缓缓默默地坐在椅子上，起初还饶有兴致地看着他们的表情和肢体语言，在内心拆穿着他们蹩脚的谎言，然而看着看着她就饿了。

怎么还不上菜啊？！我的八宝鸭！我的红烧肉！

徐缓缓生无可恋地闭上了眼睛。

坐在徐缓缓旁边的是一个比较内向的男同学，看到她的表情，便问："你怎么了？"

徐缓缓有气无力地道："看饿了。"

"……"

周围的人还在聊天："今天我们班的人是不是都到齐了？"

一个女生突然叫道："还差徐靖呢。"

旁边的女生马上附和："对啊，他怎么没来？班长你通知他了吗？"

班长李旭干巴巴地道："通知了，人家不来。"

周围一些精心打扮的女生一阵失落，那可是当时他们学校的校草，学霸级的人物。

其他女生念念不忘的名字，对于徐缓缓来说却有些陌生，她开始怀疑自己的记忆力出了问题，便问旁边的男生："徐靖是谁？"

"初一初二他是数学课代表，初三是物理课代表，你不记得了吗？"

"哦，难怪不记得。"上学时与理科有关的东西她都会选择性遗忘，包括课代表。

"……"

两次交流都不太顺畅，于是对方放弃了。

菜陆续被服务生端了进来，徐缓缓默默拿起筷子吃着菜，或者和周围的人碰碰杯子。吃到了想念已久的八宝鸭和红烧肉之后，徐缓缓心满意足了，同学聚会算是没白来。

吃完饭，众人商量着去KTV继续下一场，五音不全的徐缓缓自然没有兴趣，便去和班长说了声有事要走了，大家对她没了兴趣自然不会留她。于是，徐缓缓头一个撤了。

她刚出包间门，旁边正巧走来一个人，还好对方反应迅速，才没撞上。

"不好……"徐缓缓刚想抬头道歉，却发现差点撞上的是昨天才见过的人。

刑侦队队长高临低头看着她，自然也认出她来。

"徐小姐，不，"他想到了什么，立刻改了口，"徐教授。"

跟在徐缓缓身后出来准备去洗手间的班长李旭听到这个称呼震惊了，徐……徐教授？！

高临继续道："听局长说了我才知道，你是天何大学的客座教授。"

客座教授？！李旭内心是崩溃的，这和小学副课老师差距也太悬殊了。

"不用叫我教授。"徐缓缓还没习惯这个称呼。

高临没有勉强，提议道："那徐顾问如何？"

徐缓缓点点头。

高临注意到她背着包，看了一眼身后的包间："准备回家了？我送你吧。"

徐缓缓没有拒绝，正要离开时余光看到了站在一边呆若木鸡的李班长，她回头对他挥了下手："班长再见。"

她看到了对方脸上的尴尬和不可置信，没等他说什么便跟着高临走了。

出了酒店，到了高临的车旁，徐缓缓习惯性地打开了车子后座的门，因为她觉得副驾驶可能放了包。然而等她一坐进去，却发现旁边还坐着一个男人。

徐缓缓的视线从这两条大长腿往上移，看到他脸的同时，对方也正好偏头看向她，如雕刻般的五官，高傲的表情，眼神冷峻带着一丝……嫌弃。

"电梯……"徐缓缓马上认出他就是昨天那个在电梯里的冷漠男人。

对方一个字都没说，仿佛懒得看她第二眼一般移开了视线。

高临上车后，对徐缓缓道："徐顾问，这是徐靖，我们队里的法医。"

徐 jing……物理课代表也叫徐 jing，是同一个字吗？

"徐靖，这位就是我昨天和你提过的徐顾问，徐缓缓。"

徐缓缓看到徐靖听到她的名字后，用余光瞥了她一眼。

高临问了她的地址，听到后十分惊讶，细问之后更加觉得神奇："你们居然住同一层楼啊，真是巧。"

一路上，只有高临和徐缓缓时不时聊了几句。旁边的徐靖全程闭着眼睛纹丝不动，要不是他的颜值和身高太难让人忽视，简直就像不存在一样。

半个多小时后，车开进小区，在他们所住的那幢楼前稳稳停下。

"走了。"

原来他会说话。

这是徐缓缓第一次听到徐靖的声音，低沉迷人的嗓音，然而语气和他外表给人的感觉一样，冷漠中带着疏离。

分析完声音的徐缓缓和高临道别后下了车，关上车门转身一看发现已经看不到徐靖的人影了。

唉，腿长就是好啊！她感叹着，抬脚走上了楼前的台阶。

电梯前，徐缓缓看着徐徐往下降的数字，瞥了一眼徐靖，慢吞吞地开了口："你是不是晕车？"

徐靖微微偏头睨着她，从他的表情中徐缓缓知道自己猜得没错，看得出对方不想说话，她只好自己接了下去："哦，看来是晕车。"

这时，电梯到了一楼，门打开，徐靖抬脚走了进去，徐缓缓也跟着进了电梯。

徐靖抬手按了"12"，时间很短但足够让手控的徐缓缓看清楚。

指骨分明，是双美手。徐缓缓突然发现无论是颜值、身高、气质，徐靖简直就是言情小说中男主角的标配！

看电梯门还没关上，徐缓缓便伸出手按了关门的按钮，她想起了昨天的事，咬了咬嘴唇问了出来："徐先生，昨天你在电梯里分明是看到我了吧？"

"看到了。"

居然承认了……很好。

"那为什么不能按一下按钮等我一下呢？"

"麻烦。"冷漠的声音又传了过来。

"麻烦？"徐缓缓看着前方，电梯门映出他们的身高差，她实在不理解徐靖的意思。"就只要抬手按一下啊。"她说着自己做了一遍这个动作。

"抬手需要肱二头肌、肱三头肌、三角肌等肌肉群体相互配合才能完成，再加上按按钮，就需要更多，这种运动没有必要发生的意义。"徐靖解释完后，电梯门恰好打开，他大长腿一迈，走了出去，留下了一脸蒙了的徐缓缓。

只知道腹肌的徐缓缓只觉得听到了一堆肌……

蒙了的徐缓缓差点被关在电梯里，她赶紧按了按钮，不知为何感觉好像做了一个很了不得的运动。

走出电梯，她往自己家门口走，看到了正准备关上的1202室的门，她扭头看着正对面的1201室，默默拿出了钥匙。

到家后不久，徐缓缓接到了她爸的电话。

"喂……"爸爸两个字还没叫出口，激动的徐爸爸就在那头叫道："缓缓啊，你肯定想不到我现在在哪里！"

徐缓缓："日本啊。"

徐爸爸震惊："你怎么知道的？缓缓你现在已经厉害到了这种程度了吗？"

"……"她都听到那边周围人在说日语了。

"我现在在东京啊，准备玩个七天再回家。"

"好好玩，爸，你帮我买点……"

"就是打电话跟你说一声，就这样我去玩了，再见啊，缓缓！"

"爸，吃的……"

回应她的只有电话挂断的声音。徐爸爸年轻的时候就性子急，所以给她取名缓缓，就是希望她能慢一点。徐缓缓也如同徐爸爸期望的那样，性子慢吞吞的，简直和他是两个极端，于是徐爸爸忍到她大学毕业，把她赶了出去，自己去旅游了。

放下手机，徐缓缓打开电脑，开始查看上一章的留言。

评论（3）

读者一：撒花！

读者二：感觉男主好没存在感……

读者三：同意楼上，之前就觉得，作者写变态都超级带感，但是男主好弱的感觉，像背景板一样。

徐缓缓默默流泪，因为她日常接触的都是嫌疑犯，揣摩他们的心思就像家常便饭，而男主……她没有机会接触啊！

徐缓缓郁闷地把脑袋搁在桌子上来回滚。

滚到第四圈，她突然停了下来。

等一等……她扭头看向了门口的方向，眼睛噌地放了光，对面的1202不正住着一个几乎具备了言情小说中男主所有特点的男人吗？

忍不住为自己的机智点赞的徐缓缓抿嘴一笑："嘿嘿嘿……"

看完了读者留言，徐缓缓看了一眼时间，已经五点半了。她摸了摸有些饿的肚子，走到厨房翻了翻专门放泡面的柜子，才想起来最后一包昨天被她当夜宵吃掉了。她又打开冰箱，里面除了几个鸡蛋和一些果酱，什么吃的都没了。

徐缓缓满脸悲伤地关上了冰箱门，把自己裹成粽子后拿着钱包出了门，然而走到电梯时，却发现电梯好像坏了。

徐缓缓："……"

一张生无可恋脸。

难道她要从十二楼下去，然后再爬十二楼上来吗？

徐缓缓走到楼梯口，正在纠结着是下去还是不下去的哲学问题，正好看到了拎着袋子走上来的徐靖。

徐缓缓看着他，然后瞄着他手里的袋子。

嘿嘿嘿，素材和食材一起出现了。

即使刚爬了十二楼，徐缓缓却并没有在他身上看出疲惫，俊朗的脸上依旧是冷漠而睥睨一切的表情。

徐靖瞥了她一眼，没打招呼，直接从她身边走过。

徐缓缓赶紧跟上，还是没赶上刚爬了十二楼的大长腿。

徐缓缓看着他高大挺拔的背影，迈着紧凑的小步子，跟着他到了家门口，叫了他一声："徐先生。"

正准备开门的徐靖停顿了一下，偏头用余光看她一眼："什么事？"

徐缓缓低着头可怜巴巴地开了口："我家里没吃的了，电梯又坏了，能不能让我蹭一顿晚饭？我肚子好饿。"她极力表现得更可怜一点。

不知是不是徐缓缓的语气太可怜了，一直以来给人冷漠形象的徐靖把袋子敞开，很大方地道："你要什么食材？"

"有方便面吗？"徐缓缓脑袋往前凑，努力找寻着她心爱的袋装食品。

听到方便面，徐靖拧了下眉头，抬起头的徐缓缓从他的表情中读出了"我怎么可能会买那种垃圾食品"的浓浓嫌弃。

徐缓缓替方便面觉得委屈，决定退而求其次："那有微波炉方便食品吗？"

然后徐缓缓第二次读出了嫌弃的表情，她再次低下头："哦，没有啊。"

接着徐缓缓听到了从头顶上方传来的一声轻叹，清冷的嗓音中带了一丝无奈："算了，我做好之后分你一份。"

抬起头的徐缓缓眼睛里闪着星光："真的吗？谢谢！"

徐缓缓表情变化如此之快，让徐靖马上意识到了什么。

"你是不是就等着我说这句话？"

"对啊！"

本以为她会否认的徐靖一愣，把准备说出口的那句"撒谎"咽了下去，他看着眯着眼睛满足微笑的徐缓缓，扯了下嘴角。

是啊，他怎么忘了她本就不会撒谎？

与此同时，徐缓缓低着头在心里暗暗谋划着，这样一来她就可以跟着去他家，观察一下男神的家是怎么样的。吼吼吼，还可以看他是如何烧菜的，更重要的是她的晚饭解决啦！

心里美滋滋的徐缓缓一抬头。

"砰！"

1202 室的房门就在她面前关上了，微风带起她的头发向后扬起，然后落下。

"……"

这和说好的剧情不一样啊喂！

徐缓缓只好揉着肚子打道回府，她回到房间，脱掉厚重的外套坐在电脑前，一封新的邮件从右下角跳了出来。

点开邮箱，收件箱里所有的邮件都来自同一个人，从一年前到现在整整 80 封。打开最新一封邮件，内容是一首简短的外文诗，她扫了一眼关掉了。

徐缓缓把脑袋轻轻搁在桌子上，唉，肚子更饿了。

半个小时后，门铃响了。

徐缓缓立马从椅子上跳起来，以她有史以来最快的速度冲到了门口，门外站的自然就是徐靖。

脱了外套的徐靖穿着一件浅灰色毛衣，减弱了他那种冰冷不易接近的气息，身上还系着黑色的围裙，看上去一点都不违和，反而衬托出一种独特的感觉。

向来只关注美食的徐缓缓忍不住打量了他一番，最后才注意到了他手里端着的黑色饭盒。

"喏。"徐靖把饭盒递给她。

"谢谢，我会好好吃的。"徐缓缓开心地接过饭盒，饭菜的香味溢了出来，被美食勾引的她一时间忘了眼前的美色。

"砰！"1201室的房门被直接关上了。

被关在门外的徐靖就这么一动不动地站了几秒后，转身往对面走，他打开没锁的房门，一只白色的猫咪蹲在门口，看到他回来抬起头"喵"了一声。

徐靖俯身用手揉了揉它的脑袋，猫咪舒服得眯起了眼睛在他手心里蹭了蹭。"开饭了。"

此时的徐缓缓把饭盒拿到餐桌上，迫不及待地打开。

这么短的时间就烧好了一荤两素，荤的竟然还是她爱的糖醋小排！

徐缓缓凑近狠狠吸了吸香气，拿起筷子夹了一块塞进嘴里嚼了嚼，她满足得眯起了眼睛，太好吃了！

就这样，徐缓缓吃掉了所有的饭菜，连一粒米饭都没剩下。

吃饱的徐缓缓去厨房把饭盒里里外外洗了个干干净净，然后拿着饭盒出了门，按了对面的门铃。

等门打开后，一看到徐靖的徐缓缓立马感激地说道："太好吃了，谢谢！"

"没事。"徐靖伸手接过饭盒，脸上露出了一丝不易察觉的得意。

为了更直观而强烈地表达自己的感受，徐缓缓又继续一脸真诚地说道："简直比我半夜里看剧饿了时煮的方便面还好吃！真的！"

徐靖："……"

徐缓缓看着那扇门第二次在她面前关上，她回想起对方有些不快的表情，歪着脑袋想：难道是我表达得不对吗？这对我来说可是最高评价了呀！

徐缓缓晃着脑袋往回走。

唉，男神的心思猜不透啊，猜不透。

3
流沙包与港式奶茶

周二，不久前才被聘为客座教授的徐缓缓去天何大学开讲座，这也是她第一次开讲座，内容是关于微表情，时间定在下午两点。

向来不会早到的徐缓缓难得中午就到了学校，为的是去附近一家大学时最爱的茶餐厅吃东西，凤爪、虾饺、流沙包、肠粉、港式奶茶……徐缓缓把爱吃的都买了一份，一个人心满意足地饱餐一顿后，还把没吃完的打了包才慢吞吞地走向大礼堂。

走在校园里，长着一张娃娃脸的徐缓缓混在学生堆里毫无违和感，和她一路的学生似乎都是去大礼堂听讲座的，陆陆续续，数量不少。

"这讲座是哪个教授讲的啊？"

"说是徐教授。"

"是不是心理学系那个秃顶的徐教授？"

徐缓缓跟在几个正在讨论自己的学生身后，默默摸了一下自己的头顶。

等到了大礼堂，在后台做准备的徐缓缓探出脑袋一看，偌大的礼堂居然已经快坐满了。

徐缓缓忍不住拍着胸脯点头感叹："看来我的号召力不一般啊！"

"是学分的号召力不一般。"

"哎？"徐缓缓偏头一看，发现说话的是宋教授，她这才意识到刚才把心里想的一不小心说了出来。

将学生心思猜得透透的宋教授笑着调侃道："你忘了？你们当年来听

讲座不也是为了学分。"

被泼了一盆冷水的徐缓缓叹了口气，整理了一下衣服走上了台。

中年秃顶的资深教授和一个长相稚嫩的年轻人的反差无疑是剧烈的，以至于徐缓缓走到话筒前时，在座的学生都以为上来的是个同龄的校友，不过是来介绍这次讲座的教授的。

站在已经垫高了的讲台上，徐缓缓还是调低了话筒的高度，她清了清嗓子，依旧保持着日常的语气和语速："同学们好，我是这次讲座的主讲人徐缓缓，是一名测谎师。"

她说完就停了下来，因为照例下面的人肯定是要鼓掌的，然而巨大的反差让在座的学生们都没反应过来，好几秒过后依然没一个人鼓掌。

徐缓缓看着前排学生几乎一致的表情，决定给他们一点接受的时间，虽然内心有点忧伤。

唉，她怎么会说出自己号召力不一般这种话呢？！

不知道是谁第一个带头鼓了掌，接着越来越多的学生也开始鼓掌，但脸上惊讶、疑惑的表情依旧没有改变。

总算是听到了大多数人的掌声，徐缓缓决定改变一下讲座的方式。

于是她缓缓开口道："如果对我或者我的职业有疑问的话，大家可以先提问，我都会解答。"

"老师，你从事这个行业几年了？"

"两年了。"

"老师，你是用测谎仪来测谎吗？"

"不是，我是通过微表情来测谎的。"

学生们提出的问题都很客气，直到："那既然已经有测谎仪了，为什么还要人去测谎？不会多余吗？"

听到这个问题，徐缓缓微微眯起了眼睛，看向了提问者，嘿嘿，她就知道会有人问这个的。

提问的男学生坐在最前排，他几乎是准时到这里的，因此后面没有了座位，他才迫不得已地坐到了前排，这个细节徐缓缓自然注意到了。

"虽然说测谎仪是一个伟大而实用的发明，但是它不是万能的。它是一台机器，所以就存在着漏洞，而测谎师就是要弥补这些漏洞。"徐缓缓简单解释了一下。然而她从那个男学生的表情中看出他并不相信，而就是这几分钟的观察可以看出：如果不让他自己来体会一下他是永远不会相信的，于是她提议，"这位同学想要来实际感受一下吗？"

男学生表示愿意，测谎仪很快准备好了，但是徐缓缓并不打算让他作为被测者。

"你来当测谎者，我来当被测者，你可以先问……"

男学生叫董毅俊，他直接打断了徐缓缓的话："我知道测谎的程序。"

"好，那你开始吧。"

董毅俊先问了两个基础问题作为标尺，然后正式开始了测谎："你的名字叫徐缓缓？"

徐缓缓眼睛都不眨一下，直接否认："不是。"

测谎仪显示她并没有撒谎。

不仅仅是董毅俊，在台下坐着的人都满脸惊讶，因为她刚才介绍自己就叫徐缓缓。

董毅俊拧紧了眉头，但他觉得肯定是她之前就撒了谎，便继续问："你是女的？"

徐缓缓微微摇头："不是。"

测谎仪依旧显示她没有撒谎。

台下的学生已经倒吸了一口凉气。

"你的头发是黑色的吗？"他的语气开始急促起来。

"不是。"

测谎仪显示的结果让董毅俊的额头已经微微冒汗，因为紧张脸也开始发红："那我是男的吗？"

"不是啊。"徐缓缓依旧轻松地否定着所有事实，但是让人震惊的是测谎仪依旧显示她没有撒谎。

"可以了吗？你看，我骗过了测谎仪，但是如果你观察我回答问题时的微表情，就可以看出我完全在撒谎。"徐缓缓拿着话筒面向学生们又强调了一下，"当然，我不是在否定测谎仪，而是在演示使用仪器的这个过程中会存在很多的不确定性，如果嫌疑人掌握了一些方法，他完全可以通过测谎，就像我这样。"

等徐缓缓一说完，台下的学生纷纷开始鼓掌，表情已经不再是疑惑，而是赞赏。

徐缓缓放下话筒对着因为丢脸而满脸通红的董毅俊道："谢谢你的配合，让你不高兴的话，我可以帮你签个名。"说完她也不是很确定地道，"呃，如果你想要的话。"

"什么？"董毅俊皱着眉头，一副不知道她在说什么的表情。

徐缓缓指了指他位置上放着的那本《犯罪师》："你刚才看的那本书是我写的。"

"你是慢三？！"董毅俊震惊了，他最喜欢的畅销作家居然就在他面前，而且还是个女的？！他一直以为作者是个男的。

"是我的笔名。"徐缓缓有两个笔名，一个笔名是用来在网站上写言情小说的，还有一个笔名是混出版界的，就是慢三。

徐缓缓看着他不断变化的表情，抬起手，食指在嘴唇上点了两下，表情严肃地轻声道："保密哦。"

董毅俊立马狂点头："好，好！"

等董毅俊下了台，徐缓缓重新走到讲台上，她拍了下手表情愉悦地看向他们："好了，那现在正式开始这次的讲座吧。"

坐在后排的徐靖看不清她的表情，但能从她的语气中感受到她此刻的愉悦心情。他今天原本是在附近办事，提早结束后，经过天何大学时，想到前天遇到徐缓缓时她提过今天要来这里开讲座，不知怎的，他就进来了，然后坐在了这里。

虽然已经坐在了后排靠边的位置，但周围还是坐满了人，这对于通常一个人待在法医室的徐靖来说非常不习惯。在坐了快一个小时后，实在忍不了的他打算起身离开，却瞥见了旁边的一个男学生打起了电话。

"喂，在听讲座，有意思？能有什么意思，我在打游戏啊，等会儿结束了交了报告就走。不行，现在走不了，不然……哎？！"还在打电话的男学生发现手机突然被人拿走了，急得偏头一看，一个穿着灰色大衣的男人，正拿着他的手机面色冷峻地看着他。

"你特……"到嘴的脏话却在男人散发出的完全压制的气势中息了声。

"闭嘴。"徐靖用食指在嘴唇上轻点了两下，压低了嗓音，"打电话出去。"简短的命令，完全不容丝毫拒绝的语气。

男学生接过徐靖递回来的手机，在他冰冷的眼神中直接挂断了电话。

徐靖没再看他，最后看了一眼还在解说着微表情的徐缓缓便起身走了出去。

走出校门，高临打来了电话，徐靖接通："喂，队长。"

"徐靖，你知道徐缓缓今天在家吗？怎么联系不上她？"

"她在学校，有个讲座。"

"怪不得，你现在在学校吗？方便的话让她过来一趟。"

"嗯，我带她过去。"徐靖放下手机，又进了学校。

一个半小时的讲座很快就结束了，徐缓缓帮董毅俊签了名后拿着中午打包的食物走出了大礼堂。

她摸了摸有些饿的肚子，想着等下回家热一热，再泡杯奶茶，就是完美的下午茶了。

正在憧憬着美好下午茶的徐缓缓突然感觉手被人从后面拉住了，她回头看着自己的手，果然上面有一只大手，咦？好像有点眼熟。她顺着对方好看的手往上看，抬起了头才看到了对方的长相，居然是1202！

写作素材突然出现在自己面前，让徐缓缓实在有些惊讶。

"哎？你怎么在这儿？"激动的她一下握住了徐靖的手指。

手上传来的感觉让徐靖皱了一下眉，他瞥向了两只相握的手，挣脱了一下松开了，视线回到了她的脸上："高队长找你，有案子了。"

徐缓缓摸出手机，自己在讲座前关机了，那么徐靖会出现在这里是因为——"你是来听我的讲座吗？"

徐靖避开她期待的眼神，冷淡地道："我只是在附近办事。"

"哦。"徐缓缓低下头，想想也是不可能。

徐靖瞥了一眼她的脑袋："走吧。"

徐缓缓点着头、咬着手指跟着徐靖往外走，一个灵感突然闪过，等一等！这个情节改编一下不错呀。

女主要在学校开一堂讲座或者其他类似的活动，之前跟男主提了，男主表示没时间去，但是当天却偷偷地坐在了台下。不仅如此，他还呵斥了周围一直说话的学生，但是在女主面前却只字未提。

嘿嘿，她边想嘴角边上扬，真是少女心满满呢！

独自在心里想象的徐缓缓跟着他出了校门口。

徐靖拦下了一辆出租车后，他打开后座的门坐了进去，刚想空出位置让徐缓缓坐，抬眼却发现某人已经开了副驾驶座的门，慢吞吞地坐了进去。

坐出租车习惯性坐在副驾驶座的徐缓缓并不知道身后发生的一切，只觉得后脑勺突然有一股凉意，她抬手摸了摸，回头一看发现徐靖已经闭上了眼睛。

错觉吗？

徐缓缓转回头歪了下脑袋就没有再在意了。

半个小时不到出租车就停在了警局门口，本着坐在副驾驶座上付钱原则的徐缓缓低头在包里掏自己的钱包，她刚拿出钱包却瞥见从后座伸出了一只修长的手，手指夹着一张红钞。

徐缓缓看着司机接过了钱，接着听到了身后开车门的声音，她扭头一看，徐靖已经下了车，还留在车里的她只好先拿着找零的钱和发票。

"谢谢师傅，再见。"徐缓缓把钱塞进口袋里下了车，等她关上车门一转身，徐靖自然不在了。

徐缓缓裹紧了衣服低着头匀速往警局门口走，可等走近了，她抬头却发现徐靖立在门口侧身看着她的方向。

他是在等自己吗？

这个念头在她的脑子里只停留了两秒，下一秒她掏出了余下的零钱和发票递给他。

"回去还要打车。"徐靖用冷冰冰的口吻说出这句话，直接往里走去，冷漠得好似刚才在等人的不是他一般。

徐缓缓看了一眼手里的钱，默默地放了回去，迈着小步子跟了上去。

把徐缓缓带到刑侦队办公室，和队长高临打了一声招呼后，徐靖没停留一秒就转身去了法医室。

和徐靖是多年朋友的高临自然知道他的脾气，便带着徐缓缓往审讯室的方向走去："徐顾问，是这样的，这是三年前发生的连环绑架案。"他把当年的案件档案递给了她，"嫌疑人在三个月的时间内共绑架了八名女性，将她们囚禁在地下室里。每名女性都是在绑架后的第三天在不同的地点被发现的，她们都活着，但是被割去了舌头，且全身被涂上了油彩。"

在走到审讯室门口之前，徐缓缓就已经看完了厚厚一沓资料，在其他方面她的速度都很慢，但是阅读速度却快得惊人。

"我知道这个案子，嫌疑人在半年后被抓住了。"这在当年也是一桩大案子，徐缓缓自然关注过。

高临打开了审讯室旁的监控室，指着此时坐在审讯室里的男人道："嫌疑人就是你现在看到的这个男人，他叫龚唯一。"

徐缓缓看了一眼龚唯一，然后抬头看向高临："在服刑中的他又被带来这里是因为相同的案件又发生了？"

高临表情严肃地颔首道："没错，今天早上一名女性在秀齐路的一个社区公园里被发现，完全相同的作案手法，案件的细节从没有向外界透露过，所以我们怀疑龚唯一有同伙，可能是当年查案的警员遗漏了。"

徐缓缓凑近那面特殊材质的玻璃，龚唯一此时闭着眼睛，在他的脸上看不到任何的表情。

"徐顾问，我希望你能帮我们问出他是否有同伙，因为把他带到审讯室后，他一个字也没有说。"高临他们在他的身上找不到突破口，他坚持不说话，他们就拿他没办法。龚唯一也明白这一点，于是他就等着警方让他开条件。

但对于徐缓缓来说，嫌疑人的微表情比他说的话要靠谱多了，她点头微笑道："我知道了。"

这次徐缓缓什么东西都没有带就进了审讯室，龚唯一听到声音懒懒地睁开了眼睛，他戴着眼镜，给人文质彬彬的感觉，他毫不慌张，在看到娇小的徐缓缓后露出了一丝讥笑。

接收到他表情的徐缓缓默默地走进去，在他的对面坐下了。

"我叫徐缓缓。"

让待在监控室的高临意外的是，徐缓缓并没有采用之前的方法，而是直接向龚唯一介绍了她自己。

龚唯一自然没有一点反应，甚至视线都不在她的脸上。

徐缓缓毫不隐瞒："是一名测谎师。"

龚唯一听到她的身份后挑了一下眉，然后看向了她，随即嘴角一侧轻抬，露出了不屑的表情。

"你现在在想只要不说话我就拿你没办法。"徐缓缓突然两手撑在桌面上，身体前倾紧紧盯着他的眼睛，同样给了他一个不屑的表情，"唔，那你就想错了，你就算不说话，我也能猜出你心里在想什么。"

徐缓缓毫不意外地看到了他脸上再次出现不屑的表情："你不相信是吗？我们来试试如何？"

下一秒，徐缓缓根本就不管龚唯一答不答应，直接开始了测试："你现在心里想一种颜色，不用说出来。"

三秒后，她看着他的眼睛，一副你完全被看穿的表情："蓝色。"

徐缓缓笑着用手指了指自己的外套："是我外套的颜色。"

她看着龚唯一紧抿的嘴唇，愉悦的表情慢慢变成了冷淡的嗤笑："我就说了，猜你这种人的心思对我来说轻而易举。"

"这种人"这三个字被徐缓缓格外加重了。

她轻描淡写的一句话无疑刺激到了一直自命不凡的龚唯一，他毫不掩饰自己的愤怒，双手紧紧握拳，低声吼着："你别想从我这里问到任何的事！"

徐缓缓眨了下眼睛道："可你已经输了。"

撂下这句话，徐缓缓没有丝毫的停留，起身离开了审讯室走到了旁边的监控室，看到高临的第一句话便是："你看他说话了。"她高高地抬着头，语气就像是在邀功一般。

高临有些疑惑："嗯，我听到了，但徐顾问你为什么出来了？"他心想：龚唯一已经开了口，自然正是继续审讯的好时机。

"给他留点时间让他一个人纠结呗。"徐缓缓嘀咕了一句，然后给了高临一个重要信息，"对了，虽然他只说了一句话，但是很明显他认识这次案件的嫌疑人。"

高临很是意外，龚唯一分明只说了一句无关的话："你确定？"

徐缓缓点了点头："我确定。"

徐缓缓偏头看了一眼开始有些急躁的龚唯一，不过短时间内并没有再进去的打算，她对高临道："一个小时后，我再进去。"

"好。"

跟着高临走出监控室后，徐缓缓抬起手用手指挠了挠脸颊，抬头问道："那个，高队长，法医室在哪里？"

这是徐缓缓第一次来法医室，她踮起脚想从门上的窗户往里面看，可左看右看却并没有看到徐靖的人影，她鼓了鼓腮帮心想，难道不在吗？

"有事？"清冷的嗓音在徐缓缓头顶上方响起。

有种干坏事被老师抓到感觉的徐缓缓缩了缩脖子，慢吞吞地转了身，眼前是一片白，她抬起脑袋，首先看到了徐靖坚挺的下巴，再往上是微抿着的嘴唇，再往上……

"哎哟！"徐缓缓用手摸了摸撞了门的后脑勺，毫无意外地在徐靖的脸上看到了嫌弃的表情。

徐缓缓撇撇嘴，却看到徐靖向她的方向伸出了手，她一下子激动得睁大了眼睛，然后低着头主动把自己的脑袋凑了过去，然后……

她听到了门打开的声音。

"……"徐缓缓闭上了眼睛，人生三大错觉上线。

她保持着低头的姿势就听到头顶上方又传来了徐靖的声音："你准备一直堵着门口吗？"

徐缓缓默默地往旁边挪了挪，又挪了挪，等用余光瞥见徐靖进去后，她赶紧跟着走了进去。

徐靖走到办公桌后，看着缓慢移动进来的某人："什么事？"

"我就想来看看法医室是怎么样的。"徐缓缓说得一本正经，然后作势真的看了一圈，指了指徐靖旁边的一扇门，"你验尸的地方是在后面吗？"

"嗯。"

徐缓缓走过去，踮起脚透过玻璃往里面看了好几眼，以此表示她只是好奇才来法医室看看。她又瞥了一眼在看资料的徐靖，找了把椅子，默默地坐了下来，小心地呼吸着，努力地减少自己的存在感。

当然这是没有用的，清冷的嗓音在法医室里再次响起："还有什么事？"

又被抓住的徐缓缓脑子转了转："呃，我就是觉得好奇，你为什么要一直待在法医室里？"

"我是法医。"简短的回答。

徐缓缓听了歪着脑袋道："我是测谎师，可我也不会一直和测谎仪待在一起啊！"

"……"

徐靖放下手里的资料，抬头看向她："因为比起活人，我更愿意和尸体待在一起。"

"因为活人太吵吗？"徐缓缓默默地觉得他可能是在指自己。

徐靖却给出了不同的答案："因为他们会撒谎。"

"所以他才会这么冷漠吗？"从法医室走出来的徐缓缓低着头嘀咕着，"怕被人骗？可我之前也经常被人骗，难道是我心大吗？"

她慢慢抬起头看着斜上方，半晌摇了摇脑袋，算了算了，太复杂的事情她懒得琢磨。

低着头的徐缓缓走到转角处差点撞上了别人，还好她本身走路就慢，对方也反应快，赶紧停住了："徐顾问？"

头顶上方传来熟悉的声音，徐缓缓仰起头，是高临："哎？"

高临手下的队员刚从受害者所住的医院回来，他拿出一张纸递给徐缓缓："这是这次受害人画的，是一个面具，凶手全程都戴着。"

凭着几乎过目不忘的记忆力，徐缓缓马上就认了出来："和龚唯一当年作案时戴的面具一样。"

高临颔首道："对，一样的面具。"他此时更加确信这次案件的嫌疑人就是龚唯一当年的同伙。

徐缓缓没再说什么，低头看了一眼时间："唔，一个小时到了。"

徐缓缓第二次进了审讯室，龚唯一的状态已经不如一开始那么淡定自得了。特别是在看到了徐缓缓后，他眉头紧锁，能看出他有些急切。

没等徐缓缓坐下，他就有些凶狠地道："你说我已经输了是什么意思？"

相较于对方的急躁，徐缓缓拉开椅子坐了下来，还挪了挪椅子，才把视线投向他，她慢吞吞地开口："就是字面上的意思啊！"

龚唯一的胸膛因为愤怒而剧烈起伏着，他紧紧咬着牙怒视着徐缓缓，而对方只是露出一脸无辜的表情。半响，他突然意识到自己居然被她的几句话轻易牵制住了情绪，他差点上了当！

想明白的龚唯一慢慢平复了愤怒，他才是那个处于优势地位的人。

龚唯一冷笑了一声："嘀，你以为我不知道吗？现在焦头烂额的是你们，可不是我。"

徐缓缓微微一笑："那可未必。"

"你不要用这种话来激我，你们恐怕一点线索都没有吧，不然我怎么可……"

徐缓缓慢吞吞地打断了他的话："因为你怕他会被抓到。"

龚唯一一下子止了声，瞳孔放大地看着微微眯起眼睛的徐缓缓。

"他在完成你未完成的事。"

龚唯一虽然一声不吭，但是他的表情和呼吸却暴露了他的心思。

徐缓缓知道自己推断得没有错，便接着说了下去："十个人，现在是九个人，也就是说还差一个人，就完成这一系列的画作了。"

"或许你就不错。"龚唯一歪着头，用兴奋而带有欲望的眼神打量着徐缓缓，他舔了舔嘴唇，似乎在幻想着什么，但下一秒，他突然露出了嘲笑的表情，"不过你太矮了。"

被戳中痛处的徐缓缓做了个深呼吸才压制住自己的情绪："你觉得他完成得怎么样？"

龚唯一没有说话，但他露出的笑容却让徐缓缓皱了一下眉，她什么都没说又走出了审讯室，发现情况的高临马上从监控室走了出来："怎么了？"

"帮我准备几张照片。"徐缓缓抬头看着高临，然后说了自己的要求。

高临听后有些惊讶："你要之前那八名受害者的照片？"

徐缓缓颔首道："那些照片应该是在他家里找到的吧。"

高临面露疑惑的表情："是这样没错，他给每个受害者都拍了照片，你打算给龚唯一看这些照片？"

徐缓缓更大幅度地点了点头："嗯，我要证实一些事情。"

"好。"虽然不知道徐缓缓要证实的是什么，但高临没有问，而是马上去了办公室，很快他就拿着那些照片回来了。

徐缓缓什么都没说，拿着照片又一次进了审讯室。她朝龚唯一走了过去，然后把那些照片都放在他面前的桌子上，她马上回到位子上，咬着嘴唇仔细观察着他的表情。

徐缓缓看着龚唯一爱不释手地捧着那些照片，表情近乎是痴迷，问道："你一定很久都没看到这些照片了吧？"

"这些都是我的东西！"

徐缓缓微微张大了嘴巴："有意思。"她说话的声音并不大，就像是在自言自语一般。

此时的龚唯一自然听不到徐缓缓的声音，他完全沉浸在照片之中，欣赏着每一处细节。

徐缓缓眨了眨眼睛："我们都想错了，他根本不是你的同伙。"

听到这句话，龚唯一捏紧了照片的一角，视线移到了徐缓缓的脸上，他不由自主地吞了口口水。

"你在紧张。"徐缓缓抬起手用手指指着他，慢慢说了出来，"他也不是你的模仿者。"

在监控室的高临紧拧着眉头，面露疑惑的表情，不是同伙、不是模仿者，那么还有什么呢？

龚唯一的反应让徐缓缓已经完全确信了："他才是犯罪的人，你不过是他的替罪羊。"

话音刚落，龚唯一大叫起来："你在胡说些什么？！"紧接着，他重重捶了一下桌子。

听到徐缓缓说的话，高临不由得倒吸了一口凉气，一脸震惊地看着他们，心里只有一个想法：这怎么可能？！他从来没有想过这样的可能性。

徐缓缓眯起眼睛，摇了摇头："你的表情可不是这样告诉我的，提到他时，你的脸上隐隐有一种很微妙的表情。一开始我并不能确定那是什么，只是突然有一个大胆的猜测，所以我让你看这些照片。你的脸上全是痴迷的表情，这不是一个嫌疑人看到自己的受害者会有的表现，你完全是一个崇拜者，崇拜他创造的作品。"

"嘀……"龚唯一脸上假装的愤怒在徐缓缓说话时慢慢发生了转变，既然已经被发现了，最后他索性不再掩饰，大笑起来，胸腔起伏着，"呵呵呵……呵呵呵……你知道了那又如何？"他的表情阴冷下来，眼神中满是崇拜和自信，"你们抓不到他的，就像三年前那样。"

徐缓缓晃了晃食指："你现在应该期盼着不要再见到我，因为那时候你的偶像就一定被抓到了。"她说完对他咧嘴一笑，在龚唯一愤怒的眼神中慢慢走出了审讯室。

高临已经从最开始的震惊中缓了过来："龚唯一是替别人认了罪，所以嫌疑人一直没有落网，只不过中间有两年多的时间他停手了，而现在他又开始了犯罪。"

"嗯，应该是发生了什么事情吧。"

"当初肯定是快要追踪到他了或者是他发生了什么变故，所以才会让龚唯一作为替罪羊。"整个案子都发生了扭转，所有的侦查方向都变了，高临急着去查案，"谢谢你了徐顾问。"他语速很快地说完后便往办公室的方向急急走去。

"没事。"徐缓缓说完，发现高临已经走出好几步后，正准备去拿自己打包的外卖。她刚迈出一步突然想到了什么，转头看着审讯室的门，又走了回去，和看守的警员打了声招呼后，她又一次进了审讯室。

徐缓缓叉着腰看着龚唯一，气鼓鼓地说道："我是长得矮，可你以为你长得很高吗？你也就一米七三，四舍五入就是一米七！三等残废啊！"她说完对着他竖起了中指，根本不管他的反应，头也不回地转身就走。

走出审讯室，感觉报了大仇的徐缓缓慢慢吐出一口气，愉悦地弯了弯嘴角，却发现徐靖从旁边的监控室走了出来，瞥了她一眼："好了？"

心想他怎么从那儿出来的徐缓缓一脸蒙了的表情机械般地点了点头。

徐靖双手滑入口袋，从她的身边走过，启唇淡淡地说了两个字："走吧。"依旧是带着冷漠的语气。

"哎？"徐缓缓难得一下子就反应了过来，"你在等我？"

徐靖纠正道："我在等我的打车费。"

"……"果然是她自作多情了啊。

被徐靖直接带走的徐缓缓十多分钟后，才想到了被自己遗忘在刑侦队办公室里的打包食物。

"啊，我的凤爪和叉烧酥。"徐缓缓在心里默默地懊悔，那可是她准备晚上配泡面当晚饭的啊，等刑侦队的队员发现后估计就要被扔进垃圾桶了吧。

徐缓缓默默瞥了一眼计价器显示的金额，现在再开回去的话好像更不划算，于是她决定等下去趟小区隔壁的超市买泡面还有泡面拍档。毕竟她今天的更新还没有写，免得肚子饿了没夜宵吃。

快到小区时，徐缓缓收到了她爸发来的短信：缓缓，我明天回国，给你带了吃的还有护肤品。

徐缓缓高兴之余突然想到她之前骂龚唯一的时候好像把同样才一米七一的她爸也给连累了。

等出租车在小区门口停下，徐缓缓非常自觉地拿出钱包掏了钱。司机师傅从后视镜看着徐靖下了车，一边接过徐缓缓的钱一边调侃："小姑娘，看来你们家的经济大权在你手上啊！"

"哎？"等等师傅你是不是误会了什么？

司机师傅摸着头一脸憨厚地笑着："我们家也是这样，嘿嘿嘿！"

徐缓缓只能跟着笑："嘿嘿嘿！"

司机师傅把发票递给她，看着她有些稚嫩的脸道："不过小姑娘你满二十岁了吗？看着年纪很小啊！"

"……"她都二十六了。

和司机师傅结束了简短交谈的徐缓缓下了车，扭头一看，发现徐靖也往超市的方向走。她赶紧背好包跟了上去，然后她发现自己走路的速度根本跟不上，只好小跑了好几步才总算到了徐靖身边。

徐缓缓喘了口气，抬头看着他的下巴道："你也去超市吗？"

"嗯。"徐靖应了一声，依旧是不会多说一个字的作风。

走进超市没多久，徐缓缓一眼就在明显的位置看到了她熟悉热爱的方便面，她赶紧拿了好几包自己喜欢的口味，顺势放进了徐靖推的推车里，一脸满足。

徐靖拧了拧眉头："你每天都吃这个？"

"晚上肚子饿了的时候吃，超好吃的。"

徐靖还是一脸看垃圾食品的嫌弃表情。

"不要嫌弃它们！"徐缓缓热情地介绍着，"你肯定是没有吃过吧，既方便又好吃，吃一次就知道了，上面再放一个溏心蛋的话，简直完美了。"

徐靖瞥了她一眼，质疑的语气："你会做溏心蛋？"

"不会……"她就是想想而已。

徐缓缓很快就买好了自己的东西，然而徐靖要买的东西比较多，他推着购物车走到了摆放油盐酱醋的那两排货架，他弯腰去拿糖，就听到身后的徐缓缓道："还要买什么？"

"老抽。"

"我去拿，老抽，老抽。"徐缓缓嘴里边念着边寻找着这个陌生的东西。

徐靖拿好糖和生粉转身便看到了在那边踮着脚努力去够最上面那排老抽的徐缓缓，有些可怜，但模样又实在有些滑稽，他叹了口气，走了过去。

正在与货架做斗争的徐缓缓突然看到一只手出现在自己的头顶上方，轻松地拿了一瓶，她马上认出了手的主人，赶紧道："拿那一瓶！"

"有区别吗？"冷漠的声音在上方响起。

徐缓缓一本正经地说道："那瓶多一点。"

"你看得到？"

她好像听到了调侃的语气："……"

被无情嘲讽的徐缓缓缩回手一转身，鼻尖蹭了下徐靖的大衣，突然发现自己离徐靖这么近，皱起鼻子嗅了嗅，干净淡雅的味道。

徐靖还是把徐缓缓指的那瓶拿了下来："这瓶？"低沉磁性的嗓音仿佛就在耳边。

"嗯？"徐缓缓抬起头，对上徐靖深邃的目光，她有些蒙地点了点头，

"嗯。"

徐靖看着她黑亮的眼睛,移开了目光,退后了一步,把老抽放进了购物车里。

不知道是因为超市里的空调还是自己的围巾,徐缓缓觉得脸有点烧。

买好了所有要买的东西,徐靖推着车到了收银台,跟在后面的徐缓缓自觉地把自己的东西拿了出来。收银员扫好了徐靖买的东西后指了指在徐缓缓面前的方便面:"这些是一起的吗?"

刚想摇头的徐缓缓就听到徐靖简单而清冷的声音:"一起。"

徐缓缓马上拒绝:"不用,我自己付。"

徐靖从钱包里拿出了卡递给了收银员,睨着她道:"你不是想让我尝尝方便面吗?"

徐缓缓惊讶地张着嘴巴,半晌才点了点头:"哦。"

从超市出来,徐缓缓抱着方便面跟着拎着两个袋子的徐靖往小区里走,她琢磨着应该给徐靖挑个什么口味的,能让他一下子就爱上方便面,于是一路纠结到了家门口。

徐缓缓看着徐靖开了门,低着头看着自己买的方便面,问道:"你喜欢什么口味的?牛肉?豚骨?酸菜……"

正在低头介绍方便面口味的徐缓缓看到眼前伸来一只修长的手,接着,她的手上一空,整个袋子都被拿走了。

徐缓缓抬起头,看着徐靖将那一袋子方便面和方便面拍档拿进了他家里,她着急地问:"哎?你全……要……吗?"

徐靖回头淡淡地回了她一句:"我付了钱。"

啊?等等,这和说好的不一样啊!不是说尝尝味道吗?徐缓缓此时内心是崩溃的,可又无法反驳,因为的确是他付了钱。

于是到了嘴边的耍无赖变成了很没有骨气的:"那能给我一包吗?"总得让她吃了这顿晚饭啊!

看着可怜巴巴的徐缓缓,徐靖没有答应她的请求,而是突然问:"油爆虾和排骨吃吗?"

听到美食的徐缓缓立马睁大了眼睛:"吃啊!"

徐靖继续问：“和泡面二选一选哪个？”

虽然她爱方便面，但此时徐缓缓听完一点犹豫都没有：“油爆虾和排骨！”

“四十分钟。”徐靖说完这四个字，1202室的门又在她面前关上了。

油爆虾和排骨换方便面自然是划算得不要不要的，徐缓缓满足地一拍手，转身开了自己家的门。她走进去关上门，突然想到了一个问题：他要吃这么多方便面吗？

不得其解的徐缓缓走到房间打开了电脑，先把之前构思的男女主情节写了出来，越写嘴角越上扬，写完后，她自己看了一遍，又在床上滚了好几圈。

她翻了个身，双手捧着脸，不由自主地想到了在超市发生的那一幕，眼睛亮亮的：“这个情节写进小说里也不错啊！”

没多久后，门铃响了，她看了一眼时间，真的如同徐靖说的那样，四十分钟。

徐缓缓到了门口，徐靖手里拿着一个饭盒站在门外，好像就是上次的饭盒。

徐缓缓双手接过饭盒，眉眼带着笑意：“谢谢！我会好好吃的！”

“嗯。”徐靖看着门关上便回了自己的家，正在吃猫罐头的猫抬头喵了一声，他弯腰揉了揉它的脑袋，然后又走到了厨房。他看着那整整一袋子的方便面，突然想起某人提到它时的表情，本想直接扔进垃圾桶的手一顿，随即拆了一袋，很快就泡了一碗方便面。

方便是真方便。

徐靖把这碗方便面端到了餐桌上，看着表面的漂浮物，俊朗的脸上露出了毫不掩饰的嫌弃，他拿着筷子的手迟迟没有动。

“喵——喵——”猫看到自己的主人端出了什么食物，也凑了过来，抬头看着他，满是期待。

徐靖低头看着它，把那碗泡面放到了它面前，猫嗅了嗅，马上别开了脸，扭头走了。

“……”徐靖抬手扶着额头，他站直了身体看着手里的方便面自己摇了摇头，“真是，疯了。”

4.
鸡翅与干炒牛河

　　徐缓缓自机场把从日本旅游归来的徐爸爸接回家，晚上，父女俩吃完外卖后，徐缓缓扛着一袋子零食和两套护肤品回了自己的家。等电梯时，她听到走近的脚步声，瞥了一眼走到她旁边站定的人，居然是徐靖。

　　徐缓缓望着他问："刚下班回来吗？"

　　"嗯。"

　　徐靖身上穿着一件深灰色的长款大衣，徐缓缓估摸了一下长度，然后低头看着自己，想象着如果自己穿上会到哪儿，应该不至于拖到地上吧？

　　等进了电梯，徐缓缓看着他按了12楼的按钮，想到对方请她吃了两顿晚饭，心想总是要礼尚往来的，于是便把装零食的那个袋子敞开给他看："这是我爸从日本买回来的零食，你拿一些吧。"

　　徐靖看都没看一眼："我不吃零食。"

　　"呃，那护肤品呢？"徐缓缓很大方地拿出一套护肤品。

　　"不用。"

　　"呃……"徐缓缓明显误会了他的意思，"你不用的话，也可以送给你女朋友呀！"

　　徐靖这时才看向她，冷淡地说出两个字："没有。"

　　"哦。"徐缓缓的语气急转直下，突然觉得送东西送不出去也是挺心塞的。

　　徐靖低头看着垂下脑袋的某人："你很失望？对于我没有女朋友这件

事。"

徐缓缓像拨浪鼓一样地摇着头:"没有,没有。"对于你什么都不要这件事。

电梯停在了十二楼,徐靖收回他的目光,手滑入大衣口袋走了出去,徐缓缓拿着一点没少的两个袋子也走了出去。

走到门口,徐缓缓突然记起了她念念不忘的方便面:"对了,方便面尝了吗?"

"没有。"的确是没有,因为泡好的面最后还是被扔进了垃圾桶。

徐缓缓咽了口口水:"那你等下准备吃吗?"

徐靖侧身看着她,蹙眉道:"你就这么喜欢?"

"对于三分钟就能完成的食物来说,它的确很好吃啊。"对于徐缓缓来说,美味和方便程度结合起来才是她评定的标准。

徐靖微挑眉,自然是无法理解她的这套理论:"那我烧的菜呢?"

徐缓缓一脸真诚地说道:"更好吃啊!比我半夜里看剧饿了……"

有着十多年烹饪经验的徐靖完全不想再听第二遍这样"夸奖"的话,无奈地说:"行了。"

徐缓缓马上鼓着腮帮闭上了嘴。

"回去列一份菜单给我。"

徐靖命令一般的语气让徐缓缓一下子没反应过来:"菜单?"

"如果你不想吃的话就算了。"

徐缓缓终于反应过来:"吃吃吃!"这就是说以后她居然可以天天吃徐靖做的饭了!徐缓缓简直觉得天上掉馅饼了,被狠狠砸中的她感觉幸福得都要晕了,"列菜单的话,是不是我可以随便点菜?"

徐靖颔首道:"可以,不过你得和我一起去买菜。"

"好啊!"此时无论徐靖提什么条件徐缓缓都会答应,"那我来付菜钱吧。"

徐靖表情淡淡的:"不用,你干点体力活就行。"

一瞬间想歪了的徐缓缓退后一步睁大双眼看着他:"哪种体力活?"

清冷的嗓音说出了两个字:"拎菜。"

"哦。"误会大了的徐缓缓默默低下头，唉，真是小说看太多了……

"那你以为是哪种？"徐靖看着她的后脑勺，不苟言笑的徐法医嘴角露出一丝不易察觉的笑。

头顶上方传来低沉磁性的嗓音，徐缓缓缩了缩脖子，半张脸都埋进了围巾里，默默降低着存在感。直到传来关门的声音她才抬起了脑袋，双手捂着脸往回走："丢死人了。"

晚上吃完饭，在沙发上看书的徐靖听到了两声敲门声。他抬头看了一眼门的方向，垂眼放下了书，起身走了过去。门外传来了一下很轻的关门声，他抬手打开门，走廊里的灯亮着，门外却没有人。

他换了鞋走了出去，看了一眼对面的1201，把门从外面合上了一些，便看到了贴在门上的一张纸——一份手写的菜单：

周一：糖醋小排 ~\\(≧▽≦)/~，素菜请随意吧 _(:3」∠)_

周二：可乐鸡翅(≧？≦)?，同上！

周三：油爆虾 o(≧ v ≦)o~~，同上！

周四：清炒虾仁 (≧？≦)ゞ，同上！

周五：红烧狮子头 (*^▽^*)，同上！

周六：酱鸭腿(☆▽☆)，同上！

周日：梅干菜烧肉 n(* ≧▽≦ *)n，同上！

TO 徐先生：

菜单请过目，有什么要改的吗？

还有除了拎菜我还可以洗碗！

P.S.：可以吃一次泡面吗？

P.P.S.：如果可以吃一次泡面的话，可以帮我做一个溏心蛋吗？

接下来又是一连串徐靖看不懂的颜表情，他把纸拿了下来，侧身看着大门紧闭的1201，收回视线后回了自己的家。

五分钟后，1202 的门又一次打开，徐靖拿着那张菜单走了出来，就像徐缓缓刚才那样把它贴在了 1201 的门上，敲了两下门后，他走了回去。

紧贴大门听着外面动静的徐缓缓一听到关门的声音马上打开了门，她探出身体，看着门背后，伸出手把那张菜单扯了下来。

徐缓缓发现在自己写的字旁边添加了一行行用钢笔写的字，漂亮大气的字迹，自己的字与之对比起来，显得好幼稚。她鼓起腮帮想：他怎么能什么方面都这么优秀呢？！

TO 徐小姐：

1. 每周要吃两次鱼，清蒸还是红烧？

2. 好。

3. 禁止吃泡面。

4. 溏心蛋可以做。

徐缓缓看完后，为不能吃泡面的规定惋惜了一分钟，然后拿起笔在徐靖写的规定旁边继续写。

TO 徐先生：

那就一次清蒸、一次红烧吧！

徐缓缓写完后又一次把菜单贴在徐靖的门上，她敲了两下门后正准备转身，1202 室的门突然开了。

根本没预料到的徐缓缓呆在原地，直愣愣地看着从门后出现的徐靖，身后屋里的灯光让他的周身都带上了一圈淡淡的光，他穿着米色的毛衣，里面是一件白色衬衫，最上面的一粒纽扣没有……呃……好像看太久了。

徐缓缓赶紧把菜单拿下来递给他，徐靖看了一眼，依旧是冷淡的语气："我知道了。"他收起纸，然后拿出了一把钥匙放在徐缓缓面前，"拿着。"

"钥匙？"

徐靖一脸淡然："我家的。"

徐缓缓拿着钥匙的手还停在半空中，整个人蒙了，什么情况？

看着她的表情，徐靖解释了原因："我家里有一只猫，如果有案子我回不来，帮我喂一下它。"

"哦哦，好啊。"徐缓缓歪着脑袋想原来他还养猫啊，真是有点想不到，然后就看到了一只露出小脑袋的白猫。

"猫！"特别喜欢猫的徐缓缓立马蹲下来向徐靖的猫伸出了一根手指，小猫下意识地张嘴要咬。

就在这时，徐缓缓突然大叫了一声。

还没有咬到她的猫被叫声吓得就这么张着嘴，蒙了。

徐缓缓趁机挠了挠它的下巴，好舒服！她抬起脑袋看着徐靖："它叫什么名字呀？"

还没有给猫取名字的徐靖看着某人黑亮的眼眸，扯了下嘴角："慢慢。"

敲定了菜单的第二天又是徐缓缓去天何大学开讲座的日子。两点半她出了校门，拿着在学校甜品店买的芝士蛋糕正准备打车回家，突然看到了几辆驶过的警车还有救护车，开进了对面的一所学校，正巧是天何大学附属初中。

是发生命案了吗？

理智告诉徐缓缓不要去看，省得不知不觉被动发展成了走到哪儿哪儿死人的柯南体质。然而最后她还是去了，因为她毕竟不是理智的人。

学校门口一批批的学生被疏散出来，徐缓缓从老师的表情和学生的只言片语中获取着信息，好像是有老师坠楼了，是一名教数学的老师。

身材娇小的优势让她毫无障碍地从校门口混了进去，绕过一个喷泉后，她看到了警车和救护车，然而坠楼的老师已经被确认为死亡。

徐缓缓站在警戒线外从两名警员中间的缝隙看着里面的情况，她先是看到了刑侦队的高临，再张望了一下，果不其然看到了那个熟悉高挑的白色身影。

她看着徐靖微低着头垂眼戴着手套，表情冷峻侧颜完美，带着浓浓的禁欲冷漠的气息，他径直走向死者的位置，在其身边蹲下，开始做初步的检查。

　　徐缓缓不由得被他的每一个动作吸引着，这是她第一次看到徐靖工作的模样，其实和平时给人的感觉没什么太大的不同，但此时散发出的气场和荷尔蒙更加强烈，似乎更加……

　　"帅啊。"

　　以为自己不小心说出口的徐缓缓立马抬手捂着嘴，可下一秒却发现刚才那句好像不是自己说的啊！她偏头一看，不远处站着一个年轻的女警员，此时是一脸崇拜的模样。

　　徐缓缓往她那边挪了一步："哪个帅啊？"

　　女警员没看她，明显是下意识地回答："当然是高队长了。"

　　徐缓缓特意看了一眼高临，再看向徐靖，还是觉得："那个法医不是更帅吗？"

　　"徐法医可不是帅了。"女警员终于反应过来她不是自言自语，而是旁边有个人在和自己对话，立马扭头看着比她矮了不少的徐缓缓，一张漂亮的娃娃脸十分可爱。可看到她并没有穿校服，女警员一时不能明确她的身份，"你是学生还是老师？"

　　"刑侦队的顾问。"

　　"啊，我听说过你，测谎师。"原来这么年轻啊，女警员心里想。

　　"是我，那个，你刚才说徐法医'可不是帅了'是什么意思啊？"

　　"帅这个词是用来形容人的。"

　　"……"徐缓缓歪着脑袋皱了皱眉，这是在说他不是人吗？

　　似乎觉得自己的说法不妥当，女警员抓了抓头发："啊，我也不是说他不是人，他在我们局里就是男神，而且那种气场，任何人都靠近不了的感觉，只可远观不可亵玩。"

　　徐缓缓听后垂着脑袋沉思着。

　　"徐……徐顾问？！"

　　"哎！"总算听到声音的徐缓缓猛地抬起头，看到了站在她面前的徐靖，呃，还有高临。

　　高临冲她笑了下，有些好奇地问："徐顾问刚才在想什么呢？"

徐缓缓看着只可远观的某人道："白莲花。"

"……"在场的三个人有两个人都没听明白。

冷场几秒后，徐缓缓干笑着转移了话题："死者是老师吧？"

话题也自然回到了这个案子上："对，初二数学老师，是从楼顶坠楼的，就目前的情况来看偏向于自杀。"

"我先回局里了。"还没有完全确定是自杀案，徐靖要回法医室做进一步的尸检。

高临偏头对徐靖点了下头："嗯，辛苦了。"随即他也离开去做进一步的调查。

发现似乎没自己什么事，徐缓缓也想回去了。

徐靖瞥了一眼准备离开的徐缓缓，单手扯下了一只手套，伸出手一把拉住了她大衣的帽子。

正准备往前走的徐缓缓突然感觉身后被扯住，她偏头一看，发现竟然是徐靖，她眨了眨眼："怎么了？"

徐靖垂眸看着她，语气冷淡地吐出两个字："晚饭。"

"啊！"徐缓缓左手握拳捶了下右手，"对哦，晚饭，我们是要一起去买菜吧？"

徐靖小幅度地点了下头："到时电话联系。"

"好。"答应之后徐缓缓发现了一个问题，"可我不知道你手机号码啊？"

徐靖直接开口报了号码："记住了吗？"

"记住了。"也幸亏徐缓缓记性好，她拿出手机，输入了号码给他打了过去，"通了吗？"她一抬头，"哎？"发现徐靖已经离开了。

徐缓缓挂了电话，存号码时，在输名字的时候犹豫了一下，徐先生？徐法医？徐大厨？她纠结了一会儿，最后还是打了徐靖两个字。

回家写了一章小说的徐缓缓闲着有些无聊便去了警局，想着等徐靖下了班一起去超市。她怕打扰他们查案就没有去刑侦队办公室，而是直接走到了法医室。徐缓缓踮起脚从窗口往里看，然而并没有看到徐靖。

不是说已经尸检完了吗？徐缓缓鼓起腮帮，拿出了手机，找到徐靖的号码，给他发了一条短信："我现在已经到局里了。"

编辑完之后她怕徐靖根本没存她的号码，在后面加了一句："我是徐缓缓。"

徐缓缓点了发送，然后捧着手机在走廊里慢慢晃悠。

过了没多久，手机响了，她低头一看屏幕，不是短信，徐靖竟然直接打来了电话。

徐缓缓愣了两秒才接通："喂，我到局里了，就在法……"她刚想描述自己的具体位置。

徐靖打断了她的话："我看到你了。"

"哎？！"徐缓缓抬头往前看去，又左右看了看，没人啊！然后发现了自己的头顶上方的一台监控，她向那里摆了摆手，"你是在看监控吗？"

徐靖低头看着某人滑稽的动作，扯了下嘴角："我在你背后。"

这就比较尴尬了。

"……"徐缓缓的手还停留在半空中，她收回手慢慢放下来，僵着脖子往后转，然后顺着深灰色的大衣慢慢仰起脖子，便看到了徐靖脸上的冷漠和隐隐的笑意。

咦？

徐缓缓眨了眨眼睛，发现好像是自己的幻觉。

"嘿嘿！"看着徐靖放下手机，徐缓缓干笑了两声，开始没话找话说，"那名男老师的尸检结束了？"

"嗯。"简单的回答。

徐缓缓继续问："可以确定是自杀了吗？"

"嗯。"还是不肯多说一个字的风格。

"哦。"徐缓缓低头看了一眼时间，"你是不是可以下班了？"

"嗯。"

听了三声"嗯"的徐缓缓撇撇嘴，心里嘀咕着："就不能多说几个字吗？！"

"哦，那走吧。"

徐缓缓一转身，就听到了头顶上方传来的磁性嗓音："不和它说声再见吗？"

"……"明白过来的徐缓缓猛地低下头，皱起脸迈着小碎步急着往前走，只想赶紧离开的她压根没看前面，下一秒，羽绒服的帽子今天再度被拉住了。

"当心。"徐靖冷淡的声音中带着一丝不易察觉的责备。

徐缓缓一抬头，发现差点撞上了一位迎面走过来的女警，她赶紧道歉："对不起啊。"

"没事。"女警的视线转向了还扯着徐缓缓帽子的徐靖，微笑着道，"徐法医下班了？"

"嗯。"徐靖相当冷淡地应了一声，然后拉了一下徐缓缓的帽子，"走了。"

在女警不可置信的眼神中，徐缓缓向她摆了摆手，跟上了徐靖。

两人打车去了小区附近的超市，逛了半个小时都不到，徐靖就买好了晚饭所需的食材。

从超市出来，徐靖双手插在大衣口袋里，步履轻松，而拎着两袋子食材的徐缓缓迈着小步子跟着走了出来，两人一前一后，完美演绎了男神和他的小跟班。

走路时向来目空一切的徐靖和一心只想着美食的徐缓缓一路上在不少人的注视下淡定地走回了他们住的那幢楼。

进了电梯后，徐缓缓趁着坐电梯的时间，把袋子放在了地上，抬起有些酸的手，做了做舒展运动，一抬头，不偏不倚看到了徐靖脸上毫不掩饰的嫌弃。

徐缓缓默默低下脑袋，弯腰准备把地上的袋子拿起来，徐靖的手却伸了过来，他的手指擦过她的手指，拿过了那两个袋子。

根本没想到的徐缓缓愣了一下后站直了身体，抬头看向徐靖，然而冰冷的表情却在某人的凝视之下有些松动，他睨着她："看什么？"

"谢谢，说好我来拎菜的。"徐缓缓觉得不好意思。

徐靖抿了抿嘴解释道："我只是不习惯将菜放在地上。"

"哦。"徐缓缓声音拖长地应了一声。

到了十二楼，徐靖单手拎着两个袋子走了出去，徐缓缓一如既往地跟在他身后。看着徐靖打开了1202室的门走了进去，她等待着被第三次关在门外。

然而，徐靖拎着袋子看向她，挑了下眉："不进来？"

"哎？"徐缓缓微张着嘴用手指着自己，在徐靖的眼神中快速地点了点头，"进来，进来。"

徐缓缓穿上了徐靖送给她的一双新拖鞋，对于脚小的她来说自然大了不少，顿时有种小孩穿大人鞋子的感觉。她趿拉着拖鞋往里走，看了一圈客厅，米白色的基调，装修风格和徐靖给人的冰冷感觉不太一样，虽然简约，但是让人有种舒服的温馨感。

"喵——"

"慢慢！"听到猫叫的徐缓缓一低头，就看到了跟着徐靖往厨房里走的小白猫，它屁颠屁颠的模样实在可爱，徐缓缓赶紧跟了上去。

慢慢突然停了下来，一扭头怯生生地看着她。

徐缓缓咧嘴一笑，忙俯下身伸出了手准备去摸它，可还没碰到，她就感觉自己的脑袋被什么给抵住了。

徐缓缓被迫抬起了头，发现徐靖的手正抵着自己的脑袋，徐缓缓这才发现他刚才停了下来还转了身，自己刚才如果再低下去，脑袋势必就会撞到他怀里去了。

唉，她懊恼地想：怎么在徐靖面前老是干傻事呢？！

"喵——"

徐缓缓鼓起腮帮看着慢慢，总觉得受到了它的嘲笑。

徐靖收回手，语气没有一丝起伏："去客厅坐吧。"

"不需要我帮忙吗？"徐缓缓总觉得白吃人家的不好意思。

徐靖一语道破："你会？"

"呃，不会……"从洗菜、切菜到炒菜一样没干过的徐缓缓默默往沙发那儿走，心想还是不帮倒忙吧。

徐缓缓坐在沙发上看着客厅里的摆设，几分钟后听到脚步声的她偏头一看便傻掉了。脱了外套和毛衣的徐靖只穿了一件黑色的衬衫，举手投足间散发着冰冷禁欲而高贵的气场，就像是一朵黑莲，高高在上却有着动人心魄的美。

徐缓缓一直觉得男人穿黑色的衣服很好看，但没想到会这么好看。徐靖在她面前俯下身，她从他微微敞开的衣领里看到了他的锁骨。

被美色吸引的徐缓缓直勾勾地看着，直到对上了他漆黑深邃的目光，她一个激灵，心虚地眨了眨眼睛，脸上的温度也慢慢升高，她只好把脸埋进围巾里。

"无聊就看电视。"清冷不沾染任何情绪的声音在她的上方响起。

那看你行不行了？差点把心里想的话说出来的徐缓缓赶紧紧闭嘴巴，直点头。

徐靖走后，徐缓缓开了电视，电视剧频道正播着一部言情偶像剧，然而她现在的注意力全在厨房那儿，耳边听到的也是从那儿传来的切菜声。

徐缓缓坐不住了，收集写作素材的大好时机怎么能错过呢？

她轻手轻脚地走到了厨房门口，只探出了个脑袋，看着徐靖的背影。

黑色的衬衫、黑色的围裙，徐靖微微侧身，徐缓缓刚好可以看到他的侧脸，他的眼神专注地看着手中的食材，熟练地用刀切着。

啊！徐缓缓捧着脸在心里感叹：果然就像电视剧里的那样，做菜时候的男人最性感了。

"喵——"

徐缓缓低头看着冲着她叫的慢慢，把手指放在嘴上，做了个嘘声的手势。

慢慢一歪脑袋，不是很理解她的动作。

就这样偷偷摸摸地在门口欣赏了一会儿，怕徐靖发现她偷窥，徐缓缓又轻手轻脚地离开了。

就在她离开时，一直在切菜的徐靖，握刀的右手一顿，看向了门外正踮着脚慢吞吞离开的某人，直到她完全消失在自己的视线之中。

半小时后，徐靖把烧好的菜从厨房端了出来，已经被香味吸引了很久的徐缓缓马上走到了餐桌旁，一眼看到了放在中间的可乐鸡翅。看着它的色泽还有酱汁，徐缓缓咽了口口水，好好吃的样子！

徐缓缓帮着盛好了饭，拿好筷子后和徐靖面对面地坐着。

徐靖挽起袖子，看着一脸迫不及待的徐缓缓道："吃吧。"

徐缓缓看着徐靖先动了筷子，然后才夹了一个鸡翅，咬了一口，满嘴的汁水，嗷，真的太好吃了！简直比……

然而看到对面坐着面无表情吃饭的徐靖，徐缓缓只好默默在心里感叹，怕吵到他。

一顿晚饭解决了四个鸡翅的徐缓缓摸着吃饱的肚子，满足得眯起了眼睛。她看着眼前盘里还剩下的四个鸡翅，再看着徐靖面前干干净净的桌子，终于发现了问题。

"你怎么都没吃鸡翅啊？"

徐靖抬眼看向她，语气淡然地道："我从来不吃。"

他不吃鸡翅，那么这盘鸡翅难道是为了……徐缓缓的心脏怦怦直跳，比上次在超市跳得还要快，就像刚跑完八百米一样，简直不受控制。

心脏跳动过快的徐缓缓洗好碗没停留一秒就回了自己的家，她在床上辗转反侧了好一会儿。最后，徐缓缓一下子爬了起来，看着桌子上打包回来的四个鸡翅，抓了抓头发摇头晃脑无比懊悔。

早知道就不写要吃鸡翅了！

总觉得徐靖肯定没吃饱良心过不去的徐缓缓顶着寒风下了楼，二十分钟后回来了。

正在喂猫的徐靖听到了门铃声，他站起身走了过去，从猫眼里看到了站在门口的徐缓缓。

徐靖有些意外，一打开门，一个透明的打包盒就被徐缓缓送到了他面前。

"什么？"

"干炒牛河。"徐缓缓有些不确定地道，"不知道你吃不吃。"

徐缓缓的脸颊似乎被寒风吹得染上了红晕，徐靖的视线从她的脸上又移向了那个打包盒，他抬手接了过来，温热的温度也传到了他的手上。

徐靖关上门，走到客厅把打包盒放在餐桌上，他坐了下来打开盖子，干炒牛河被挤成了一团，样子有些糟糕。他用筷子夹了一口放进嘴里，太油，味道也一般。

但是肚子并不饿的徐先生那一晚却一个人吃了一大半。

5、
叉烧包与豆浆

　　第二天下午，徐缓缓出门办事，恰好就在警局附近。下午三点多，这个时间点对于她来说正好是肚子饿了的时候，喝个下午茶再好不过了，于是她便去了一家茶餐厅打包了许多份的食物去了警局。

　　她先去了刑侦队办公室，顺便了解到了昨天那位老师坠楼的最新进展。那名男老师叫侯士辰，三十六岁，有抑郁症史，工作不顺而且前不久刚刚离婚，前一晚还留下了一封遗书，加之尸检报告和监控，可以确定为自杀。

　　从办公室出来，徐缓缓带着自己和徐靖那份下午茶走到了法医室，她从窗口发现了坐在里面的徐靖，敲了敲门后便开门走了进去。

　　原本低着头的徐靖在听到敲门声后就抬头看向了门口，毫无意外地看到了小心翼翼走进来的徐缓缓。

　　"有事？"

　　徐缓缓慢吞吞地走了过去，看着徐靖犹豫了一下开口问道："那个，干炒牛河好吃吗？"

　　徐靖很直接地道："不好吃。"他说了实话，即便他吃了不少。

　　"哦。"徐缓缓有些失落地垂下脑袋，原来还是买错了。

　　徐靖看着她的模样终究不忍心，语气淡淡地补充了一句："我只是不喜欢吃外卖。"

　　"这样啊。"徐缓缓更加沮丧，拿着外卖的手赶紧放到了身后，可袋子发出的声音没法掩盖，徐靖往那里瞥了一眼。

空气中弥漫着几分尴尬，本来是来送吃的可现在好像没法送出去，徐缓缓只好没话找话说："你在看什么书？好看吗？"

徐靖把书翻过来，给她看了封面，上面五个黑黑的大字——《法医物证学》。

原本以为是小说的徐缓缓："……"

徐缓缓拉了一把椅子在徐靖的桌子旁边坐了下来，把袋子放在身后，转头看着他书架上的书：《法医纪实》《解剖》《人体》……

看着看着徐缓缓转回了头，撑着下巴看着正在看书的徐靖，俊朗的眉眼间透露着专注。

果然还是他好看啊！

五分钟后，徐靖瞥了她一眼，然后随手拿了一本书给她："不要看我，无聊就看书。"

徐缓缓鼓了鼓腮帮接过了书，一看封面就蔫了，翻了翻更是看到了一堆不认识的化学名称，她扶额痛苦地说道："我理科很不好。"

徐靖扯了下嘴角，低语着："我知道。"

"嗯？"徐缓缓感觉徐靖说了一句什么，但她没听清。

徐靖虽然低着头，余光却能感受到某人执着的视线，他微叹口气，伸出左手放在她的头顶上，将她的脑袋转了回去轻轻一压："看书。"

在水合铝离子的溶液或晶体中钠正离子和氯负离子……

徐缓缓："……"互相都不认识怎么看？

又看了好一会儿，安静得只能听到翻书声的法医室里突然响起了一声无法忽视的肚子叫声。

"咕……"

徐缓缓赶紧用手捂着肚子，偷瞄着徐靖，心里默念：听不到，听不到，听不到……

可现实却是徐靖听得一清二楚："你要是饿了就吃吧。"

原来他已经知道了啊！觉得自己刚才特意藏起来的行为有些可笑，她把身后的袋子拿到面前的桌子上，然后拿出了两份肠粉，一份是虾肉的，一份是叉烧的，询问："要不要尝尝？"

看着她满脸期待的表情，刚才还说自己不喜欢吃外带食物的徐靖又一次为某人破例了："好。"

徐缓缓一听眼睛顿时亮了起来，然后把虾肉的放在徐靖面前，自己打开了那份叉烧的吃了起来。

肠粉送入口中，她咀嚼了几下，香味在她的嘴里散开，徐缓缓幸福得眯起眼睛。

嗷！简直太美味了！

这大概是徐靖第一次看到有人吃东西会露出这样的表情，奇怪的是，他并不反感。他用筷子夹了一块放入嘴里，细细咀嚼，不知是不是受了徐缓缓的影响，吃起来的确还不错。

下一秒，某人兔子般的眼神看过来，从刚才一直看着她的徐靖马上不自然地移开了视线，清冷的声音带着一丝尴尬："晚上吃什么？"

"油爆虾。"徐缓缓回答完默默地想：徐靖是不是被她影响了，现在也老是想着吃了。

不知道某人心里想法的徐靖微微颔首，故作冷漠地应了一声。

两个小时后，徐缓缓跟着徐靖走出警局，在小区附近的超市买好了食材后，这次徐靖却自己拎了袋子。

"说好我来拎菜的。"

"行了，力气花在洗碗上吧。"徐靖单手拎着两个袋子，径自走了出去。

从超市走回小区的路上，没想到却碰上了认识的人。

原本和男友逛街的韩雯英起初只是看到了那个高大俊朗、散发着不凡气质的年轻男人，却意外地发现站在他旁边的女人有些眼熟，仔细一看，不就是徐缓缓嘛！

上次同学聚会，班长告诉他们徐缓缓现在是天何大学的客座教授，她就一直觉得肯定是请了托，故意来欺骗他们的，如今正好碰上，韩雯英心生一计，走了过去。

快走到他们面前时，韩雯英突然疾走了过来，佯装吃惊："哎呀，缓缓，真的是你啊！"

"……"徐缓缓看着对方蹩脚的演技，不好拆穿，只好给了个微笑。

徐靖以为是徐缓缓的朋友，便往旁边走了几步给她们留出说话的空间，而韩雯英的男友童华慢慢走来，在女友的示意下也走到了一边。

"上次同学聚会你怎么提前走了？"

"唔，有事。"徐缓缓继续微笑。

"也是，听班长说你是天何大学的客座教授，肯定很忙吧？"

看着韩雯英的假笑和隐藏在其中的不屑，徐缓缓大概知道对方想说什么了。

"那是你男朋友？"韩雯英的脸上露出一闪而过的嫉妒。

徐缓缓："不……"

没等徐缓缓说完，韩雯英突然变了语气，压低了声音道："徐缓缓，什么天何大学的客座教授是你编的吧？你也是这么骗他的？"

徐缓缓没说话，等着对方继续说下去。

韩雯英还以为她心虚了，冷笑着威胁她："不承认？如果我去揭穿你，你觉得他会怎么做？分手还是原谅你？"

韩雯英是背对着徐靖的，而徐缓缓是可以看到正在等她的徐靖。韩雯英见她没话说，转身就想着去揭穿，右手却被抓住了，她得意地一回头，看到了面无表情的徐缓缓。

在生活中，即使时常会看到别人撒谎的痕迹，她也不会刻意去拆穿，但今天徐缓缓却破例了，因为韩雯英一副去揭穿了她好像就能引起徐靖注意的架势，韩雯英的眼神和目的让徐缓缓很不舒服，任何不怀好意接近男神的人都必须要阻止！

"怎么？"韩雯英以为她怕了。

"如果你男朋友知道你劈腿傍上了一个有钱人，"在韩雯英震惊慌张的表情中，徐缓缓眯起眼睛笑了起来，她一字不差地重复了韩雯英刚才对她说的话，"如果我去揭穿你，你觉得他会怎么做？分手还是原谅你？"

韩雯英咬着嘴唇，甩开了她的手。

被徐缓缓完全说中的她恼羞成怒："你！"

"徐……徐靖？"就在这时，和她们同是同学的童华认出了徐靖。

徐靖淡淡扫了对方一眼，然后看着徐缓缓的方向，察觉到了什么。

韩雯英又一次震惊了，看着徐靖走了过来，也认了出来，但她不敢相信："徐靖？真的是你？"

徐靖冷漠地瞥了她一眼，声音冰冷："你哪位？"

韩雯英被噎得一个字都说不出来，用句很俗的话来讲：如果眼神能杀死人，她有一种已经被千刀万剐了的感觉。

徐靖垂眸，视线再移向徐缓缓时，眼神中的阴霾已然消失殆尽，他淡淡开口："走了。"

依旧是简短命令般的口吻，但在旁人听来却能感觉到其中的不同。

"哦。"徐缓缓绕过已经石化的韩雯英，对着满脸尴尬的童华点了下头，小步跟了上去。徐靖这次似乎放慢了脚步，她很快就走到了他旁边。

徐缓缓抬头明目张胆地看着他的侧脸，脑子里回想刚才的一幕幕，对比之下，自己在气势上真的差得不是一点点，自然而然，她就想起之前那位女警跟她说过的一句话。

"如果说惹到霸道总裁要做好破产的心理准备，那么惹了徐靖，他一个眼神就会让你觉得下一次见到他时，你会在解剖台上。"

一路上都在想这些的徐缓缓压根没反应过来自己遗漏了一个重点，直到坐上了电梯，她才猛然发现了问题。

"啊！"

饶是处变不惊的徐靖也被她没有预兆的叫声吓了一跳，蹙眉低头看向她，不过脸上并没有恼意。

徐缓缓睁大着眼睛："你是我的初中同学？"

徐靖扯了下嘴角，别有深意地道："你反射弧真够长的。"

徐缓缓的大脑快速整理着关于徐靖的信息，上次同学聚会唯一缺席的人——初三物理课代表。

物理课代表。

物理课代表。

物理课代表。

"……"求徐缓缓此时的心理阴影面积。

反射弧很长的她这时候突然有些尴尬："你不会早就认出我了吧？"

徐靖收回目光,看向前方:"你很好认。"

徐缓缓自动脑补完整句话:个子矮、娃娃脸、理科差、反应慢,还爱吃零食,你很好认。难不成她要回一句你很不好认吗?

可是韩雯英和童华见面几分钟就认出他是谁,而徐缓缓在见到徐靖的第 12 天、288 个小时、17280 分钟(她算数最快的一次)后,才经人提醒认出他来。

徐缓缓为自己的智商感到深深的忧虑。

不过这种忧虑在吃完徐靖做的油爆虾后荡然无存,没心没肺的她表示偶尔的智商不上线不是问题,只要味觉还在一切都是美好的。

吃完晚饭,徐缓缓在厨房洗碗,听到徐靖在客厅里打电话,全程他说了不到十个字,不过也足够让她推测出是高临打来的,似乎让他去局里。

果然两分钟后,徐靖走了过来,已经穿上了深色外套:"局里有事,我要过去一趟。"

"哦。"徐缓缓想了想加了句,"路上小心。"

这四个字让徐靖的步伐一顿,他轻轻应了一声:"嗯。"

洗好碗整理完厨房的徐缓缓逗了一会儿慢慢后回了自己的家,她打开电脑,登录邮箱后,一封新的邮件跳了出来,是十五分钟前发送的。

第八十一封。

邮件的发件人把夺走别人的生命当作是游戏,把别人的尸体当作是自己展示的作品,徐缓缓想着迟早有一天会抓到他。

然而现在她只能受他摆布,十二个小时之内如果她不点开他写的邮件,一个无辜的人就会因她而死。

徐缓缓咬着嘴唇看着那三个字,挪动鼠标点开了这封邮件。

开头依旧是那五个字"亲爱的缓缓"。

徐缓缓面无表情地直接把页面往下拉,照例是一首外文诗,她快速扫了一眼,然而这次下面却还有内容。

滚动了一下鼠标,徐缓缓猝不及防地就看到了一张黑白的老照片。照片中是一个五六岁模样的小女孩,留着一头齐肩的发,瘦弱的身上穿着一条并不合身的宽大裙子，上面还能看到补丁的痕迹。她赤着脚站在路上，面无表情地看着镜头，而她手里抱着一只洋娃娃，然而娃娃的一只眼睛坏了，只留下一个黑色的洞。

女孩没在笑，但娃娃却咧着嘴在笑，平添了几分诡异。

房间的灯此时并没有打开，因此整个房间只有从电脑屏幕透出的光，徐缓缓盯着这张照片看了几分钟，只觉得一股凉意从背脊蹿上来。特别是她盯着女孩的脸时，有一瞬间竟然觉得女孩笑了，阴森地对着她笑了，可眨了下眼睛再看时，女孩又恢复了没有表情的脸。

徐缓缓视线从女孩的脸上移到了她没有抱娃娃的左手，似乎牵着什么，她看到的这张照片并不是完整的，左边少了一部分，也看不到这张照片拍摄的日期。女孩的身后是一栋老式建筑物，但看不出具体的地址。

她不懂为什么他要给她发一张老照片，但她很确定他不会做无缘无故的事。徐缓缓手握着鼠标继续向下滚动，照片的下面紧接着出现了一段话，红色的字。

凡在世之人，挑拨离间，诽谤害人，油嘴滑舌，巧言相辩，说谎骗人。死后被打入拔舌地狱，小鬼掰开来人的嘴，用铁钳夹住舌头，生生拔下，非一下拔下，而是拉长，慢拽。

拔舌地狱，徐缓缓知道。

十八层地狱中的第一层。

她皱着眉头继续往下翻，然而这封邮件居然到这儿就结束了。一张诡异的照片加上一段对于拔舌地狱的描述，她理解能力再好也猜不出这其中具体的意义，更重要的是她不明白他的目的。

总不见得单纯就为了吓吓她吧？

就像前八十封一样，徐缓缓并不打算回这封邮件，她索性关了页面，打开了 word 准备写今天的更新。

然而她盯着那张照片看了太久，以至于每一处细节都深深地印刻在了她的脑子里，特别是小女孩的那张脸……

徐缓缓垂下手，身体放松向后靠去，一闭上眼睛，女孩的脸和她手里娃娃的脸重合在一起，形成了更加诡异的一张脸。

这倒是给她带来了一些灵感，等写完这章小说之后，再看一遍时，徐缓缓第一次被自己写的吓着，越看越觉得毛骨悚然，感觉那个女孩就在她身后默默地盯着她。

徐缓缓："……"

徐爸爸又出去旅游了，此时无比脆弱的徐缓缓想到了隔壁1202室的……那只猫。

从回自己家到现在，她没听到隔壁开门的声音，那就说明徐靖还没有回家。

慢慢独自待在那么大的房子里过夜一定很害怕吧！

给自己找了个无比合理由的徐缓缓，这下没有丝毫的犹豫，拿了徐靖之前给她的备用钥匙，出了家门后开了1202室的门。

"喵——"

徐缓缓一走进去，听到动静的慢慢就屁颠屁颠地跑过来了。

徐缓缓蹲下来看着小白猫，嘿嘿一笑："慢慢，我来陪你了。"

本以为是自己主人回来的慢慢发现来的人不对，一扭头走了。

"……"她是不是被只猫给嫌弃了？

被嫌弃的徐缓缓走到客厅坐在了沙发上，拿着手机看电影，她看了一眼时间，十点二十分，看完一部两个多小时的电影，徐靖也应该回来了，她就待到那个时候吧。

然而这一天，徐靖回到家的时候已经是凌晨两点，他用钥匙开了房门，开了玄关的灯，正准备换鞋时却看到了一双女鞋整整齐齐地摆在那儿，他记得是徐缓缓的鞋子。

徐靖换鞋的动作顿了一下，向里面看了一眼，房里都是暗着的。换好了拖鞋，他压低了脚步声慢慢走了进去，借着玄关处的灯光，他一眼便看到了窝在沙发上的徐缓缓，她全身蜷缩成一团，身上盖着她自己的羽绒服。

徐靖走了过去，俯身看着她，她睡得很沉很安稳。

"喵——"

他听到一声猫叫才发现了慢慢的存在，猫就睡在徐缓缓的脚边，敏感地听到自己主人回来的声音后醒了过来。

"嘘。"徐靖抬起手指轻轻放在嘴唇上，然后另一只手摸了摸它的脑袋。

慢慢似乎能明白他的意思，乖乖的没有再叫，又躺了回去。

徐靖的视线又回到了徐缓缓的脸上，眼神中的冰冷渐渐化开，慢慢露出连他自己也察觉不到的暖意。

他缓缓伸出手探向她的脸，想要撩开她脸上的头发，他抿着嘴唇，动作带着一丝迟疑。

就在即将触碰到之时，徐缓缓脑袋旁边的手机屏幕突然亮了，一下子照亮了她的脸还有他的手。

被吓了一跳的徐靖手一抖赶紧收了回去，他抿了抿嘴，紧张得站直了身体偏过头去。

十几秒后，手机屏幕暗了，徐靖用余光瞥了一眼，发现徐缓缓并没有被吵醒，依旧睡得很香，半点动静都没有。

徐靖松了口气，可也不敢再去动她了。他走到卧室拿了一条厚毯子，走回来小心地盖在她的身上，睡梦中的她感觉到暖和了，舒服得哼了哼。

"徐靖。"徐缓缓嘀咕了一声，嘴角随之扬了起来。

以为徐缓缓醒了，徐靖一愣，看向她的眼睛。

"叉烧包。"

徐靖："……"

早上，徐缓缓是自然醒的，她一睁开眼，就对上一双漂亮的眼睛。

"喵——"慢慢趴在沙发靠背上，从上往下看着她。

徐缓缓还处于半梦半醒的状态，半眯着眼睛对着慢慢就是一顿揉。几分钟后，感觉到光线的她张大了嘴巴，一下子从沙发上坐了起来，她看向窗外，居然已经天亮了，而她还在徐靖的家里，所以说她居然在他家里睡了一晚上！

她一低头，看到了自己身上盖着的毯子，慢慢是不可能给她盖的，那只有一种可能了——徐靖晚上回来了。

徐缓缓猛拍自己的脑门，她怎么会看着看着电影就睡过去了呢？睡着了也就算了，徐靖回来她居然都没醒！

说好的被照片吓到不敢睡呢!

对自己无语的徐缓缓看了一眼时间,已经八点多了,她扭头看了一眼卧室的方向,徐靖应该已经去警局了,也不知道他昨天多晚回来的。

从沙发上下来的徐缓缓看到了茶几上被杯子压着的一张字条,上面用黑色的水笔写了一句话:"餐桌上有叉烧包和豆浆。"

叉烧包,徐缓缓咽了口口水走到餐桌旁,盘子上有两个叉烧包还有一个保温杯,她打开一看,里面是还冒着热气的豆浆。

徐缓缓弯了嘴角,坐了下来一口一口地吃完了早饭,收拾完桌子后,她给慢慢喂了猫粮,然后才离开了徐靖家。

吃饱了的徐缓缓满足地哼着歌回了对面自己的家。她回了房间开了电脑,准备趁着心情好把《犯罪师2》的大纲给写了,可登录邮箱后,一封新的邮件跳了出来。

徐缓缓愣住了,距离昨天那封邮件才过了十二个小时,间隔这么短,这是非常不寻常的,她皱着眉头满是疑惑地点开了这封新邮件。

开头还是那五个字,接着还是一段外文诗,徐缓缓继续往下拉,猝不及防地又看到了一张照片。

一个中年女人躺在一间房的地上,她穿着一条白色的连衣裙,但是几乎被血染红。她的腹部被剖开,塞进了一只洋娃娃,娃娃的头整个露在了外面,正对着镜头。

娃娃的一只眼睛坏了,只留下一个黑漆漆的洞。

已经死亡的女人头歪向一侧,双眼睁大着,面无表情,但她肚子里的娃娃却咧着嘴在笑。

就像一个胜利者。

6、
娃娃与巧克力

两年前。

S市某所大学的心理课上，心理学教授孔教授笑着介绍站在自己身边的一位年轻娇小的女人："同学们，我来介绍一下，这位是我以前的学生，也就是你们的学姐，徐缓缓。她现在的职业是一名测谎师，你们有什么专业方面或是感兴趣的问题都可以问她。"

下面的学生看着这个带着浅浅笑容的女人有些迟疑，她看上去和他们年龄差不多，于是快一分钟过去了，却没有人提问。

孔教授轻咳了一声，接着就发现了一只举起的手，他看着对方的脸，但并没有想起他的名字，只能道："你，来提问吧。"

徐缓缓看着那名男生站了起来，他清俊的脸露出了笑容，特别是那双眼睛，漂亮的浅色眼眸十分吸引人。

男生看着徐缓缓的脸，开了口："你能直接看出别人是否撒谎吗？"

徐缓缓看着他扬起的嘴角，颔首道："可以。"

像是得到了满意的答案，男生的笑容渐渐扩大，眼睛也染上了笑，他开了口，嗓音低沉而有磁性："那如果我说我杀了人，你信吗？"

"你……"

"啊？什么情况？"

整个教室都因为他的这句话而产生了不小的骚动。

徐缓缓愣了一秒，但只是一秒，她眨了眨眼睛对上了男生那双特别的眼睛，莞尔一笑："我信啊。"

　　徐缓缓提着笔记本打的去了警局，出示了证件之后到了刑侦队办公室。

　　刑侦队的工作人员似乎在忙，高临也是刚从外面回来，一副匆忙的样子，见到她自然是意外，他把她带进了他的独立办公室："徐顾问，有什么事吗？"

　　"高队长你们在忙案子？"

　　提到案子，高临微锁眉头："嗯，发生了一起凶杀案，没事，你说吧。"

　　徐缓缓把电脑放在了桌子上，没有先给高临看那两封邮件，而是先问道："高队长，你知道'言洛'这个名字吗？"

　　不算常见的名字让高临一下子就想起是谁："言洛？那个杀了十四个人的连环杀人犯？"

　　徐缓缓点了点头："嗯，就是他。"

　　"我记得警方曾经抓住过他，但被他逃了，在杀了三名警察之后。"提到这一点，高临攥紧了拳头。

　　"对，他曾经是我大学教授的学生，我回学校时在一堂课上见到了他。"徐缓缓至今都对那天的事情印象深刻，他说的每一个字、他的每一个表情，她都记得一清二楚，"他当时对我说他杀人了，问我信不信。我没有发现他有任何撒谎的痕迹，而在进一步交谈之后，我发现他可能是个连环杀人犯，所以之后这个案子我全程都参与了。"这也是她第一次参与的连环杀人案。

　　"之后就发生了你知道的事情，但在言洛逃亡后的第三个月，他给我发了第一封邮件，只不过技术人员追踪不到他的位置。"徐缓缓给高临看了第一封邮件，"从那天起到今天早上，一共给我发了八十二封邮件。"

　　言洛会给徐缓缓发邮件高临并不感到意外，但是，他疑惑地问："这么多？"

　　"而且他发来的每封邮件我必须在十二小时内查看，不然他就会去杀一个人。"徐缓缓说着露出一个无奈的苦笑。

　　如此变态的要求，持续了一年多的时间，言洛无疑是想了一个办法变相地折磨徐缓缓。高临看了一眼徐缓缓，视线又重新回到电脑上："邮件的内容都是什么？"

"之前的八十封邮件每一封都是一首外文诗，但是最近的两封却加了些东西。"徐缓缓先给他看了前一封，那个女孩的照片，"这好像是一张老照片，但是并不是完整的照片。"

看了照片的高临皱起了眉头，显然也不是很舒服，他的视线锁定在女孩手上的娃娃："这个娃娃……"

徐缓缓马上又给高临看了另一封邮件："还有这是今天早上收到的。"

高临看到这张血腥的照片后睁大了眼睛，表情是惊讶的："这张照片……"

徐缓缓察觉到他的语气不对。

"怎么了？"

高临面色沉重没有说话，而是打开一直拿着的文件夹，里面是今天发生的凶杀案的现场照片，他拿出了一张照片给徐缓缓看。

一样的白色连衣裙、一样的坏了一只眼睛的娃娃，同一个被害者。

高临看着徐缓缓道："我们是八点左右接到报案电话的。"

徐缓缓低头看了一眼时间："这封邮件是七点十分发的。"

所以拍摄这张照片的不是凶手就是第一目击者，而前者的可能性似乎更大。

徐缓缓突然想到一个问题："报警的是谁？"

知道她在怀疑什么，高临先是摇了下头："是死者的邻居，她出门时发现死者家的房门开着，感觉不对劲便进去查看，就发现了尸体。徐靖还在对死者进行尸检。"

听到徐靖的名字，徐缓缓心里不由得一暖，嘴角不自觉地弯了弯。

徐缓缓表情上的细微变化高临自然发现不了，他的专注力全在案子上："言洛给你发的上一封邮件，那张照片中女孩手里拿着的娃娃和凶手塞进死者肚子里的娃娃好像一模一样。"

"嗯，我也觉得肯定是有某种联系的。"还有那段解释拔舌地狱的话，他是在暗示着什么？

高临颔首道："我让人去查一下照片中的小女孩的身份。"

就在这时，办公室的门被敲了下，徐靖推门而入："队长。"看到徐缓缓也在，他的脸上闪过一丝诧异，随后又恢复了一贯的冷漠表情，他走了过去，右手拿着一份报告，"尸检报告出来了。"

"辛苦了。"高临接过报告看了起来，"死亡时间是在凌晨一点到两点间，死者的腹部是在她活着时被剖的？"

"嗯，死者手腕和脚踝均有被捆绑造成的伤痕瘀青，腹部受致命伤，除此之外没有其他伤害，体内也没有发现药物等残留痕迹。"徐靖清冷的嗓音语气平缓地讲述着他尸检后的发现，"不过，在死者的指甲缝里发现了非死者的皮肤组织。"

这无疑是一个重大的发现，高临赶紧道："可能是死者挣扎时抓到凶手皮肤时留下的，检验之后有匹配的嫌疑人吗？"

徐靖淡淡道："没有。"

高临听后紧拧着眉头："没有的话……"他看向了徐缓缓。

"言洛当时是被采集过DNA的。"其实徐缓缓对这个结果并不意外，从收到照片开始，她就没有把言洛当作是杀死这个女人的凶手，这不是他的作案方式，但她不知道言洛参与这个案子的目的以及他在这个案子中扮演的角色。

徐靖另一只手拿着一个物证袋。

"这是从死者腹部取出的那个娃娃。"

娃娃的下半身被血染红，一只眼睛坏了但嘴咧着还在笑着，之前只是从照片上看到，现在就放在她面前，她看了一眼，只觉得更诡异恐怖，赶紧别开脸。

注意到徐缓缓不舒服的表情，徐靖向前迈了一步，用身体挡住了徐缓缓大部分的视线。

徐缓缓转回头时，只看到了徐靖身上干净的白色。

"这个娃娃不是新的，有一定的年月了。"发现这一点后，高临更加怀疑有没有可能这个娃娃就是照片中小女孩抱着的那一个，但现在还没有足够的证据证明这一点。

徐靖抬手指了一下："还有，娃娃的左脚脚底刻了数字。"

听到徐靖所说，高临把娃娃翻了过来，果然在左脚的脚底看到了用刀刻上的一个数字——7。

线索零零散散没法连贯起来，刑侦队继续在调查死者的身份以及那个女孩的身份包括其他各种信息，徐缓缓拿着笔记本电脑在徐靖的默许下跟着他去了法医室。

就剩他们两个人时，徐缓缓从电脑后面探出脑袋，看着似乎在忙碌的徐靖，迟疑着开了口："那个，昨天晚上还有今天早上谢谢啊。"

徐靖修长的手指翻过一页纸，淡淡瞥了她一眼："谢什么？"

"昨天晚上我不敢一个人睡，所以才会到你家里……"徐缓缓说到后面声音越来越低。

以为昨天晚上徐缓缓是为了等自己回来才睡着的徐先生抬手扶着额头，挡住了自己的脸。

完全没发现徐靖异样的徐缓缓继续说着："还有早上的叉烧包和豆浆，很好吃。"她抿了抿嘴，突然想到，"对了，我睡觉时应该挺安静的吧。"

徐靖清冷的声音再度响起："说梦话。"

"啊？我？"徐缓缓一脸蒙了地用手指指着自己。

徐靖："还打呼。"

徐缓缓："……"

对死者身份以及近况的详细调查很快就有了结果。

死者叫傅春梅，四十九岁，之前是一家纺织厂的工人，厂倒闭之后，她就失业了。

不过几年前，她开了一家家政公司当了老板，丈夫在八年前去世了，没有孩子，她之后就独自一人生活。

她平时不是去家政公司，就是和小区里的牌友打麻将，没有其他爱好。

"我问了她的几个固定牌友，她们说死者脾气不错，出手也挺大方的，不像是会有什么仇人，也没有听她提起过，最近也没有和谁发生过争吵。

"周围的邻居也对她的印象不错，有个邻居提到昨天晚上八点左右，他在走廊里遇到正准备回家的死者，她应该是刚散步回来，没有任何异样。"

高临微微颔首，随后问道："那凌晨一点至两点之间，邻居有听到什么声音吗？"

"没有，都在睡觉没有注意到。"

高临又问了队里另一名队员："家政公司这方面呢？可能是和客户结怨吗？"

"没有，死者公司的口碑在业界里是不错的，很少发生客户投诉，即使有投诉也都处理好了，没有闹过什么大事。"

现有的调查结果让高临眉头紧皱，一个年近五十、独自居住的中年女性，并不是遇害的高危人群，而且凶手的目的也并不是劫财。

他脑子里又想到了另一种可能性，如果是连环杀人案，那为什么会偏偏选中她呢？凶手把一个娃娃塞进死者的腹部又想表达什么？

想到了娃娃，高临想起了那张照片。

"那张黑白照片上的小女孩查出什么来了吗？死者家里有没有找到关于那个小女孩的照片？"

技术员周齐昌在电脑后面摇着头："没有，我对比过了，首先肯定不是死者小时候。"他停顿了一下，继续说了下去，"还有队长，重要的是这张黑白照片其实是做过处理的，实际上并不是几十年前拍的，照片拍摄的日期也被隐藏起来了，我破解了一下，你看。"

高临走到周齐昌旁边，看着电脑屏幕，照片的左下角果然有一个日期"2005年7月8日"，这个时间让他大为意外："这是十二年前的照片？"

知道这个消息的徐缓缓也十分惊讶："十二年前？"

"没错。"高临微微颔首，把目前得到的线索告知了她，"照片上的小女孩拍照时差不多五六岁的年纪，那她今年应该是十七八岁。可调查之后，并没有发现死者和这个女孩之间的联系，而且我们查了死者的医疗记录，她没有生育能力，他们夫妇也没有领养过孩子。"

捕捉着高临话中的信息，徐缓缓突然重复了一句："她没有生育能力？"

"嗯。"

"原来如此。"徐缓缓眯了下眼睛，瞬间想明白了一点，"所以凶手才会把娃娃塞进她的肚子里。"

高临听后蹙眉看向她："为什么？"

徐缓缓慢慢道："他在嘲讽她。"

　　下班后，徐缓缓只能提着笔记本和徐靖去超市买食材。结账的时候，徐靖口袋里的手机响了，但他只是拿出来看了一眼，便又放了回去。

　　铃声停止后，没多久又响了起来，这一次，徐靖看也没看，但徐缓缓能明显感觉到他周身的气压越来越低。

　　徐缓缓不敢问，提着菜默默跟着帮她拿笔记本的徐靖出了超市。

　　不敢在这种情况下跟徐靖说话，于是徐缓缓一路都在想案子。

　　走着走着，冷不丁，低着头的徐缓缓一下子撞上了什么。

　　她一抬头，发现自己撞上的是徐靖的后背，她刚想问他为什么停下来，就听到前方一个尖锐的女声传了过来。

　　"徐靖，你为什么不接我电话？"

　　什么情况？！打不通电话直接找上门来了？被徐靖挡住视线的徐缓缓探出脑袋，一个保养不错的中年女人站在那儿，看着对方的穿着，徐缓缓脑子里跳出一个字：贵。

　　发现不是女朋友、前女友之类的可能性，徐缓缓暗暗松了口气，不对不对，自己干吗这么紧张啊？

　　徐缓缓还在自我纠结中，就听到身前的徐靖开口，声音冰冷到了极点。

　　"没存。"

　　没存？徐缓缓想了一下，他的言下之意就是你的手机号我根本没存，短短两个字简直和"你哪位"的杀伤力是差不多的。

　　果然这两个字一下子激怒了对方："你！"

　　高跟鞋的声音越来越近，徐缓缓听到那个中年女人咬牙切齿的声音："我可是你妈妈！"

　　居然是徐靖的妈妈，那他不接电话甚至没存她的号码是……

　　还在默默思考的徐缓缓很明显地听到了一声冷呵，带着满满的不屑。

陶敏从手包里拿出一张名片对徐靖道："明天晚上六点去紫金酒店，对方可是宋氏集团的千金，徐靖，你必须得去。"那是完全命令的语气，不容拒绝的强势。

徐靖目光冷峻地看着她，并没有接过："你凭什么？"

陶敏微微抬着下巴，高傲地道："凭我是你妈，凭我生了你！"

"你别忘了在我五岁时是你把我给扔了。"徐靖的手紧紧攥拳，目光凛冽地看着那个自称是他母亲的女人。

徐缓缓看着他因为克制而发白颤抖的手，想去握住可现在的情况却又不能。

陶敏抿了抿嘴，发现强硬不行，便又换上了笑脸："阿靖，我知道你怪我，可那时候妈妈没办法，所以几年前我不是回来找你了吗？"说着她伸出手，想要握住徐靖的手。

"因为你发现我可以利用，不是吗？"

被直接戳穿了目的，陶敏的手尴尬地停在半空，慢慢收了回去。

徐缓缓怔怔地看着徐靖挺拔的背影，她回想起他曾经对她说过的话："因为活人都会撒谎。"

此时她才真正明白他会说这句话的原因，被自己的母亲抛弃、欺骗，所以他才会变得如此不信任人，不愿意去接触别人。

但陶敏并没有放弃说服徐靖的意思："我也是为你好，当个法医有什么前途？只要你娶了宋……"

"你走吧。"徐靖打断了她的话。说完，徐靖直接绕过了陶敏，连一个余光都没有给她。

陶敏并没有注意到一直跟在徐靖身后的徐缓缓，她的注意力依旧在徐靖的身上，叫着他的名字准备跟上去。

"徐靖！徐……"

"阿姨。"

陶敏突然听到一个年轻女人的声音，转身的动作迟疑了一下，回头便看到了一个娇小的女生，手里拎着一个袋子。

陶敏上下打量着她，心想她刚才应该是跟在徐靖身后和他一起回家的，那么……她露出了嫌弃不屑的表情："嗬，难怪他不愿意去，你和我儿子同居了？"

"不……"

然而对方压根不给她解释的机会。

陶敏露出一副嘲讽的表情，抬着下巴冷笑着骂道："也不看看你自己是个什么货色，没结婚就住到人家里去了，还要不要脸了！"她像是要把气都撒在徐缓缓的身上，也是为了让徐缓缓赶紧离开徐靖，她抬起手一个巴掌就向徐缓缓的脸打去。

徐缓缓看着向自己挥过来的手，蹲了下去。

陶敏根本没想到徐缓缓会做出这样的动作，挥出去的巴掌自然打空了，她反而自己踉跄了一下，那只手的手腕就被狠狠地抓住了。

陶敏抬头，看到了徐靖像是要杀了她的眼神，她被吓得腿脚一软，手却挣脱不开。下一秒，她听到了徐靖在她耳边说的话："我警告你，别想动这女孩一下。"

还蹲着的徐缓缓被徐靖直接拉走了。

徐缓缓看着自己被抓住的手，还有点蒙，不过唯一的感受就是他的手好大好暖和。

徐靖目视着前方，脸上依旧没有什么表情，但心里却是自责加后怕，他没想到陶敏会对徐缓缓动手，还好那一巴掌没有打到她的脸上，还好。

徐靖将徐缓缓一路拉进了电梯，他感觉到手心被挠了两下，这才意识到手还没放开，他的视线停在两只相握的手上，就听到了徐缓缓软软的声音。

"徐靖，你要不要吃巧克力？"

这是他第一次听到她叫他的名字。

"好。"

回到家里，徐缓缓坐在桌子前，总觉得今天好像发生了很多事，她也知道了好多事。

她侧着脸看着自己的右手，手上似乎还残留着他的温度，没想到看上去那么冷的一个人，手却这么暖。

"徐靖。"

她轻轻念着他的名字，脸莫名地烧了起来。

她赶紧抬起头，甩了甩脑袋，打开了电脑，一封新的邮件跳了出来。

第八十三封邮件。

然而这一次，邮件内容只有一个英文单词——

Revenge.

7、
破娃娃与癖好

　　结束了饭局之后，喝了酒的顾长贺打车回了家。

　　他晃晃悠悠地走了进去，钥匙撞到大门，发出一串声响。顾长贺把钥匙随手扔在了鞋柜上，一边用手松开领带一边往里走。

　　房子里一片漆黑又格外安静，顾长贺心想女儿应该是已经睡觉了，他不想吵醒她便没有开灯，口干的他直接走向了厨房。

　　酒精让他的视线变得有些模糊，他晃了晃脑袋让自己清醒一些，借着厨房窗外照进来的月光，他看到了冰箱。

　　顾长贺有些无力地靠在墙壁上，伸手拉开了冰箱冷藏室的门，亮起的灯让他不舒服地眯了下眼睛。几秒后，他适应了光亮，睁开了眼，便看到了放在冰箱里的东西——

　　他女儿的头。

　　这是徐缓缓第一次到凶案现场，她站在徐靖的旁边，然后接过他递来的手套。

　　徐缓缓有些生疏又有些紧张，以至于弄了好一会儿也没戴好。

　　戴好手套的徐靖发现了她的状况，他放下工具箱，默不作声地拉过徐缓缓的手，帮她把手套戴好。

　　徐缓缓看着他垂下的睫毛，轻声道："谢谢。"

　　徐靖清冷的声音在她的上方响起："进去吧。"

徐缓缓跟着徐靖穿过了封锁线，走进客厅就看到了尸体，一具中年男性的尸体。

徐靖在尸体旁蹲了下来，徐缓缓做了个深呼吸，往尸体的位置走了两步，她从上往下看了一遍尸体的情况：男人的头部受了伤，旁边有一摊呕吐物，胸口插着一把匕首，两只手从手腕处都被切掉了，地上有大片已经变暗的血迹。

站在厨房门口的高临看到徐缓缓，面色沉重地向她招了下手："徐顾问，你来这里看一下。"

徐缓缓看了一眼正专注于对尸体进行初步检查的徐靖，小心地从尸体边上绕了过去，走到了高临旁边。

高临侧身，让她能看清楚里面的情况。

下一刻，眼前的情景让她倒吸了一口凉气：冰箱冷藏室的第一层正中央放着一个女性的头颅。

她的左眼被挖掉，血流满了她的半张脸，嘴角两边都被割开，又被缝合，让她看上去像是在咧着嘴笑。

就像那个坏了一只眼睛的娃娃。

"Revenge."

周围的人都看向了说话的徐缓缓。

女性死者的躯体被放在她卧室的床上，床单上以及旁边的蓝色墙壁上都溅着血，显然，她的头就是在这里被生生切下的。

徐缓缓看着接二连三的血腥场面，有些恶心。她从卧室走出来，徐靖已经起身，显然已经完成了对男性尸体的初步检查，她对上他淡漠的眼神，突然有种安定的感觉。

徐靖的视线在徐缓缓的脸上停留了数秒才移向了高临，清冷的声音道："死者的脑后有钝器击打伤，致命伤是胸口的锐器刺入造成的，两只手是在他死亡前被切掉的。死亡时间在凌晨一点至两点间，根据呕吐物来看，他死亡前喝过不少酒。"

高临听后道："也就是说死亡的时间段和前一名死者相同。"

徐靖微微颔首，换上了一副新手套后走向了女死者的卧室。

徐靖离开后，高临对徐缓缓道："还没有找到他的两只手，两名死者是父女关系，我们找到了他们的身份证，男性死者叫顾长贺，四十六岁；女性死者叫顾悦婷，只有十九岁。"

徐缓缓看向顾悦婷的卧室，从她的角度可以看到一个玻璃橱柜，上面摆放着顾悦婷获得的奖杯和奖状，她转回头慢慢吐出一口气："他是凶手复仇的对象，凶手把他的女儿做成了那个娃娃的样子。"

高临点了点头，然后根据房子里的种种痕迹做着初步的推断："他女儿应该是在他回家之前就已经遇害了。死者回到家时，凶手应该还在他家中，他走到厨房去开冰箱的门，就看到了他女儿的头，之后就被凶手用钝器击中了头部。周围的邻居并没有听到什么异常的声音，凶手既凶残却又很谨慎，完全摸清楚了死者的生活规律才实施犯罪，连续两天入室杀人，肯定是有预谋的杀人。"

徐缓缓据此有了一个推测："他应该有一个名单，上面都是他要复仇的对象。"从傅春梅开始，现在是顾长贺，她总觉得还会有其他人。

高临沉思片刻，突然想到了什么，他看向徐缓缓开了口："徐顾问，你觉得有没有可能凶手还有同伙？"

"你是指言洛？"徐缓缓摇了摇头。

"你觉得不会？"高临眉头紧皱，总觉得这种可能性很大，"可他有犯罪现场的照片，而复仇……说不定他也是想要向他们复仇的人。"

"不会，如果是他想要复仇，他只会自己一个人行动。"徐缓缓研究了他两年，她很清楚他的心理以及他的作案模式，他会干什么，不会干什么，"他的确了解凶手的经历和目的，甚至可能掌握了凶手手中的杀人名单，但他绝对不会配合我们抓捕凶手，所以他写这几封邮件给我，给出一定的提示，就像之前那样，这对他来说就是一场好玩的游戏。"

这个案子中的凶手、被害者、警方都是游戏的参与者，而他则是幕后的控制者。

徐靖对于女死者的初步尸检，证实了他们的推断，她的死亡时间在昨天夜里十一点至十二点之间，她睡前喝的牛奶中被凶手掺入了安眠药，凶手等她熟睡后将她残忍杀害。

顾长贺所住小区的摄像头被人为破坏，所以并没有拍到任何关于凶手的线索。两名死者的尸体被带回法医室做详细的尸检，完成对死者房子的勘查后，徐缓缓也跟着高临他们回了局里。

死者各方面的信息很快就被调查清楚："死者顾长贺，四十六岁，一家 4S 店的老板，妻子九年前和他离了婚，孩子判给了他。不过，没法向他妻子询问关于他的事，因为他妻子两年前得癌症去世了。"

周齐昌推了推眼镜，开始汇报他的发现："队长，死者昨天晚上参加了一个饭局，参加的都是几个老板，他们是几天前预约好的，地点在风新酒店。我查了酒店的监控，饭局是晚上十一点多结束的，顾长贺上了一辆出租车，我又查了小区附近的监控，显示他是凌晨十二点三十分左右到家的。"

"好，能查到傅春梅和顾长贺之间存在的联系吗？"

周齐昌无奈地摇了摇头："就现在的信息看上去他们根本没有任何交集，没有任何生活上或是生意上的往来。"

高临点了点头："我知道了，你再继续查查。"

听完他们的对话，徐缓缓从高临身后探出脑袋，举了一下手："唔，查一下十几年前他们是否因为某件事有过交集。"

照片是十二年前的，她觉得说不定跟这个时间点也有关系。

"好的。"

这时，一名队员急匆匆地走了进来："队长，顾长贺的朋友来了。"

高临微微颔首，看向徐缓缓："徐顾问，我们走吧。"

高临和徐缓缓在一间问询室里见到了顾长贺的朋友——余华，他有些秃顶，啤酒肚，明显没有顾长贺保养得好，所以看上去比顾长贺年长一些，但其实余华还比顾长贺小两岁。

高临走上前和余华握了下手："余先生，你好，谢谢你能来。"

余华摇头，坐回了沙发上："没事，只希望你们能尽快抓住凶手。"

"我们会尽力的。"高临说着在他对面坐下，而徐缓缓坐在了一边。

高临向他确认："余先生，你和顾先生是二十多年的朋友，是吗？"

"对，已经二十五年了，我们是最好的朋友。"余华叹了口气，脸上流露出悲伤的表情。

高临继续道："所以你应该对他的情况很了解吧。"

余华点了点头。

"你有没有想到有谁可能会杀害顾先生，或者他有和你提过与谁结怨？"

余华想了一下后摇了下头："没有，他没有仇人。"

"那你有听过傅春梅这个名字吗？"高临觉得如果是这么亲密的朋友，或许会听过。

"傅春梅？"余华的表情明显是没听说过这个名字，他摇头道，"没有印象。"

高临又给他看了傅春梅的照片，得到了同样的回答。

"那十二年前你记得发生过什么特别的事吗？"

几秒后，余华咽了口口水，摇了摇头："没……没有。"

徐缓缓看着余华眼球转动的方向，慢吞吞地开了口："你现在脑子里想到了什么？"

听到徐缓缓的问题，余华一愣，明显有点紧张了，语气急促地道："什么？我脑子里没想什么啊。"

生硬地重复问题，徐缓缓很肯定地道："你在撒谎，你分明是想到了什么事。"

"我……我……"余华反复摩挲着自己的手，迟迟不开口。

余华肯定知道某些事情，但不愿说。

高临看着余华，语重心长地道："余先生，我们要抓到凶手，就必须知道所有事情，希望你能配合我们，不要有所隐瞒。"

余华抬头看了他一眼，又低下，显得格外纠结："那是十几年前的事了，也会和他被害有关系？"

就在这时，徐缓缓又开了口："是不是和孩子有关？"

"你……你怎么知道？！"余华瞪大了眼睛，一副不可置信的表情。

"那就是有关。"照片中的女孩、复仇以及即使顾长贺已经死亡余华也要隐瞒的真相，这些结合在一起，徐缓缓已经猜到了大概。

高临："余先生，说吧。"

余华重重吐出一口气，用手抹了一把脸，考虑再三还是说了出来："他……他年轻的时候有个癖好，喜欢年轻的女孩，特别是小女孩，那是他有次喝了酒告诉我的。十二年前，他玩死过一个小女孩。"

即使已经有了一些心理准备，听到这个信息时，高临还是震惊不已，玩死……他脑子里反复出现这两个字，他的胸膛因为愤怒而剧烈起伏着，好一会儿，他才找回自己的声音："几……几岁大的小女孩？"

"八九岁的样子，他也不是很清楚，除了我他没和其他任何人说过这件事，这是个秘密，是一件丑事，所以我刚才不想说。"余华想维护自己朋友的名誉，即使他已经死了。

高临平复了一下心情，继续问下去："那小女孩的尸体呢？之后他是怎么处理的？"

余华摇了摇头："他就赔了点钱，那边的人就让他走了。"

高临听到这个词拧了眉头："那边的人？"

·余华含糊地道："做……做这种生意的人呗，他也是经人介绍的，到了那里，然后从里面挑了一个。"

"挑了一个？"高临眉头皱得更紧，"里面都是这么小的孩子？"

余华迟疑了一下才开口："嗯，好像是专门做这类生意的。顾长贺说，他那次去就看到了十几个孩子，有女孩也有几个男孩，都差不多的岁数。"

有需求才会形成那样一个充满欲望、罪恶的地方，就是因为有很多像顾长贺那样的人，才催生了那类生意。

十几个？高临知道肯定还不止这些："他有问过这些孩子的来历吗？"

余华点了点头："有，那边的人告诉他，其中有些是孤儿，有些是被父母卖了的，反正都蛮可怜的，顾长贺说都长得瘦瘦小小的，营养不良的样子。"

"那你知道顾长贺是经谁介绍的吗？"

对于这点，余华并不清楚："应该是他们那个圈子里的人吧，我也不知道，反正自从那件事情后，他就再也没干过那样的事了，毕竟出了人命。"

久久没有开口的徐缓缓这时问了一个问题："那个女孩，他有提到过她的名字吗？"

余华想了一会儿看向她："只有小名，小七？我记得好像是叫这个。"

徐缓缓听完浑身都觉得冰冷，冷得发抖，小七？那自然不是她的名字也不是小名，他们被迫到了那里，然后就被剥夺了自由、人权还有名字，或者有些出生后就没人给他们取过名字。他们只是被当作了交易的物品、那些人赚钱的工具，物品当然不需要名字，只需要一个编号方便管理。

1、2、3、4、5、6、7……她应该是第七个到那里的孩子，于是她有了自己的编号——小七。

余华知道的只有这些，他离开之后，高临和徐缓缓从问询室走了出来。

高临紧紧攥拳愤然地道："都是禽兽，八九岁的孩子，怎么可以……"

十多年前发生的事情，他们现在没有办法阻止或改变，但可以查明整个事件，抓出造成这一系列悲剧的所有人。

徐缓缓想到了一个关键的信息："第一名死者肚子里被凶手塞进的娃娃，脚底刻了个'7'，那应该就是女孩的娃娃。"那或许是她唯一的东西，最珍惜的东西，所以即使坏了，她还抱在手里。

"所以照片上的女孩应该就是被顾长贺……"高临说不出玩这个字，"害死的。"

徐缓缓点了下头，继续道："还有，那些孩子应该不只是孤儿或者被父母卖了的。"

高临马上明白了徐缓缓话里的意思："你觉得还可能是被人拐卖的？"

徐缓缓抬头看着他："如果傅春梅就是那个拐卖了女孩的人呢？"她突然想到，这算不算是一种报应，傅春梅拐卖了别人的孩子，而她自己没有了生育能力。

而顾长贺，十二年前害死了一个只有八九岁的女孩，十二年后，凶手便让他亲眼看到自己的女儿身首分离。

高临吸了一口气慢慢吐了出来，案子渐渐变得清晰起来，他面色冷峻地道："如果是这样，那死者之间就能联系起来了，都是间接或直接导致女孩死亡的人。"

徐缓缓慢慢道："那么，凶手要复仇的对象肯定就不止这两个人了。"

十多年前的事情更加难查，如果傅春梅是拐卖孩子的人或者是利益链条中的其中一人，那么只有通过她来找上下线，接收这些孩子的人肯定会付钱给她。

高临让周齐昌查了傅春梅的银行交易记录，在她失业期间，的确有数额不少的钱是分批次存进来的，然而不是转账进来的，显然他们是现金交易，傅春梅也就是靠这些钱后来开了家政公司。

按照交易记录来看，傅春梅应该至少干了两年，不知道有多少孩子经过她的手被贩卖。

人有多少的贪婪，就会变得多么扭曲。

徐靖从法医室走出来的时候，看到了那个娇小的身影，徐缓缓靠着墙蹲着，似乎是在发呆。

徐缓缓很喜欢发呆，这是徐靖在初中时就发现的事，那时候她坐在靠窗的位置，特别是到了数学课的时候，好几次到了下课她还在发呆。

徐靖不知道她在那儿蹲了多久，是在等他还是别的什么他想不到的原因。

他轻咳了一声，然后很明显感觉到她身体一僵，接着就对上了徐缓缓看上去可怜巴巴的眼神。

"那个，我腿麻了，能拉我一把吗？"

经常在徐靖面前丢人的徐缓缓都已经习惯了，看到他半是嫌弃半是无奈的眼神，她拉住了他伸出的手。

徐缓缓跺了跺脚，终于缓了过来，她看到了徐靖手上拿着的东西："尸检报告？"

"嗯。"

于是徐缓缓跟着徐靖去了刑侦队办公室。

徐靖把报告递给了高临："其他方面没有问题，只有一点，我在女性死者卧室的床边上采集到的一些血迹，不属于两名死者。"

第三个人的血迹，显然很大可能是属于当时在现场的另一个人，也就是凶手的。

然而，徐靖接着却抛出了一个惊人的信息："没有在系统中找到匹配的人，和之前在傅春梅指缝中采集到的 DNA 同样不匹配。"

　　去棋牌室打了一天麻将的周鹏青走进自己住的那栋楼时已经过了十二点，楼道里格外安静，只有他的脚步声回响着，他拿着水壶走到了电梯前，按了墙壁上的按钮。

　　电梯门缓缓打开了，他打着哈欠走了进去，按了"9"，接着按了关门的按钮，他连着按了几次，按钮反应有些迟钝。

　　电梯门终于关上，开始上行，红色的数字由"1"变成了"2"，电梯减速之后停了下来。

　　到达二楼，电梯门打开了。

　　靠着电梯壁闭目养神的周鹏青疑惑地睁开了眼睛，看到了一个年轻的高瘦男人走了进来，他瞄着那个男人走到了电梯的另一边，便收回了视线，他有些不耐烦地按下关门的按钮。

　　在等电梯门慢慢关上的时候，周鹏青突然意识到那个年轻的男人并没有按楼层。

　　接下来，他没有再想这个问题，因为他发现电梯竟然没有继续上行，反而下去了。

　　"嗯？什么情况？"

　　周鹏青看着红色的数字由"2"变成了"1"，以为电梯出了问题，他赶紧去按"9"，没有反应，他胡乱按着其他按钮，可依旧没有阻止电梯下行。

　　他叫骂着，这时电梯的灯突然灭了。

　　惊恐中，他只能看到那抹红色的亮光，红色的数字由"1"变成了"-1"。

　　电梯停了下来，他听到身后传来一个低沉而阴森的声音——

　　"欢迎来到地狱。"

　　在两个凶案现场发现的疑似凶手的 DNA 不匹配，就说明凶手可能不止一个人，而他们是一同作案还是分开作案还不得而知。

　　结合着徐缓缓的分析和目前掌握的所有证据，高临认为现阶段最合理的推断是：凶手是和"小七"一起陷入组织后来活下来的人，为了给自己的伙伴报仇，制定了一份杀人名单，开始实施他们的复仇计划。

所以刑侦队现在要做的，不仅仅是查到凶手，还要在当年参与到这个非法买卖的人被杀害之前找到他们。

徐缓缓在局里提供不了什么帮助，等徐靖处理完尸体后，便和他一起打车回了家。

快七点时，徐缓缓和徐靖面对面坐着正安静地吃着晚饭，徐靖的手机响了，以为是高临打来的，他放下筷子去拿放在大衣里的手机。可一看号码，他直接按了静音，重新回到餐桌前将它放在了一边。

屏幕亮了一会儿，电话自动挂断了，几秒后，手机又亮了起来，几次之后，徐缓缓忍不住抻长脖子瞄了一眼，没有存的号码，看来是昨天那位阿姨打来的。

徐靖的职业性质让他的手机必须二十四小时处于待机状态，他没法关机。

明白这点的徐缓缓坏坏地想其实可以拉黑的吧，然后手机又一次亮了，她瞅了一眼，这次居然是和之前不一样的号码，看来对方知道可能会被拉黑，于是换个号码打啊，吃着鱼的徐缓缓默默地想。

也难怪对方打了这么多通电话过来，徐靖没有去紫金酒店，估计是气得够呛。

不过如果徐靖今天去紫金酒店的话，现在应该正吃着那边的自助餐吧……意大利面、牛排、三文鱼、甜虾、蛋糕……想象着这些美食的徐缓缓，此刻在徐靖眼里看上去有些心不在焉的样子。

徐靖挑眉开了口："怎么，不合胃口？"

"不是不是。"徐缓缓赶紧摇头，"我只是在想紫金酒店的蛋糕很好吃。"她上次去的时候才吃了一半口味的蛋糕，真是遗憾。

如果不是了解徐缓缓，徐靖真的会以为对方在暗示着什么。可说这话的人是徐缓缓，于是他知道她真的只是单纯想吃蛋糕了而已。

徐靖叹了口气，拿她没办法。

吃完饭，徐缓缓洗好碗后回了自己家。

打开电脑，她满脑子都是白天看到的、听到的，图像、画面和声音交织在一起，她心情沉重又复杂地闭上眼睛。她仿佛能看到十二年前"小七"死亡的那一幕，脏乱染血的床单上，女孩身上穿着破碎的衣服，浑身青紫，奄奄一息，而女孩的身边只有那个坏了的娃娃。

她的尸体或许被火烧了，或许被扔进了某条臭水沟里，或许那些人随意挖了个坑把她埋了进去。

徐缓缓长长叹了口气，当初那些主宰了这么多孩子命运的恶人大概没想到自己会有被他们剥夺生命的这一天。

收起这些心思，她去厨房泡了一杯奶茶，打开了 word 开始写今天的更新。男主角代入了徐靖的形象，写起来格外顺畅，写了快一半时，她家的门铃响了。

徐缓缓走到门口一看，门外站着徐靖，穿着大衣显然是要出门的状态。

徐靖很简略地道："又发现了一具尸体。"

他虽然没详细说明，但徐缓缓知道这具尸体还是跟之前的案子有关，第三起凶杀案发生了。

徐缓缓赶紧道："你等我穿件外套。"说完便急着往里走。

徐靖伸手把她拽了回来："不用，太晚了，我只是和你说下。"就如同他所说的那样，侧身说了句，"走了。"

徐缓缓探出身体看着徐靖的背影，直到他完全消失在转角处，她扭头看着自己家居服上的兔子耳朵，总觉得发现了徐靖一个癖好：喜欢拉帽子。

大约一个小时后，徐靖到了凶案现场，居民楼外面停着几辆警车，他换了衣服拿着工具箱走了进去，向负责封锁现场的警员出示了证件，他越过了警戒线。

刑侦队里的一名队员先看到了他，对高临道："队长，徐法医来了。"

"队长。"徐靖走了过去，从别的警员脸上看到了他们不太舒服的表情。

围着电梯的警察们马上给他让开一条路，高临看着徐靖走近，面色沉重地抬了下下巴，指向电梯里："尸体在里面。"

徐靖抬眼看向了电梯内部，这个被割喉的男性死者坐在地上，双腿张开，上半身靠着电梯壁，头仰着，伤口处流出的血已经干涸，他睁大着双眼，瞳孔扩散地看着电梯顶部。

电梯顶部有一个大娃娃，正俯瞰着他，不只是这一个，电梯的三面轿壁，每一面都贴满了娃娃，各式各样的角度，密密麻麻，几乎没有一点缝隙。它们都长得一模一样，都坏了一只眼睛，都咧着嘴在笑，如同是在嘲笑他的死亡。

徐靖面无表情地看着这一切，眼睛里几乎看不出一丝波澜，他走了进去，在尸体旁蹲下身开始检查。

通过尸检所推测出的死者死亡的时间让徐靖皱了眉头，他看向高临道："他已经死了接近二十四小时了。"

比预计的死亡时间要更长，不过高临并不太意外："这部电梯是今天早上发现无法运行的，电梯停在地下一层，修好了之后检修人员才发现了尸体。监控设备也在前一天晚上失灵，没有拍到他遇害的任何画面。"死者是独居，以至于没有人发现他的消失。

徐靖微微颔首，低头时看到了放在死者旁边的一只小娃娃，它眼睛就像看着他一般。他眯了下眼睛，伸出手按了那个娃娃的身体一下。

娃娃的脑袋一下子歪了，然后发出了一串声响——

"咯咯咯咯咯！"

晚上快十一点时，徐缓缓还没有听到对面开门的声音，看来徐靖短时间内是回不来了。

已经犯困了的徐缓缓想想还是明天去局里，便准备关电脑睡了，就在这时，一封新的邮件跳了出来。

第八十四封邮件。

徐缓缓的困意一下子被驱散了不少，她赶紧点开了邮件。

亲爱的缓缓：

这个案子我给你提供了这么多的线索，你居然真的不打算回邮件啊，哪怕是一次，只是一个字，我也就满足了。算算我们也有两年没有见面了，虽然我很想你，不过还没有到见你的时候，所以我只好让我的一个朋友来看看你，他应该马上就到了。

思科小区 1201 室是你的地址吧。

徐缓缓惊恐地看着邮件上自己的地址，她有种感觉，言洛所说的朋友可能就是这次案子的凶手，或者说凶手之一。

怎么办？她应该怎么办？

打……打电话，对，打电话！徐缓缓赶紧拿起放在一边的手机，手指颤抖着拨出了徐靖的号码。

"接电话，拜托接我电话……"徐缓缓咬着手指焦急地听着手机传来的嘟声。

十几秒后，电话接通了，她松了口气，用最快的语速喊着："徐靖，你现在在哪儿？高队长在旁边吗？"

电话那头传来了一声轻笑："徐靖？"

听到这两个字，徐缓缓整个人瞬间如同落入了冰窟，脸色一下子白了，那不是徐靖的声音，那是言洛的声音。

"你怎么会？"该死的，她的手机被言洛给黑了，她动了动鼠标，电脑也被黑了。

言洛啧啧了两声，语气里流露着失望："缓缓，真让我失望啊，这个时候你第一个想到要去求救的人居然不是我。"

听到这句话，徐缓缓都快气笑了："向一个连环杀人犯求救？"

言洛叹了口气："可怎么办呢？现在只有我能救你，你应该已经见识过他的本事了、欣赏过他的作品了。"

徐缓缓没有说话，因为她知道言洛接下来要提要求了。

果然，只听他道："只要之后每一封邮件你都回复我，我就可以让他不去拜访你了。"

徐缓缓一丁点都没想过要答应，因为只要答应了一次，之后的要求就会越来越多，越来越过分。

于是，她咬牙切齿地说了两个字："不用。"

"那就很遗憾了，对了，你最好待在家里安静地等他，不要出门，特别是不要坐电梯。缓缓，不要做多余无用的事情，你知道我会干什么的。"

电话被挂断。

徐缓缓放下了手机，漆黑的房间里只有电脑屏幕的光照在她的脸上。四周死一般安静，她能听到自己怦怦怦的心跳声，她甚至不敢起身去开灯，也许那个人就在楼下，就在外面。

两年了，被牵扯进言洛的案子后，徐缓缓就知道也许会有这么一天，她也做好了一定的心理准备。准备……她现在是不是该准备些什么？

徐缓缓在抽屉里翻了个遍，最后只找到了一把有点生锈的美工刀。

"……"比起拿它防卫似乎拿它割腕还能顺手点。

她拿着美工刀，僵坐在椅子上，时间一分一秒地过去了，四周一点动静都没有，她的心就一直这么荡着，如同在惊恐和孤独中等待着死亡。

徐缓缓突然觉得特别委屈。

"言洛你个死变态！"她狠狠骂了一句。

"叮咚！"

门铃响了。

8
折磨与拥抱

　　身体里的血液似乎在一瞬间都凝固了，电脑屏幕照出徐缓缓毫无血色的脸。

　　"叮咚！"

　　又是一声。

　　平时再普通不过的门铃声如今就像是催命声一般，徐缓缓整个人也随之颤动了一下。

　　两声门铃，会不会是徐靖回来了？

　　想到这种可能性的徐缓缓僵着脖子转回头，看着大门的方向，咬着嘴唇在心里说服着自己，对啊，说不定是徐靖，如果是他在外面，那她就安全了。

　　"叮咚！"

　　就在徐缓缓迟疑之际，第三声门铃响起了。她扶着椅子慢慢站了起来，可心里的恐惧和不确定还是大过了内心的希望，她手里还握着那把生锈的美工刀，慢慢向门口移动。

　　房子里一片漆黑，人在黑暗之中视觉会大大减弱，但其他器官的感知能力却会增强，她清楚地听到了什么东西插入锁孔的声音。

　　此刻，门外的人是谁已经昭然若揭。

　　她仅存的希望瞬间破灭，如潮水般的绝望和更加强烈的恐惧席卷而来，他们之间只隔着一扇门，一扇对方可以在几分钟内轻易打开的门。

细碎的声音不断传入她的耳朵里，折磨着她，她甚至觉得她听到了对方的呼吸声。

徐缓缓浑身都在颤抖，额头上、手心里全是冷汗，她感觉自己快要握不住那把美工刀，只能不断地捏紧，直到手指甲掐进了自己的手心里。

不知道过了多久，不知道自己维持了这个姿势多久，她又听到了门铃声。徐缓缓大口喘着气，整个人都蒙了。

他……撬不开门？

急促敲门的声响取代了门铃声，伴随着一个清冷而焦急的声音："徐缓缓！徐缓缓！"

那是徐靖的声音，虽然和平时的语气不一样，但就是他的声音。

"徐缓缓！"

徐缓缓的手一松，美工刀从手心里滑落掉在地上，她扶着墙壁走到了门口。敲门声还在继续，她看了一眼猫眼，百分百确定是徐靖后，伸出手打开了门。

在看到徐靖的一刹那，徐缓缓原本绷紧的神经一下子放松了，她的身体还靠着墙壁，腿一软直接往下滑去。

门外心急如焚快疯了的徐靖在看到这个摇摇欲坠的娇小身影后，一把将她揽住。房间里太暗，他没法判断她的情况，刚稍稍安定的心又忐忑紧张起来。

"缓缓，你怎么样？"那双漆黑深邃的眼眸已不复往日的冷漠，他神色焦急，眼睛里只有徐缓缓一人。

借着走廊里的灯光，他找到了玄关灯的开关，打开后，他终于看清了徐缓缓的脸，她脸色发白，满头的汗，嘴唇还在发抖。

"他刚才就在门口，就在刚才，三次……他……按了门铃……"徐缓缓想向徐靖说明情况，但已经语无伦次了。

他轻抚着她的脸颊，帮她擦去汗水，轻柔地安慰着她："我知道了，没事了。"

"他还想撬锁进来，是言……言洛让他来的……"

徐靖心疼地看着她，一把将她抱了起来，将她的脑袋按向自己的胸口，声音和眼神瞬间冷了下来："我看到他了。"

刚才从电梯里出来后，徐靖听到了走廊里的脚步声，接着便看到了一个男人的黑影闪进了楼梯间，这个时间点，不坐电梯走楼梯明显是有问题，他第一时间想到了一个人在家的徐缓缓。他冲到她家门口，按了门铃，敲打着门，叫着她的名字，他平生第一次体会到了恐惧。

他想想都觉得后怕，如果晚了几分钟或者仅仅是一分钟，徐缓缓会怎样？

徐缓缓瞪大了眼睛："你看到他了？"

徐靖用脚将门关上，抱着徐缓缓往里走："我已经告诉高临了。"

徐靖俯身把她放在沙发上，准备去开客厅的灯，手却一下子被抓住了。

徐缓缓的声音带着惊恐和不安："你去哪儿？"

徐靖低头看着她，声音低缓："我去开灯。"

"哦。"她嘴上答应着，手却没松开。

手上传来的冰冷并没有消失，徐靖只好道："不然我们一起去开？"

"那你快点回来。"徐缓缓声音里满是不舍，倒也松开了手，盯着徐靖的背影，生怕他会消失一般。

几秒后，客厅亮了起来，徐靖很快折了回来，在惊魂未定的徐缓缓旁边坐了下来，他发现她身体还在发抖，她是真的恐惧到了极点。

徐靖伸出手放在她的肩膀上，从没有试过安慰别人的他不熟练地轻拍了两下："要不要喝点热水？"

徐缓缓摇了摇头，她看向徐靖，对上了他关切的目光，她垂眸咬了下嘴唇，偷瞄了他一眼，扭捏着道："既然都拍了两下，能不能抱一下我？"

那双机灵漂亮的眼睛此刻看上去无比可怜，长长的睫毛微颤，徐靖的心已经沦陷，他微叹了口气，将她拉向了自己的怀里。

徐靖感觉到徐缓缓的手从他敞开的大衣慢慢伸了进去，身体被她的手臂环住，背后的毛衣被轻轻拉扯着，冰冷的温度透过衣服传了进来。

徐靖拥抱着她，轻抚着她的头发："别怕，已经没事了，我……我在这儿。"说到最后已成了呢喃。

好一会儿，徐缓缓终于不再发抖，可徐靖却能感觉到她的肩膀一耸一耸的，细微的抽泣声从胸口的位置传来，越来越清晰。

这是徐靖第一次看到徐缓缓哭，那么委屈、那么无助，他轻抚着她的背，帮她顺气。

又过了一会儿，抽泣声渐渐弱了，徐靖怕她脱水，便低头问她："要不要喝点水？"

徐缓缓小幅度地点了点头，可又纠结地说道："不想松开。"

徐靖只好哄她："就一会儿，你得喝点水。"

"嗯。"徐缓缓乖乖松开了手。

徐靖去厨房倒了水，拿着杯子坐回到她旁边，看到她哭红的眼睛，又拿了纸巾给她。

足足喝了一杯水，徐缓缓擦了擦眼泪和鼻涕，偏头看向了徐靖灰色毛衣上的一摊泪痕，她努力挽回形象："我好久没哭过了。"

"嗯。"徐靖又将她抱在怀里，过了一会儿，他隐隐听到了她说话的声音。

徐靖听不清楚，蹙眉问："你说什么？"

在骂人的徐缓缓闷闷地道："没什么……"

发泄完了，把言洛骂了一通后，徐缓缓终于完全缓了过来，而高临他们也到了。

高临也是一脸紧张："徐顾问，你没事吧？"

"没事。"徐缓缓满脸怒气，"言洛给我发了封邮件，说他给我提供了线索但我不回复他，所以他就让他朋友来看我，还把我手机和电脑给黑了！我打电话给徐靖，结果听到的是言洛的声音！几分钟后，我们要找的凶手就按了我家门铃，还要撬门进来！"徐缓缓越说越气。

"还好你没事，幸好徐靖回来得及时，不过……"高临面色沉重，"监控被强行关闭了十五分钟，没能拍到他。"

徐缓缓有些沮丧，随即想到了一件事："对了，不是又找到一具尸体吗？"

高临严肃地颔首道："对，一具男性尸体。"

想起言洛在电话里对她说过的一句话，徐缓缓脸一白："是不是在电梯里找到的？"

"没错。"高临没说细节，不想让徐缓缓今天再受到额外的惊吓。

徐缓缓的手机和电脑随后恢复了正常，她抱着电脑盘坐在沙发上，徐靖去家里抱来了慢慢，依旧坐在她边上，而门外还有警员在采集门上可能会留下的指纹。

一封新的邮件跳了出来。

徐缓缓条件反射地手一抖。

注意到她动作的徐靖偏头看她："怎么了？"

想翻白眼的徐缓缓有些无力地道："又来邮件了。"

徐靖拧了下眉头，看向了电脑屏幕。

徐缓缓做了个深呼吸，点开了邮件。

亲爱的缓缓：

虽然你们今天没有见到面，不过看来我的这位朋友已经把你吓得不轻，对此我很抱歉，为了表达我的歉意，只要你回复我，我就把他们下一个目标告诉你。三个字以上吧，当然如果你要回复我爱你、我想你，我也是不介意的。

徐靖看到最后那行字眼神瞬间变得凛冽，他视线向下，看到了徐缓缓正在做着舒展活动的手指。他终是忍不住，视线停留在她的脸上，装作不在意地问了句："准备回什么？"

徐缓缓快速打了几个字，然后用手捧着电脑献宝似的拿给徐靖看。

徐靖看向屏幕，徐缓缓回了四个字——臭腌萝卜。

"？"

徐缓缓在徐靖的脸上看到了疑惑的表情，正巧高临也走了进来，她便把言洛的那封邮件给他看，顺便给他看了自己的回复，结果看到了一样的表情。

"言洛……yanluo……腌萝卜呀！"

徐靖对此不予置评，而有些无语的高临不好意思不回应，于是敷衍地点了点头："哦，这样啊。"

场面有些冷，发现没有达到预想效果的徐缓缓沉浸在后悔之中，就是那种和对手撕逼时没有发挥好之后的那种懊悔，早知道应该换个词骂了。

虽然被骂了，但言洛到底还是信守了承诺，在邮件中回了一个地址。

看到信息的徐缓缓赶紧告诉高临："共新小区 27 号 302 室。"

反正晚上肯定噩梦连连睡不好觉了，不想一个人在家待着的徐缓缓跟着高临、徐靖他们一起去了这个地点。

高临让周齐昌查了这间房子的住户，是一个叫许文涛的中年男人，和上一名死者周鹏青的现况类似，离异独居，没有孩子。

到了 302 室的门口，高临按了好几下门铃，过了一会儿里面传来了走近的脚步声。门打开了一半，他们看到了穿着睡衣、眯着眼睛睡眼蒙眬的许文涛，显然他刚才在睡觉。

半夜被吵醒的许文涛刚想骂人，看到了他们身上的制服，只好闭了嘴，疑惑地看着他们。

高临向他出示了证件："警察，是许文涛吗？"

许文涛紧张地看着他们："对，对啊，干什么？"

高临解释道："有些事情我们想向你了解一下，方便进屋吗？"

许文涛看着他们犹豫了一下，退后一步把门完全打开："那进来吧。"

高临三人走了进去，许文涛开了灯，带着他们到了客厅。和周鹏青脏乱、有异味的房间不同，许文涛的家里整理得很干净，东西都整齐地摆放着，没什么味道，他本人看上去也是如此。

让他们在沙发上坐下，许文涛去穿了外套戴了一副眼镜又从卧室走了出来，拉了一把椅子，坐在了他们对面："什么事？"

高临面色严肃，问出了第一个问题："许先生，你认识一个叫傅春梅的人吗？"

许文涛的脸上有一闪而过的错愕，随即又恢复了平静，他摇了摇头："不认识。"

高临继续问："那周鹏青呢？"

许文涛不自觉地舔了下嘴唇，还是摇了头："不认识。"

"那徐缓缓你认识吗？"一个语速稍慢的女声从一旁传来。

许文涛看向了对面三人中唯一的女性，略一思索："不认识，谁啊？"

徐缓缓指了指自己："我啊。"

"什么？"许文涛皱着眉头，一脸搞不懂情况的表情看着她，"我不认识你啊。"

徐缓缓一脸真诚地说道："我相信你啊，你刚才的反应完全是听到一个陌生名字的真实表现，但……"她伸出一根手指晃了晃，"听到傅春梅和周鹏青的名字时却不是，很明显你认识那两个人，虽然你急着想否认，但是很可惜你的表情把你出卖了。"

被直接拆穿后，许文涛紧张地吞咽着口水，眼神闪烁着，但依旧不承认："我……我确实不认识。"

徐缓缓点了点头，偏头看着高临："高队长，是不是还没告诉他有人要杀他的事情啊？"

高临摇了摇头，心里已经明白徐缓缓的策略了。

果然一听到这话，许文涛反应很大："你说什么？有人要杀我？"

徐缓缓将视线移回到他的脸上："是啊，他们杀了傅春梅，又杀了周鹏青，接下来就是你了。"

高临掐准时机，拿出了两张现场照片放在他面前的茶几上。

许文涛低头看着照片，血腥的场面让他吓得瞪大了眼睛，露出了惊恐的表情，他低着头近乎在自言自语："这……这……怎么会这样……"显然他还没得到他们遇害的消息。

高临叫了他一声："许先生。"

许文涛抬起头，明显还没从照片中缓过来，神色焦虑："他们不是我杀的！"

既然他认识傅春梅和周鹏青，那他必然是那条利益链中的某一环。高临想到那些孩子，面色冷峻地开了口："我们没有怀疑你杀人，只是有理由相信你会是下一个目标。"

徐缓缓撑着下巴看着他："你现在要不要承认认识他们？"

　　许文涛终究松了口："我……我认识，可为什么要杀了他们，还要杀我？"

　　"想不起来了吗？你们十多年前做过什么没有人性的事？"

　　许文涛心虚地说道："你是指什么？"

　　"拐卖儿童，强迫那些未成年的孩子……"徐缓缓说不下去了，拿出打印出来的那张不完整的照片，放在他面前，"记得这个孩子吗？在十二年前因你们而死的孩子。"

　　许文涛看了一眼后就移开了脸，额头已经开始冒冷汗。

　　高临看着他想要逃避的眼神，对他道："希望你能供认当年的罪行，把当年参与这个非法勾当的所有人的名单告诉我们。"

　　"我无可奉告。"许文涛知道，一旦他说了，承认了这些罪行，他面临的就是牢狱之灾。

　　徐缓缓明白他心里想的是什么，他还存着侥幸的心理："你说如果傅春梅或者周鹏青现在处于你的处境，他们会不会告诉我们？"

　　许文涛紧抿了一下嘴，开口道："你什么意思？"

　　徐缓缓轻轻摇了摇头，惋惜地说道："很可惜他们没这个机会了，你不说，就落得和他们一样的下场。"

　　许文涛忍不住低头看着那两张照片，他抬起头绷紧了脸，冷笑着道："威胁我？"

　　"你知道拔舌地狱吗？"徐缓缓在他有些不解的表情中语气平缓地说了下去，"第一层地狱，惩治那些生前撒谎之人，小鬼们会用铁钳来住他们的舌头，生生将它拔下。但像你这样犯了罪不吐真情者，会被打入孽镜地狱，然后再到第九层油锅地狱，剥光衣服在油锅里翻炸，最终去往第十八层地狱，那里是为拐卖妇女儿童准备的刀锯地狱，用锯锯死。"

　　徐缓缓越说许文涛的脸色越不好，他的手颤抖着推了推因为汗而滑下来的眼镜："我……我还活着呢。"只要想杀他的人还没找上门来，他还有的是机会，他不一定会死。

　　徐缓缓微眯着眼睛，用低缓的嗓音道："但外面现在至少有两个人要你的命，警方只会在你配合的情况下保护你。你要知道，他们很恨你，所以不会轻易杀了你，而是会慢慢折磨你至死。"她说着看向徐靖，"有多少种方法？"

徐靖瞥了她一眼，眼神凛冽地看着许文涛："很多种，抽筋、剥皮、断指……"

每一个字都像是一把榔头敲打着许文涛的心脏，他大喘着气，浑身都不舒服，他紧闭着双眼打断了徐靖："我记不清他们的名字。"

徐缓缓很清楚许文涛在撒谎："但你肯定记录下来了，每一笔交易你都有记录吧，还有那些嫖客的名单。"说出这些的徐缓缓其实并不确定是不是真的有，所以她在试探。

许文涛的眼神里流露着紧张："都是十多年前的事了，怎么会有记录？！"那些记录就是证明他们当年罪行的证据，他自然不想拿出来给他们。

徐缓缓从许文涛的表情和眼神里发现自己的猜想是正确的。

"还在撒谎，你说我们能不能在你电脑里找到？"徐缓缓紧紧盯着他并不在意的表情，摇了摇头，"错了，不在电脑，你记在本子上了，对吗？"

"我猜得没错。"徐缓缓一边看着他一边从沙发上站了起来，她慢慢走向卧室的位置，回头看着许文涛变得更加紧张的表情，笃定地微微一笑，"看来你放在卧室里了。"

高临的视线从徐缓缓的脸上移向了满头是汗的许文涛，冷声道："是你自己去拿还是我们去搜？"

许文涛重重叹了口气，扶着椅子站了起来，声音里满是疲惫："我拿给你们。"

高临跟着他进了卧室，许文涛从床底翻出了一个箱子，沾着灰尘颜色已经暗淡，他把箱子递给了高临："都在里面。"

高临拿到了客厅，把箱子放在茶几上，打开了盖子，里面放着两个本子还有几张照片。

徐缓缓一眼便看到了被一张纸压着的一张照片，只露出一半，但照片上就是那个抱着娃娃的女孩，她伸出手把它抽了出来，便看到了那张完整的照片。

　　女孩的手牵着另一个比她矮了一点的女孩，矮一点的女孩手里也抱着一只娃娃。

　　除了眼睛之外，完全相同的娃娃。

　　徐缓缓拿着照片给许文涛看："十二年前有一个女孩死了，是不是她？"她指着在照片左侧面无表情地拿着坏了一只眼睛的娃娃的女孩。

　　"不是她。"许文涛指着右侧稍矮的女孩，"是她。"

　　那女孩穿着一件T恤和一条宽松的裤子，穿着一双鞋子，齐肩的头发，她一只手紧紧抱着娃娃，瞪大了充满着惊恐的眼睛。

　　原本在一旁翻着本子的高临看到后也十分惊讶，蹙眉看着许文涛："你确定？"

　　许文涛紧张得吞咽着口水，小声地说道："确定，当年就死了这么一个女孩。"

　　看来是言洛故意误导了他们，徐缓缓没有细想，收起心思，继续问他："她叫小七？"

　　"好像是吧。"对此许文涛并不能很确定。

　　而高临却翻到了写有那些孩子的记录，小七的名字被画了一个圈，打了一个叉，旁边写了一个顾字，看来指的就是顾长贺，他抬起头看着徐缓缓，颔首道："应该就是她。"

　　徐缓缓指向他们之前误以为是小七的女孩："那这个女孩呢？"

　　许文涛看了两眼摇了摇头："没印象了。"

　　高临数了数在本子上记录的孩子的数量，然后看向了许文涛："一共是十六个孩子，除了小七外就是十五个，那些孩子后来都去哪儿了？"

　　"孩子，后面，其实也没这么多了。"许文涛支支吾吾的，摩挲着自己的手。

　　"没这么多了是什么意思？"高临发现有些名字只是画了圈，"这些圈代表了什么？"

　　许文涛慢吞吞地道："生病了。"

　　在那样的环境被那么对待，那些孩子肯定是会生病的。

"生病了你们怎么处理？"

许文涛吞咽着口水："小病的话当然给他们吃点药啊。"

"如果病得厉害呢？"

面对徐缓缓的追问，他含含糊糊地回答："病得厉害，那……那就没法留了。"

丧失了良知和人性的他们会把孩子怎么处理？答案昭然若揭。

"你们把病了的孩子扔了？"因为愤怒，徐缓缓的声音都是颤抖的。

坐在椅子上的许文涛心虚地低下了头，没有吭声，并没有否认。

他们都是些未成年的孩子，最大的也就十一二岁，最小的只有七八岁，身上没有钱没有食物，最重要的是他们还生着重病，将他们扔了，那就等同于将他们推向死路。

站着的徐缓缓睨着他，突然道："你曾经有过孩子吗？只不过在出生几周后就夭折了，你觉得是为什么？"

"我的孩子是无辜的！"或许是想到了他的孩子，许文涛的脸上露出悲伤的表情。

听完这句话，徐缓缓的眼神变得冰冷，她捏着照片放在他的眼前："那这些孩子就是生来有罪的了？！"

许文涛瞬间没了声音，他闭上眼睛表情痛苦："对，是我的报应，都是报应。"

高临克制着自己的怒气："一共有几个人参与了这个买卖？"

许文涛老实地交代了："就我和周鹏青，傅春梅负责找孩子和照顾孩子。"

高临拧着眉头问："找孩子指的是拐卖孩子？"

许文涛摇头道："不单单这种，还有些家里要男孩，就会把女孩卖了或者遗弃在路边。"

徐缓缓在一旁问："那小七属于哪一种？"

许文涛想了一下道："她好像是被卖了的。"

如果凶手想给他们自己还有小七报仇，那么当初把小七卖了的她的亲生父母应该也是他们的目标。在本子上高临发现只有七个名字上没有画圈，他觉得很有可能凶手是这其中的两个或几个人："那留下来的这七个孩子呢？"

许文涛道："我们散伙之后，他们都被领养了。"

高临听到这个说法拧了下眉头："谁领养了？"

许文涛慢吞吞地说出了口："就是之前来过的那几个客人。"

徐缓缓震惊地看着说"领养"的许文涛："把别人的孩子当作是自己孩子抚养那才叫领养，你们是又一次把他们卖了。"

卖给了那些禽兽。

许文涛再次低下了头，不吭声了。

高临声音冷硬地道："知道他们的名字吗？"

许文涛摇了头，尴尬地道："怎么会知道，我们从来不会问他们的名字。"

了解了当年所有的事情，许文涛被带上了警车，高临带着那个记录了他们当年所有罪证的箱子回去继续查找里面的线索。

走到楼下，高临侧身对徐靖和徐缓缓道："我让警员送你们回家，回去好好休息一下。"

徐缓缓小幅度地点了点头，脸上显露出些许疲惫："好，有情况给我打电话。"

和高临道别后，徐缓缓跟着徐靖坐进了警车的后座。等车开动之后，徐缓缓偏头看着徐靖，果然已经闭上了眼睛。

车里没有开灯，路上的路灯透进来，在他的脸上形成光影。

完全冷静下来的徐缓缓才突然意识到，今天她被徐靖公主抱了！而且好像之后她还提出让徐靖抱她……

徐缓缓的视线不由自主地往下移，看着他胸口的位置，毛衣上还沾着她的泪水，她的脸慢慢地烧了起来，更要命的是好像还抱了好久呢。她还说不舍得松开，当时她为什么会说出这种话啊？！

啊啊啊！

徐缓缓双手捂脸，脑袋在那儿摇啊摇，摇啊摇。

开车的警员从车里的后视镜看到了她异样的动作，赶紧关切地问道："徐顾问，你没事吧？"

徐缓缓整个人一僵，停止了摇晃，把手放了下来，慢吞吞地回了一句："没事没事。"

她偷瞄了一眼徐靖，却看到了那双漆黑干净的眸子。

徐缓缓一愣："那个，你什么时候睁开眼睛的啊？"

徐靖看着她，扯了嘴角开口道："你晃脑袋的时候。"

"……"

警员开车把他们送到了楼下，徐缓缓跟着徐靖走进了楼里。徐缓缓警惕地看着里面，没有人。进了电梯，看着往上跳动的数字徐缓缓下意识地往徐靖那里靠，直到衣服几乎已经贴着，她才觉得安心。

安全走出了电梯，两人一前一后走到了房间门口，徐靖侧身看着徐缓缓："你一个人可以吗？"

徐缓缓听到这句抬起头："可不可以借你家的沙发睡一晚啊？"让她一个人待在房子里，到底还是有些害怕。

徐靖看着徐缓缓的表情，几秒后做出了决定："我去你家吧。"

"啊？"

徐靖绕过她走到门口，看着还愣在原地的徐缓缓："不开门吗？"

"开，开。"徐缓缓舔了下嘴唇，走过去拿出钥匙开了门，她走了进去开了玄关的灯赶紧给徐靖拿了一双拖鞋。

已经是凌晨两点多，他低头看着在打哈欠的徐缓缓道："你去睡吧。"

徐缓缓擦了下眼角，点了点头："你睡床吧，我睡沙发。"

徐靖："我不困，把电脑给我就好。"

徐靖的回答让她觉得意外："你真不睡吗？"

"嗯，我查点资料。"

"哦。"

简单洗漱之后的徐缓缓钻进被子里，只露出了半张脸，徐靖就坐在一墙之隔的客厅里，轻微的键盘敲击声，让她觉得无比安心。

她弯了弯嘴角，睡觉，要赶紧睡觉！

此时客厅里，电脑屏幕的光照在徐靖阴沉的面庞上，他看着一封封言洛写给徐缓缓的邮件，八十多封，每一封一首诗，全部都是爱情诗。

他看着言洛在杀了几名警察逃逸后对着监控微笑的照片，放在身侧的手紧紧攥拳，眼神凛冽。

第二天早上，徐缓缓是闻着香味醒过来的，她偏头一看闹钟，居然已经十一点多了。洗漱好之后走出房间，穿过客厅，她就看到了背对着她在厨房忙碌的徐靖，身上的毛衣已经换了。

徐靖端着菜走了出来，便看到了在那儿嗅香味的徐缓缓："吃饭吧。"

徐缓缓眼里满是笑意："嗯嗯！"

桌上的两荤一素让徐缓缓满足地吃了足足一碗半的米饭，她收拾完碗筷，走回客厅看到了已经穿上外套的徐靖，长款的灰色大衣显得他身形修长，加上他英俊不凡的容貌和全身散发着的高贵禁欲的气息，她每次都会被惊艳一下。

然后她听到了徐靖清冷的声音："出去吃甜品吗？"

"甜品"两个字让徐缓缓立马回了神，惊喜的表情浮上她的脸："吃！"

徐缓缓穿上外套拿着小包跟着徐靖出了门，满脑子想着蛋糕的徐缓缓丝毫没有注意到，这是她和徐靖两个人第一次单独在外面吃东西。

徐缓缓带着徐靖到了她最喜欢吃的一家蛋糕店，店里装修得非常漂亮，柜台旁的玻璃柜里摆放着小巧精致的蛋糕。徐缓缓纠结地看着每一款蛋糕，而徐靖则在靠窗的位子上等她。

看着咬着手指在那儿走来走去的徐缓缓，徐靖眼神温和，直到视线被人挡住了。

一个戴着黑色帽子的男人走过来在他对面的位子上直接坐了下来，对方抬起了头，下一秒，他看到了那张脸。

对面的男人勾唇笑了，浅色的眼染着不怀好意的笑意："徐靖，你好。"

9.
徐靖与言洛

　　徐靖没有说话，视线始终落在言洛的脸上，表情却没有丝毫的波澜，原本放在身侧的右手探向了大衣口袋里的手机。

　　言洛的视线落在了徐靖大衣口袋的位置，他笑意更浓，脸上是能把控一切的表情："我劝你不要乱动，既然我敢大白天出现在这里，就是做好了充足的准备，想一想后果你能否承担？"

　　徐靖绷紧了神经看向了站在柜台旁的徐缓缓，不知何时她的身边站了一个穿着黑色风衣的男人，他的右手插在口袋里，男人退后了一小步，完全挡住了在那儿选蛋糕的徐缓缓。

　　看不清楚她的情况，徐靖蹙眉收回了视线，他的右手放回了原来的位置，眼神染着寒意，他终于启唇："你想如何？"

　　言洛双手相贴竖起手指，两根食指轻轻抵在嘴唇下方，轻描淡写地说道："只是想见你一面。"

　　徐靖挑眉："仅此而已？"

　　"现在，仅此而已。"言洛皱了下眉，面露苦恼，"说实话，在来之前，我想过把你作为我的下一个目标，不过想想，这样的话以后的游戏就太无趣了。"

　　看着丝毫不为所动的徐靖，言洛身体前倾，嘴角慢慢上扬，就像是一个渴望着玩具的孩子那样笑着："我想把你当对手。"

　　面对面坐着的两个男人，一个面无表情，一个笑里藏刀，在一家甜品店里，画风相当的诡异。

言洛的笑容渐渐收敛，眼神里带着一丝认真："你应该明白我的意思吧？"

徐靖自然明白，不仅是两年来那八十多封的邮件，还有毫无掩饰的眼神，都表明言洛对于徐缓缓有强烈的占有欲。

那种占有欲太过危险，徐靖对上他不怀好意的眼神，目光凛冽得让人胆战："别再给她发邮件。"

言洛不怒反笑："为什么啊？"语气就像是真的好奇一样。

"你没资格。"徐靖的目光有些鄙夷的意味。

言洛笑容一僵，眼神里有一闪而过的怒意，不过转瞬间就恢复了原来的神色，他慢慢舔了一下嘴唇，惋惜地摇了摇头："有没有资格不是你说了算，这是我和她之间定下的约定。"

徐靖听后轻哼，语气冰冷地道："单方面的强迫可算不上约定。"

言洛一摊手，无所谓地道："我不在意这种细节。"他说完，根本不给徐靖说话的时机，看了一眼手表便站起了身，"时间差不多了，有机会再见吧。"

他向徐靖伸出了自己的右手，就像是对一个许久不见的朋友那般，然而徐靖却纹丝不动。

言洛挑眉，轻笑着问："法医的洁癖？"

徐靖淡淡道："我没有戴手套。"

立马明白过来徐靖意思的言洛抿了抿嘴："我又不是死人。"

徐靖抬眼看着他，目光凌厉，嗓音冰冷到没有温度："但你的尸体终有一天会出现在我法医室的解剖台上。"

言洛慢慢垂下了伸出去的手，笑容渐渐扩大，却是再阴森不过的笑："真巧，我杀人时也习惯戴手套。"

两人的视线相撞，言洛笑着避开了，他侧身看着从店员手里接过蛋糕和饮料的徐缓缓，眼神近乎痴迷，他启唇对着她的方向轻轻地说了一句："再见了。"

就在她转身的刹那，言洛走出了蛋糕店。

精心挑选好蛋糕的徐缓缓端着盘子走到徐靖面前，发现他刚挂了电话，她把盘子放在桌子上，然后在他对面坐了下来，满足的笑容下一秒转变成了疑惑。

她买蛋糕和饮料用了十多分钟，原本应该冰冷的椅子却还留有热度，显然就在刚才还有人坐在这里。

"刚才来了认识的人吗？"

徐靖："言洛。"

"言洛？！"徐缓缓万万没想到会听到这个人的名字，震惊地看向窗外，企图寻找他的身影。

徐靖看着她："我已经打电话告诉高临了。"

藏了两年多的人突然出现在大庭广众之下，徐缓缓又是诧异又是觉得不安："他说什么了？"

"这个。"徐靖把拿在手里的字条递给她。

徐缓缓看着字条上的字，认出了是言洛的字迹，上面写着一个地址。

徐靖没多说什么，站起身道："把蛋糕打包了吧，我们打车过去。"

徐靖拦下了一辆出租车，徐缓缓坐在了后座上，向司机报了地址之后，她偏头看着已经闭上眼睛的徐靖。

言洛是来找徐靖的，不是她，这反而让她更担忧。徐靖是因为她被牵扯进来的，言洛到底说了什么她想不到，但绝对没有善意。

她连自己都保护不了，怎么去保护徐靖？

徐缓缓郁闷地低下头，短时间内是很难抓到言洛了，那她是不是应该练个跆拳道、防身术什么的……

想了一路，出租车在小区门口停了下来，他们走到那栋楼的楼下，看到了停着的两辆警车，显然高临他们已经到了。

这是一个老式居民小区，没有电梯，他们走到了三楼，徐靖的手机响了，高临打来的。

门口已经被警戒线拦了起来，徐靖闻着从里面散发出来的气味，偏头对徐缓缓道："你先在外面等着。"

徐缓缓乖乖地道："哦。"

徐靖出示了证件后进入了房子，穿过客厅后看到了背对着他的高临："队长。"

听到熟悉的声音，高临放下手机看着徐靖："你来了。"说着又往他身后看去，没看到那个娇小的身影，"徐顾问呢？"

徐靖接过手套戴上："在外面。"

"那就好。"高临眉头紧皱地指着卫生间的方向，"尸体在浴室里。"

越接近卫生间，尸体的腐臭味就越浓，现在温度还很冷，假如是夏天，温度上升，情况就会更加糟糕。

没有看到尸体，徐靖就已经对尸体的情况有了一定的预判，就腐臭味来说，在这种气候下，绝对不是放了几天就能产生的。

警员们都面色不好地退了出来，徐靖拿着工具箱走了进去。

一个身材肥硕的中年男人浑身赤裸着躺在了浴缸里，由于已经死亡很长时间，造成尸体高度腐败，体内的腐浊气体使得腹部隆起。他的身体膨胀得塞满了整个浴缸，就连脸部也已经肿胀，眼球外凸，嘴唇外翻，几乎已经很难辨认其生前的长相。

死者周围的水混浊发黑，身上的斑块已经呈黑色。

高临站在卫生间的门口，看向里面："尸体怎么会变成这样？"

徐靖戴着手套的手检查着尸体腐化的情况，回答了高临的疑惑："这是腐败巨人观，按照室内的温度还有湿度来判断，他的死亡时间应该是两周左右。"

这应该是他们今午看到的腐败程度最严重的尸体了，高临又问："死因呢？"

徐靖将死者的头部轻轻抬起，给高临看了死者颈部的位置："死者的颈部有很明显的指印痕迹，暂时没有看到其他的外伤，应该是被人掐死，也就是机械窒息死亡。"

高临面色凝重地颔首道："我知道了，这是言洛给的地址？"

"嗯。"

那就要好好调查死者的身份了，根据他的年龄，还有房间里的布置，高临推测死者可能就是当年买走那些孩子的人中的一个。

尸体出现这样的情况，搬运的难度不小，他们在处理尸体的时候，高临走到了门外，看到了在门边无聊踢着脚的徐缓缓。

高临叫了她一声："徐顾问。"

听到叫她的声音，想事情的徐缓缓整个人一抖，回头看去，发现是高临。

"高队长，死者是谁？"

"在房间里找到了他的证件，陶文远，五十二岁。里面有两间卧室，一间应该是死者居住，还有一间……"高临欲言又止，"徐顾问，你来看一下吧。"

"好。"徐缓缓看了一眼手里拿着的打包盒，想了想让门口的警员帮忙拿一下。

走进房子时，高临站在了徐缓缓的左侧，挡住了她的视线，徐缓缓虽然看不到，但可以闻到越来越浓的腐臭味，让她不由得捏住了鼻子："死了很久了？"

高临颔首道："两周左右，尸体腐烂的情况很糟糕。"

徐缓缓拧着眉头点了点头，走过卫生间后，她回头向那儿看去，看到了背对着她的修长身影。

高临带着她到了那间小的卧室，只是站在门口，徐缓缓就明白了为什么高临当时会露出欲言又止的表情了，门上拴着一条铁链还有一把铁锁，都已经有些生锈。

她马上明白了什么。她独自走了进去，便看到了里面的布置：一张床、一个衣柜、一张桌子、一把椅子和一台电暖气就是里面所有的大件，书桌上没有电脑，只有几本书和一些文具，摆放得整整齐齐。

徐缓缓从里面抽出了一本，是小学的数学课本，书被保存得很好，封面干净完整，看得出主人对它的爱护。

她翻开了封面，第一页空白的位置，可以看到用铅笔写了名字后被橡皮擦掉的痕迹，在下方，有一个名字。

一笔一画，非常稚嫩的笔迹却写得格外认真。

一个女孩的名字，宋娇。

然而死者陶文远的户口簿上登记的婚姻情况是未婚，而且上面只有他一个人的信息，宋娇的名字并不在上面，也就是说她没有户口。结合着他们看到的种种，那么她的身份就很明显了，她就是当年被许文涛他们卖了的女孩之一，而陶文远就是那些禽兽之一。

在采集完所有的物证之后，徐缓缓跟着高临他们回了局里。

徐靖在法医室验尸，尸检的结果和初步的判断基本相同，陶文远是机械窒息死亡。从他的皮肤里发现的残留皮肤碎屑中提取的 DNA，经检验确定和从傅春梅指甲里发现的皮肤碎屑所提取的 DNA 完全匹配，且为男性。而被囚禁在死者家中的宋娇，从她的牙刷中提取的 DNA 和在顾长贺女儿卧室里留下的血迹中提取的 DNA 完全匹配。

因此，刑侦队现在可以确定的是他们要找的嫌疑人是两人，一男一女，女孩的名字叫宋娇，他们应该都是当年被卖的孩子，为了给他们自己和同伴复仇。

徐靖给高临送去尸检报告后出了办公室往回走，在很远的地方就看到了站在法医室门旁的徐缓缓，她抱着一个纸盒，低着头把鼻子凑过去在闻里面的味道。

徐靖徐徐走了过去，停在她的面前。

似乎是感觉到他的靠近，徐缓缓抬起了头，一只手晃了晃纸盒："吃蛋糕吗？"

徐靖点了点头。

徐缓缓跟着徐靖走进了法医室，她把纸盒放在桌上，然后把两个小蛋糕小心翼翼地拿了出来，还好路上被她护得好好的，蛋糕还是之前的样子，几乎没有一点破损。

她拿了其中一个放在了徐靖的面前："这个口味是里面最不甜的。"

徐缓缓记得徐靖说过他不喜欢吃甜食，便问了店员让她推荐了里面甜度最低的。

说完之后，她低头把另一个蛋糕的包装打开，拿出勺子大大地挖了一口，蛋糕的甜香和奶香在嘴里溢开，绵密的芝士只是轻轻抿一抿就融化在唇齿之间。

徐缓缓眯着眼睛好好回味了一番，然后继续挖了一勺，往自己嘴里送。

徐靖拿着勺子的手没有动，他的视线始终停留在徐缓缓的脸上，她大概是他见过的最喜欢吃的人了，看着她吃东西时流露出的那种幸福感，不知为何他的心情也会变好。

快吃了一半，徐缓缓才发现徐靖一口没动："你怎么不吃呀？"

她的嘴角还沾着奶油，却浑然不知，徐靖便伸出手指了指那里提醒她。

徐缓缓眨了眨眼睛："嗯？"没明白。

徐靖微微叹气，身体前倾手探向她的嘴角，可就在快要接近时，徐缓缓突然反应了过来，伸出了舌头把奶油舔进了嘴里。她耐心地用舌尖舔了好几下，然后用手指抹了一下，手指上没有奶油，显然已经被她舔干净了。

徐靖的手僵在半空中，然后慢慢放了下来，看着她不经意做出的诱人动作，他眸子微暗，喉结微动。直到她的目光看了过来，他才垂眸，掩下了眼中的情欲。

徐靖一时竟不敢抬头，只好用勺子挖了一点蛋糕，送进了嘴里，一股清甜在他的嘴里慢慢化开，不是很甜，唇齿留香。

就像是某个人，不是一眼的惊艳，却像细水一般徐徐流入他的心里，一天一天，一点一点，占据了他心里所有的位置，没有一丝空缺，没有一丝膨胀，只是正好。

徐缓缓见徐靖吃了一口，期待地问他："好吃吗？"

徐靖清冷的眼眸染上了暖意："好吃。"

而就在徐缓缓和徐靖吃蛋糕之时，刑侦队办公室里，周齐昌终于有了一个重大的发现。

"队长，我好像找到小七的亲生父母了！"

高临满脸惊喜地走到了他旁边："真的？"

其他队员也是振奋的表情。

周齐昌颔首道："她是五岁时被亲生父母卖了，然而一个月之后，她的母亲应该是后悔了，想要找到孩子，估计是已经找不到买孩子的傅春梅了，所以就报了警。然而线索太少，孩子没找到，她报警时提供了照片，我用程序对比了照片，就是小七！"

的确就是她，高临立马道："她亲生父母现在的住址呢？"

周齐昌："她母亲几年前因病去世了，她父亲再婚了，地址我发你手机上了。"

"走！"

半夜，他孤身一人走进了小区。

寒风刺骨，他裹紧了身上的衣服。在穿过四排楼房之后，他转进了一排楼房，在第二栋楼前他上了台阶，打开了楼下的大门，寂静的深夜里响起吱啦的声响。

楼道里的灯因为年久失修已经坏了一大半，他走上去时，没有一层的灯亮起。

他很快走到401室的门口，他把头贴向门，听着里面的动静，没有一丝声响。

他从口袋里拿出了工具，伸进了锁孔里。

不一会儿，只听到"咔嗒"一声，门开了。

他把工具放进口袋里，慢慢拉开了门，几乎没有发出什么声音，他走了进去，反手合上了门。

房子里几近漆黑，他靠着月亮照进来的微弱光线往里走着，他走得并不慢，他清楚这个房子的结构，知道卧室在什么位置。

卧室的床上躺着一个人正在熟睡中，这就是他的目标，那个狠心卖了小十的男人。

他咬着牙，眼神尖锐透着狠色，他快步走到床边，对准男人的头，挥出了他的刀。

灯瞬间亮了，刺眼的强光让他眯了下眼睛。

床上的人快速翻身坐起，是一个年轻的男人，不是他的目标，他知道他再也杀不了那个男人了。

"不许动！"

周围全是警察，他被包围了，只是一秒，或者一秒都不到，他就做出了决定。

"人都是我杀的，我一个人杀的！"他向着冲向他的警察大喊着，手中的刀重重地割向了自己的脖颈，没有丝毫的犹豫，一刀划开。

血瞬间喷涌而出，他慢慢跪了下去，膝盖撞到地上发出沉重的声音，刀从手中滑落到地上。

他看着白色的天花板，就像是女孩身上白色的连衣裙，纯白干净。他咧开嘴笑了，但几乎发不出任何声音，只有血从他的嘴里不断冒了出来。

"呵……呵……"

肮脏地活了十九年，他早已感受不到什么是痛，被生下那天起命就不由他掌控，被抛弃、被践踏、被转卖、被当作玩物，没有一次他能自己做选择。

还好，还好他死的时候终于能自己做选择了。他自己结束了生命，没有人会再打他了，也不会有人来强迫他了，一切都结束了。

这辈子，肮脏的他升不了天堂，那么他就去地狱，看着那些恶人在地狱受尽折磨。

躺在冰冷的地上，他睁大着眼睛始终盯着那抹白色，直至视线模糊失去了意识。

他就这么咧着嘴笑着离开了这个只给他带来无限痛苦和绝望的世界。

承担着两个人共同的伤与罪。

偏僻的路上，一个黑长直发的女孩站在路边。

孤独的路灯映照在她的身上，她只穿了一条白色的连衣裙，宽大并不合她的尺寸，裸露的手臂上满是各种伤痕，或深或浅，她的脚上穿着一双运动鞋，也比她的脚大了很多。

如此寒冷的冬夜里，穿得如此单薄的她就这么一动不动地站着，任由风刮起她的头发、她的裙摆。

不知道过了多久，一辆黑色的轿车在她的面前停了下来，她缓缓眨了下眼睛，终于踏出了一步，她伸出手拉开了车门，坐在了后座上，然后关上了门。

坐在驾驶座上的年轻男人从后视镜看着她的脸，开口道："他不会来了。"

听到这个消息，女孩的眼神里没有起一丝波澜，对此，她只是点了下头，表示自己知道了。

男人没有发动车，而是问她："伤心吗？"

女孩平视着前方，面无表情地开了口，声音冷漠得刺骨："我从来不知道伤心是什么意思。"

听到她的回答，男人似乎很满意，他看着她的脸笑了起来，笑意直达那双浅色的眸子。

"和我一样。"

10.
鹅肝与泡面

染上了他鲜血的外套内里用白色的线绣着一个名字——宋琪，然而周齐昌在系统里并没有找到他的信息。就像宋娇那样，他们自小被抛弃、被转卖、被当作了赚钱的工具，他们只有编号，没有人想过给他们取名字，这应该是他们自己给自己取的名字。

他把名字绣在衣服上，也许就是为了等这一天的到来，当他死后，别人能知道他的名字，像是一种他曾经活在这世上的证明，不是一种工具玩物，而是一个有名字的人。

通过监控，他们找到了宋琪住的地方。

一个阴暗发霉的地下室里，里面只有一张破旧的床垫和一些生活用品。

在床垫下，高临找到了一个本子，上面写着买卖孩子的记录，显然他是通过这个在找当年和他一起被贩卖的孩子，然而上面的线索太少，显然他只找到了宋娇。

地下室里并没有宋娇来过的痕迹，从陶文远家中逃离之后，她就这么失踪了。

宋琪的自杀，许文涛的被捕，看起来让这个死了四个罪人、一个无辜女孩的案子告一段落。但其实还没结束，因为涉及这个非法交易的禽兽们还没有被全部找到，那些当年和宋琪一起被卖的孩子也还没有被找到，他们或许已经死亡，或许还过着像之前宋娇过的生活，或许更糟糕。

自那天后，言洛的邮件便断了，徐缓缓也回到日常的生活中，开开讲座，观察徐靖，吃吃美食，写写小说。

又是一个周五，徐缓缓快中午时到了机场，迎接去国外旅游了足足快两个月的闺蜜顾清。

等徐缓缓坐上了顾清的车，她才发现一个问题："其实我好像没有来的必要。"又不是她开车来接顾清，她也没驾照。

留着一头短发、戴着耳钉的顾清帅气地打着方向盘，轻薄却精致的妆容，脸上几乎看不出任何疲惫之色，特别是她身上的着装简直和徐缓缓是两个季节的。

顾清闻言先打量了一下她臃肿的穿着，然后回道："怎么没必要了？你不来我怎么去你家？"

徐缓缓指了指她车上的导航仪："可以导航啊。"

顾清发动了车子驶出了停车库，歪着脑袋回了一句："你不知道我路盲吗？"

"……"路盲还能在陌生的国外待了一个多月安全回来，徐缓缓还是很佩服的。

中午，两人找了一家档次颇高的餐厅吃午饭，顾清对生活品质的要求颇高，口味也是一等一的挑剔，和上到鹅肝、鱼子酱下到一碗泡面都能消化的徐缓缓完全就是两个极端，性格等其他方面也是一样，闺蜜有时候就是完全互补的两个人，这一点在徐缓缓和顾清身上有了完美验证。

这顿饭最后是徐缓缓付的钱。

顾清原本不肯，在听了徐缓缓刚进账的出版稿费之后，默默收起了自己的卡。

吃完了饭，在徐缓缓的指路下，顾清顺利开到了她住的小区。停好车，顾清把行李留在车里和徐缓缓坐电梯上了楼。

其实之前顾清来过徐缓缓家好多次，然而时隔了两个月再来时，她依旧对此充满了新鲜感，在房子里转了一圈才坐回沙发上。

说了两个小时在国外的经历之后，累的顾清斜靠在沙发上，吃着水果看着正在写悬疑小说的徐缓缓，看着看着突然感慨了一下："自从知道你稿费的金额之后，我感觉你每打一个字都是钱，满屏幕的钱啊。"

徐缓缓扭头看她，特别真诚地回了一句："自从知道你身上衣服牌子的价格之后，我就感觉你浑身都穿着钱。"

"去！"

快到四点时，徐缓缓的手机响了，她偏头一看，居然是徐靖打来的。

徐缓缓接了起来，放在耳边："喂。"

电话那头传来了徐靖清冷的嗓音："有尸体要尸检，我晚上会晚点回来，你自己吃晚饭。"

"哦，好的呀。"顾清晚上要回去吃晚饭，那她一个人就去买泡面好了，毕竟好久没吃了。

"你不会想吃泡面吧？"

"……"他是有读心术吗？被拆穿的徐缓缓尴尬地笑笑："不吃。"

徐靖听到她的回答，嘴角隐隐扬起了一丝弧度："那就好。"

徐缓缓赶紧转移了话题："我会给慢慢喂猫粮的！"

"嗯，就这样。"

"拜拜。"

然而徐靖并没有马上挂断，电话还在通话中，一秒后那头传来一个陌生的女声，问了一句："谁啊？"然后徐缓缓回了一句："邻居。"

听到这儿，徐靖才挂断了电话，他放下手机塞入口袋，一抬头便看到了高临脸上疑惑的表情："打给谁的？"

徐靖的眼神里还染着暖意，他绕过高临："如你所想。"

而听到徐缓缓回答的顾清一脸不相信："邻居？我还以为是你男朋友呢。"

听到男朋友这个词，徐缓缓脸上有些烧，但却急着否认："不是，就住我对面的邻居，还是我初中同学。"

"你还帮他喂猫？"顾清持怀疑态度。

"嗯，他是法医，有时候晚上回不来，我就帮他喂猫，但我晚饭都是在他家吃的。"徐缓缓特意提了一句，想向她展示徐靖多么好。

"他天天做饭给你吃？"顾清一眼看穿，"徐缓缓，他是在追求你啊！"

徐缓缓想也没想就摆手："顾清，你知道人生三大错觉吗？"

"是什么？"

徐缓缓认真地道："就是觉得对方喜欢你。"

顾清无语地摇了摇头："那其他两大错觉呢？"

徐缓缓吐了吐舌头："我也不知道。"

顾清没忍住翻了个白眼，一下子来了精神，她坐直了身体又腰看着徐缓缓："怎么可能不是？哪有这么好的邻居啊，明摆着是因为他喜欢你。"

从来没想过这一点的徐缓缓蒙了，徐靖喜欢她？

顾清用手指戳了戳她的脑袋："我说你以后少写点悬疑小说吧。"

"……"徐缓缓心里委屈，刚刚还在说她写的满屏都是钱呢。

徐缓缓不吭声，顾清继续戳："天天就在写杀人，你怎么不索性怀疑他天天给你做饭是在给你下慢性毒药呢？"

"……"那脑洞也太大了吧。

有了新发现，顾清不让徐缓缓写小说了，让她赶紧交代自己不在的这段时间发生的事情。

徐缓缓在脑子里整理了一下，慢吞吞地开始讲："这段时间发生了好几个案子……"

顾清伸出手做了个制止的手势："停，不要说案子，直接从徐靖出场开始说就行了。"

徐缓缓顿了一下："呃，他就戴上手套开始验尸了。"

顾清："……"

顾清好不容易从不会抓重点的徐缓缓口中把徐靖的各方面信息以及他做过的事摸清楚了。

听完之后，顾清第一反应是："你们都抱一起了，却还没在一起？！"

徐缓缓被她的大嗓门吓得缩了缩脖子："那是因为那天我被吓到了。"

顾清一脸拿她没办法的表情，叹了口气："你有见过他抱过别人，安慰过别人吗？"

"没有。"可他周围都是警察啊！

顾清看了一眼她的表情，又用手指戳了戳她的脑袋："把你现在脑子里想的都甩出去！"

"……"

等到顾清准备走的时候，徐缓缓家的门铃响了，她走到门口先从猫眼看了一下，好像是送外卖的小哥，她满脸疑惑地打开了门。

门外的果然是外卖小哥，看到徐缓缓后，他微笑地递上了餐盒："您好，徐小姐，这是您的外卖。"

徐缓缓以为对方搞错了地址，摇头道："我没点外卖啊。"

外卖小哥解释道："是1202室徐先生点的外卖，说送到1201室的，祝您用餐愉快。"

走过来看情况的顾清听到之后，双手环胸，露出了一脸果然如我所料的表情。

"你看吧，自己回不来还要帮你订好外卖。"天哪，她怎么就没遇到这么完美的男人？！让她更愤慨的是，徐缓缓这个榆木脑袋居然没感觉到！

徐缓缓真的没想到徐靖还会特意订了外卖给她送来，如果是之前她肯定会以为徐靖是怕她吃方便面；可听了顾清的话，徐缓缓心里有些动摇了。

徐缓缓把袋子放在餐桌上，把饭盒一个一个拿了出来，顾清一看到袋子上的餐厅名，眼睛一亮："有品位的男人啊！"这是她经常去的一家餐厅。

两荤两素两盒饭明显是两个人的分量，顾清马上明白过来，应该是之前那通电话，对方听到了自己的声音，便贴心地点了两人份。

顾清觉得自己消失很久的少女心都要复活了。

徐缓缓第一反应就是给徐靖打电话，可又怕他在忙，便发了短信："外卖到了，谢谢！"

没一会儿，徐缓缓直接接到了徐靖打过来的电话。

手机响起的那一刻，看到徐靖的名字，徐缓缓的心莫名怦怦直跳，她接起电话放在耳边："喂。"

"嗯，说。"

低沉磁性的嗓音就在她的耳边，徐缓缓耳朵微痒，声音软软地道："外卖到了，你点了两份呀。"

他嗯了一声："你有朋友在吧。"

徐缓缓扭头看了一眼顾清："嗯，她在。"看着对方的表情，她赶紧转回了头。

电话那头传来了喊他的声音，徐缓缓不想打扰他工作，便赶紧道："你去忙吧。"

"嗯。"

还没有说再见，电话并没有被挂断，徐缓缓轻咬着嘴唇，轻轻说了一句："那晚上见。"

几秒都没有声音，徐缓缓以为他已经放下了手机，就在这时，传来了他清冷的声音。

"好。"

明明只是一个字，却让她心里涌上了一种不一样的感觉。

虽然徐靖点了两人份的外卖，但顾清说好了回家吃晚饭，便打算走了。

徐缓缓拉住她："顾清，你不吃点吗？"

"不吃了，今天我奶奶在家，肯定拼命要给我塞饭了。"顾清是吃不胖的体质，加上对吃的又挑剔，人又高，看上去更显得瘦。估计是想到了晚上的恶仗，她整个人都感觉不好了。

徐缓缓看着一桌子的菜，皱起小脸："可这么多我吃不掉啊，不然你带点回去？"

"你这个榆木脑子。"顾清没忍住，又用手指轻轻戳了戳她的脑袋，"剩下的你不会等徐靖晚上回来给他当夜宵吃啊？"

徐缓缓这才想到："啊，对哦。"徐靖很晚回来，肚子肯定会饿的。

顾清也没再说什么，助攻到这个程度她觉得差不多了。徐缓缓在情感方面明显还没开窍，反射弧又长，别说她感觉不到徐靖对她的感情，就连她对徐靖到底是崇拜还是喜欢她自己应该都分不清，对于这样一个榆木脑袋的人只能慢慢来。

顾清捧着她的脸揉了揉，然后换了鞋走了。

送走了顾清，徐缓缓站在原地发了会儿呆，然后敲了敲脑袋，转身往屋里走。从顾清那儿接收的信息量有点大，于是她打算先填饱肚子，毕竟吃饱了之后，她的思维能力才会加快啊。

被顾清这么挑剔的人认可的餐厅口味自然是没话说，但不知道是不是因为习惯吃徐靖烧的菜，她总觉得菜里少了些什么味道。

徐缓缓看着对面空荡荡的位子，咬着筷子想着，果然是两个人吃饭更加香，却忘了在徐靖搬来之前其实她都是一个人吃晚饭的。

这顿饭她只吃了一荤一素，另两份菜一动没动给徐靖留着。收拾好之后，她拿着徐靖家的钥匙开了1202室的门，慢慢似乎已经习惯她的出现，走过来蹭了蹭。

徐缓缓摸了摸它的脑袋，给慢慢放好了猫粮，她蹲在一边看着它吃。房子里有着淡淡的清爽的味道，和徐靖身上的味道一样，那是上次她让徐靖抱她的时候闻到的。

想到那次拥抱，徐缓缓的脸慢慢染上了红晕，她想起顾清之前的那句："你们都抱一起了，却还没在一起？！"可说起来那次是她主动啊……

徐缓缓双手捂着脸低着头在那里晃啊晃，慢慢吃到一半，歪着脑袋看着她奇怪的动作。

直到今天下午之前，徐缓缓从来没有考虑过感情这个问题，上学的时候她整天想的除了怎么提高自己的理科成绩之外就是吃；到了大学，她一门心思钻研心理学微表情，然后迷上了写小说，那些东西和美食几乎塞满了她的整个脑子。

然后某一天，她的脑子里除了这些之外又多了一个叫徐靖的男人，徐缓缓一直把徐靖当男神那样看待，在她的认知里，男神就应该是高高在上、她在底下默默崇拜的人。

可顾清说徐靖喜欢她？这让徐缓缓觉得不太真实。

徐缓缓在地上蹲了半个小时，脚都麻了也没想清楚。她艰难地站起身，捶了捶脚，放在口袋里的手机响了，她拿出来一看，还是徐靖。

她赶紧接了起来，把手机放在耳边："喂。"

徐靖清冷的声音带着一丝疲惫："还有两具尸体要尸检。"

徐缓缓立马明白了："那你今天是不是不回来了？"

"嗯。"

"啊……"等着徐靖回来的徐缓缓心里难免有些小小的失落，她想把原因归结于这样给徐靖留的菜就浪费了，想完自己都觉得牵强，不过也没办法。

"知道了，那你忙吧。"

道别之后挂了电话，徐缓缓放下手机看着走到她脚边抬头看她的慢慢，蹲下对它道："慢慢啊，你主人今天晚上不会回来了呢。"

慢慢像是听懂了一般："喵——"

徐缓缓摸了摸它的脑袋："你也有点失落了，对不对？"

慢慢舔了舔她的手心。

起了个大早的徐缓缓出了家门按了1202室的门铃，等了一会儿也没有人开门。她拿出钥匙开了门，果然徐靖没有回来，只有慢慢伸着懒腰来迎接她。

徐缓缓把它抱了起来，挠了挠它的下巴："慢慢，想不想你的主人啊？"

慢慢眯着眼睛一脸舒服的模样。

等慢慢睁开漂亮的眼睛，徐缓缓看着它慢吞吞地道："那我代你去看看你的主人好不好？"

"喵——"

于是在刑侦队并没有叫她去帮忙的情况下，自认得到慢慢许可的徐缓缓第一次主动去了警局。

经过刑侦队办公室的时候，徐缓缓往里面瞄了一眼，背对着她的高临正在和队员研究案子，里面是一片繁忙的状态，自然谁也没有注意到门口的小脑袋。

徐缓缓又走到了法医室，踮起脚透过窗户往里面看，却没有看到徐靖，她皱着眉头想：难道他还在里面尸检？

徐缓缓轻轻打开了法医室的门，走进去后看到了躺在沙发上的徐靖，身上盖着一条米色的毯子。他闭着眼睛呼吸平缓，显然还在睡觉。

徐缓缓赶紧把门轻轻关上，小心翼翼地压低脚步声走到了沙发旁。徐靖似乎睡得很沉，她有些心疼，肯定是尸检到了很晚。

不想吵醒他，徐缓缓便在紧贴着沙发边上的一把椅子上坐了下来，用手支着下巴，像看一件艺术品一样欣赏着他的睡颜。

徐靖闭上眼睛时，削弱了不少冷漠不易接近的冰冷气息，她的视线缓缓向下，落在了他坚挺的鼻子上，徐缓缓点了点自己不怎么挺的鼻子，有点羡慕，然后就这么鬼使神差地伸出了自己的手。

她的手指离徐靖的鼻尖只有几厘米的时候，那双漆黑的眼睛睁开了，紧接着就听到了那低沉微哑的声音。

"你在干什么？"

徐缓缓看着那只修长的手覆盖在自己的手上，她眨了眨眼睛，有些心虚地道："徐靖，你醒啦。"

徐靖"嗯"了一声，带着一些鼻音。

徐缓缓竟然因为这声"嗯"微微红了脸，见他还有些疲惫之色，她小声道："是不是我吵醒你了啊？"

他还是："嗯。"

"啊……"徐缓缓因为不好意思脸更加红了起来，声音低得听不见了，"那……那你要不再睡会儿？"

"好。"说完之后他又闭上了眼睛，然而拉着徐缓缓的手并没有放开，他就这么抓着然后放在了自己的左耳边上。

徐缓缓感受着手背上传来的温度，把她原本有些冰冷的手给焐热了。她看着徐靖已经闭上的眼睛，好像抽回手不大好，怕再次吵醒他，只能静静地看着他，看着看着，徐缓缓就这么趴在沙发的扶手上睡着了。

听着脑后传来的浅浅而均匀的呼吸声，原本紧闭的双眼慢慢睁开，徐靖原本覆盖在徐缓缓手背上的手移动到下方，两只手手心相贴，轻轻握住。

徐靖偏头看着徐缓缓近在咫尺的手，将唇贴上，落下一个淡淡的吻。

不知睡了多久，徐缓缓揉了揉眼睛，睁眼一看，沙发上空空如也，自己的右手垂在沙发扶手上，身上盖着那条米色的毯子。

徐缓缓单手扶额，她是来看徐靖的，看着看着居然自己睡着了。

"醒了？"

清冷略低沉的声音在徐缓缓后方响起。

徐缓缓像是干坏事被抓个正着一样心虚地眨了眨眼睛，僵着脖子扭头，徐靖坐在办公桌前，已经穿好了白大褂，脸上看不出丝毫的倦意，正认真地看着她。

"嗯。"徐缓缓有些不敢直视他的眼睛，视线移到了他的手，不能怪她，只因为那双手太吸引人的目光，指节分明的手指握着一支纯黑色的笔，徐缓缓想不出什么别的词，只能感叹他的手怎么能这么好看。

想到刚才被这只手握着，虽然自己的右手上早已没有他手心的温度，徐缓缓却还能回忆起那种被握着的触感。他们之间虽然不是第一次有肢体接触，但上一次他是为了安抚她的情绪，徐缓缓忍不住去想，这一次是为了什么呢？

特别想要弄明白的徐缓缓问了出来："你刚才为什么抓着我手睡觉啊？"

"我记得是你先伸出手的。"

"……"一句话把徐缓缓噎了回去，虽然事实如此，但是她有点委屈，"我又没碰到。"

"但我怕等我睡着之后，你又忍不住对我动手动脚的。"不止动了手还动了嘴的徐先生面色如常，一本正经地调侃她。

她根本不是这种人，所以徐靖竟然是因为怕她对他动手动脚才抓住她的手的？她又不是女流氓……

"才不会呢，"徐缓缓为自己辩解，"我对自己的自制力很有信心的。"

"可我没这信心。"

徐靖的呢喃徐缓缓并没有听清，只是觉得他好像说了句什么。

"嗯？"她刚想开口，熟悉的铃声响了，她低头从口袋里掏出自己的手机，看着屏幕上显示的名字，满脸诧异。

打来电话的居然是她的编辑，她也就两天没上QQ，不用这样直接打电话来催稿吧。

她一接起来，刚放到耳边，就听到那边传来一声大吼："慢三？！"

徐缓缓赶紧把手机拿远了些，隔着一段距离还能听到那边继续吼叫的声音："慢三？是你吗？"

"是我啊，怎么了？"徐缓缓趁着对方喘气的间隙赶紧回了一句。

赵编辑听到她的声音，终于松了口气："太好了，你还活着就好！"

"……"她干了什么让编辑觉得她快死了？"我当然还活着了，只不过没上 QQ 而已。"

听着徐缓缓淡定的语气，那头的赵编辑知道问题所在了："你是不是这两天都没看新闻还有微博啊？"

"没有。"她这两天的确没看，电视机都没开过，微博也好几天没刷了。

赵编辑大叫着说出了一个重磅新闻："乱魂和子余先生被人杀了！"

被杀了？震惊之后，徐缓缓在脑子里搜索着这两个笔名："写《杀人日记》和《无鬼》的两个悬疑小说家？"

赵编辑一拍桌子："对啊，就是他们，现在整个悬疑圈子都乱套了，都在猜谁是下一个被害者。"

乱魂和子余先生都是畅销作家，她也是。

她忍不住问："所以你怕我也出事了？"

"你两天没上 QQ，我当然有理由以为你出事了！把我给吓的。"赵编辑喘了口气，压低声音道，"而且啊，凶手极其残忍，他们两个人的死亡方式都是他们最畅销的书中写过的最血腥的那一个。"

徐缓缓听到这儿心里咯噔了一下。

接着就听到赵编辑吞了口口水，声音都带上了颤音："慢三啊，我记得你在《犯罪师》里写过受害者被剥皮吧？"

徐缓缓："……"

在赵编辑一再让她注意安全以及答应了他每天报平安之后，徐缓缓怀着复杂心情挂了电话。

从只字片语之中，徐靖隐约觉得出了什么事。

"怎么了？"

徐缓缓抬头看着他，扯出了一个苦笑："我好像又被盯上了。"

为了了解案件的情况，徐靖和徐缓缓去了刑侦队办公室，看到徐缓缓的出现，高临有些意外："徐顾问，你怎么来了？"

徐 徐 图 之

徐缓缓走到他面前，脸色不怎么好："高队长，最近是不是有两名悬疑作家遇害了？"

高临以为徐缓缓是在网上看到的："没错，昨天晚上在两处住宅内发现了两具男性尸体，已经确定了他们的身份。"

徐缓缓在法医室看了徐靖给出的尸检报告：一名男性被肢解，这是子余先生在《无鬼》里写的情节；另一名男性被开颅，两只手被放入搅拌机中绞成肉泥，这是乱魂在《杀人日记》中写的最后一名受害者的遭遇。

让徐缓缓最为头皮发麻的是，他们两个人都是活着经历了这一切，就像他们小说里写的那样，凶手把他们笔下所写的内容付诸实践，把每一个细节都全部实施在了他们的身上。

网上关于他们死亡的报道已经满天飞，因为凶手在昨天晚上把尸体的照片发布到了网上，在旁边配的文字就是他们小说的那一段杀人描写。即使照片很快被删除，但依旧有无数的网友已经看到并转载到各个社交网站。

徐缓缓不由得想到了自己，她最畅销的那本小说就是《犯罪师》，在里面写过最残忍的谋杀手段就是她编辑提到的全身剥皮，同样也是在活着的状态下，如果自己沦为受害者……想到这儿，徐缓缓不寒而栗。

但是凶手不一定会把她当作目标吧？

徐缓缓脑子里刚有了这个念头，在电脑后面查着什么的周齐昌就有了发现："队长，两名死者的小说分别是畅销榜第四名和第五名，如果凶手是按照这个榜单来杀人呢？"

徐缓缓听到这样的分析，已经有种不好的预感了。

乱魂的《杀人日记》是第五名，而子余先生的《无鬼》是第四名，乱魂的死亡时间比子余先生早，如果凶手真的是按照畅销榜来杀人，那就是说他是从第五名开始，接着是第四名、第三名……最后杀了第一名。

高临面色凝重地道："前三名作者分别是谁？"

周齐昌看着榜单一位一位地报了出来："第三名是顾淼的《逃出绝境》，第二名是孟鬼的《掩罪》，第一名是慢三的《犯罪师》。"

徐缓缓："……"她万万没想到写小说竟然会有有生命危险的一天。

有些一听便知是笔名，为了保险起见，高临又让周齐昌查了排行榜后几位作家："确定这三位作家的真实姓名，还有地址。"

都到了这种性命攸关的时候了，徐缓缓自然主动交代了："高队长，那个慢三……"

"怎么？徐顾问认识他？"

徐缓缓举起了右手，抿了抿嘴道："就是我。"

周围的人听到后纷纷看向了她，露出有些不可置信的表情，唯有徐靖露出浓浓的忧虑和不安。

惊讶过后，周齐昌打开抽屉，拿出一本《犯罪师》，满脸的崇拜和期待："慢三大神，我是你的粉丝，等会儿能给我签个名吗？"

高临皱着眉头瞪了他一眼。

周齐昌终于意识到不合时宜，赶紧收了起来。

徐缓缓看着熟悉的封面，此时没有了自豪，剩下的多是恐惧。

可能会是凶手之后的目标，徐缓缓自然就成了重点保护对象，高临派警员开车带她回家取一些生活必需品，她还带上了电脑，便又马上返回了警局。

徐缓缓抱着电脑待在了法医室，徐靖去处理后续的事情，她一个人坐在徐靖的沙发上打开了笔记本，一封新邮件跳了出来，竟然是言洛发来的，时隔了好多天。

徐缓缓撇撇嘴，有些麻木地点开一看，这次不是什么英文诗，只是一句话——

亲爱的缓缓：

需要我帮忙处理吗？

显然言洛已经了解到了这个案子，并知道她可能也是目标之一。

言洛知道她的笔名这一点徐缓缓一点都不惊讶，就连她写言情小说用的笔名言洛也是一清二楚的，徐缓缓之所以会知道是因为言洛某一天给她投了九十九个深水鱼雷……

徐缓缓懒得回他，言洛以玩弄别人为乐，她可不会上当。

徐靖走进法医室时看到了站在窗口的徐缓缓，她背对着他，看着窗外，徐靖关上门走了进去。

正在发呆的徐缓缓丝毫没有听到身后的声音，也没有注意到有谁靠近，直到一只微凉的手轻轻放在她的额头上，她一惊，接着就听到了那个熟悉清冷的声音："是我。"

"徐靖。"

徐缓缓下意识地叫了他的名字，紧绷的神经瞬间放松下来，她感受着额头上的手将她向后带去，随即她的后背就这么贴向了他的胸膛。

低沉的声音在她的上方响起，带着化不开的柔情：

"别怕。"

11.
排骨与酱汁

这种温情的时刻最后被敲门的高临打断了。

徐靖松开了手,高临才开门而人。

透过门口的窗户正好可以看到窗口,所以高临自然看到了那一幕,他也不想打扰,奈何有重要的事情要告知徐缓缓。

背后的温度消失,徐缓缓转过身,瞄了一眼徐靖的侧颜,依旧是淡定自若。她没有因为和他有些亲密的身体接触而感到羞赧,现在倒是有一丝丝羞涩在心里蔓延,特别是看到了走进来的高临略尴尬的表情,她顿时产生了一种办公室恋情被撞破的错觉。

徐缓缓摇了摇头,赶紧把这种念头甩了出去。

"徐顾问,顾淼和孟鬼以及在畅销榜上后几位的小说家都不是S市人,我们已经让当地警方安排保护他们的安全。"

换句话说,现在悬疑类小说排行榜上,身处S市且还活着的只有徐缓缓一人了。不过,毕竟凶手按照畅销榜的排名来杀人是一种未经证实的猜测,刑侦队还在查找着这两名死者其他的相似点和关联。

两个小时后,高临又一次来到了法医室,不是因为发现了新的尸体或者找到了什么关键性的证据,而是……

"有人来自首了。"

"啊?"正在上网关注这件案子的徐缓缓抬起头,有点蒙。按照目前的情况来看,凶手分明是会继续杀戮的,怎么会突然到警局里自首呢?

不会是因为发现她在警局，所以专门进来杀她的吧？！

徐缓缓正在胡乱想着，高临接下来的话就让她明白是怎么回事了。

高临拧着眉头道："问题是来的不是一个，而是十几个人。"

"哦。"发现来了很多人自首，徐缓缓反而淡定了，她很清楚那些人是想干什么：博关注，把凶手当作了偶像或者还有各种其他想法。

"他们都说自己是杀害乱魂和子余先生的凶手。"显然这是不可能成立的，高临也清楚这一点，但时间紧迫，他必须快速甄选出有多少人是在撒谎。

徐缓缓跟着高临出了法医室，徐缓缓想了想，让高临把那些人都安排在一个房间里，然后她在旁边的监控室里观察他们的表情动作，还有听他们的对话。

房间里是清一色的男性，且都是年轻人，他们都自称是凶手，于是很自然地就开始了争辩，甚至为是谁杀了人而争吵起来，一时间谩骂声此起彼伏，场面差点失控，直到有警员进去制止。

有些人手里拿着两名死者的小说，不知是不是为了在接受审讯时能清晰完整地说出杀人经过和细节。

徐缓缓感觉自己在看一群心理存在问题的中二青年，她的视线在每个人的脸上都停留了一会儿，最后落在了一个角落里。

那里坐着一个年轻的男人，清秀的长相，精心打理过的发型，穿着黑色长款风衣、黑色皮鞋，打扮非常得体，他的手里拿着一副墨镜，显得和其他人截然不同。他全程没有说一句话，只是坐在那里，优雅地跷着腿。

他坐的位置偏僻不起眼，但是视角却是整个房间里最好的，就像是徐缓缓在观察里面的所有人，而他在观察着除了他自己之外的人。

徐缓缓看着他嘴角流露出的不屑和嘲讽，指着他的脸转头对高临道："我要和他谈谈。"

高临去安排后，徐缓缓依旧观察着他的表情，在警员带他离开时，他的脸上露出了那种一如他所料的表情，甚至隐隐有些兴奋。

审讯自然安排在审讯室里，他坐在里面神态自若，即使一只手铐着手铐。

徐缓缓走进了审讯室，男人的表情在看到她后有细微的变化，他微微挑眉，脸上并没有嫌恶的表情。她拉开椅子在他对面坐了下来，对上了他的眼睛。

男人先开了口，直接猜中了徐缓缓的身份："你是这里的顾问？"

徐缓缓微微颔首："没错。"然后她问出了第一个问题，"你的名字？"

男人不紧不慢地说出了自己的名字："钱祯。"

徐缓缓继续问："你的职业呢？"

"悬疑小说家。"钱祯说出来的语气颇为自豪。

徐缓缓一挑眉："你的笔名是？"

他微微一笑："就是我的名字。"

钱祯？徐缓缓在脑子里努力搜索这个名字，她所知道的悬疑小说家中并没有他。

徐缓缓接着问："你是来自首的？"

钱祯点了点头："是。"

"那你犯了什么罪？"

钱祯看着徐缓缓的眼睛，吐出了三个字："杀人罪。"

徐缓缓在他的脸上没有看到明显的撒谎痕迹，便继续问了下去："你杀了谁？"

"乱魂和子余先生两个人，"钱祯顿了一下，但他并没有说完，"但不是我亲手杀的。"

钱祯的回答有些出乎她的预料，她蹙眉道："那是通过什么方式？"

钱祯身体小幅度地前倾，刻意压低了嗓音，像是要说什么诡异的事件一般，透露着一丝阴森："我预言了他们的死亡，或者说他们都是因我的预言而死。"

"……"

万万没想到会听到这种结果的徐缓缓克制住了自己翻白眼的冲动，她呼出一口气，然后向他提出了自己的建议："其实如果你说是你的第二人格杀了人，或者说你是这具身体的第二人格，要指控主人格杀人的话，可信度还会高一些。"即使是多重人格她也是可以接受的。

听到她的话，钱祯反而笑了，似乎早就预料到了："我知道你们肯定不相信我说的。"

如果她身处魔幻世界的话，她当然相信，他就是掏出一本《死亡笔记》她都不会眨一下眼。

钱祯明显坚信着自己的说法，所以徐缓缓依旧没有看到撒谎的痕迹，她决定再忍忍："那你说说你是如何预言的吧？"

钱祯拿出了自己的手机，按了密码解锁后打开了一条短信，然后递给了徐缓缓，神色间都流露出自信："这就是证明，我在前几天晚上给自己发的短信，上面显示了日期和时间。"

徐缓缓接过手机看向屏幕，短信显示是三天前晚上十一点多发送的，上面写着两行：

乱魂，16 号晚在家中遇害。

子余先生，17 号晚在家中遇害。

死亡日期的确是符合的，但光靠这个并不能证实钱祯关于预言的说法，而他应该是明白这一点，于是继续说了下去："我知道你们绝对会怀疑是我预谋要杀了他们，所以提前发了短信，然后在那两天晚上再到他们的家里杀了他们。但我有不在场证明，前天和昨天两个晚上我都是睡在网吧里的，你们可以调监控，我到早上才离开。"

钱祯说得如此信誓旦旦，徐缓缓自然知道他们去查监控肯定能证实他的不在场证明："我相信你没有亲自去杀了他们，但是，你可以有同伙啊，你是策划者，他是实施者，配合之下同样是这样的效果。"

钱祯摇了摇头，面色平静："没有什么同伙，我预言的内容没有告诉过任何一个人，没有人会知道。"

让徐缓缓意外的是，她在钱祯的脸上仍然没有读取到任何撒谎的痕迹，他说的竟然是实话。

这怎么可能？！

徐缓缓突然有些怀疑自己的专业能力了，她蹙眉看他："没有人能接触到你的手机？"

钱祯很笃定地开口道："当然，我的手机是随身携带的，写下预言的第二天，我白天待在家里，没有任何人来过，我下午才去的网吧。"

徐缓缓有一瞬间的迷茫，但她还是不相信钱祯能够预言别人死亡，她总觉得应该是自己遗漏了什么。

"相信吧，我有预知的能力，是我预言了他们两个人的死亡。"不知道是不是太过于兴奋，钱祯咳嗽了两声。

"那你是怎么……"徐缓缓点亮了即将变暗的手机屏幕，然后发现在这条短信下还有一条今天早上发送的信息：

我，今天下午会在警局遇害。

"咳咳咳咳……"在看到这条短信的同时，一阵咳嗽声从对面传来，徐缓缓看着钱祯，他捂着嘴，剧烈的咳嗽让他整个人一抖一抖的，他的头也越来越低。

徐缓缓觉得非常不对劲，她站起身看着他："你怎么了？"

嘶哑的笑声伴随着咳嗽声，钱祯垂下手抬起了头看着徐缓缓，他咧嘴笑着，鲜血从嘴里溢了出来。

门被推开，在监控室里发现状况的高临和徐靖冲了进来，惊醒了愣在原地震惊地看着钱祯的徐缓缓。

钱祯还在笑，笑得越来越大声，徐缓缓看着血不断从他嘴里涌出，但他痛苦的表情中却透露着喜悦。

"预……预言成功了。"

钱祯死了，死于中毒。

徐靖检测出了他体内毒物的成分，是一种剧毒，但并不是常见的砒霜或是氰化物，而是一种蜘蛛的毒液，再结合他体内残留的剂量，徐靖推断钱祯中毒的时间应该是在一个小时到两个小时之间。

高临根据徐靖得出的结果往前推断时间："如果是这个时间的话，他应该还没进入局里，会不会是他自己服毒？"

徐靖双手滑入两侧口袋，面色淡然地做着补充："他的后颈处有针孔的痕迹，那里的皮肤局部发黑，应该是从那里通过针筒注射的毒液。"

徐缓缓抬头看着徐靖的侧脸，认真地听他说着她并没有涉猎的专业。

不过即使是通过注射引发的中毒，也没法证明到底是他自己注射的，还是被人注射的，尤其是他还声称手机里是他自己发的预言短信。结合他在审问时说的话，高临更倾向于这是一出自导自演的闹剧，希望警方将两名悬疑小说家的死亡归结于预言而死。

但还有一种可能，徐缓缓眼睛微眯，透出一种发现了真相的愉悦感："如果不是钱祯，而是凶手想要故意造成这样的假象呢？"

徐缓缓之前在审讯钱祯时被她遗漏的事情她现在倒是明白了，钱祯的突然死亡安排得太过刻意，反而暴露了凶手的目的。

徐靖和高临同时低头看着她。

高临蹙眉道："徐顾问你的意思是，有人利用了钱祯来达到他想要的目的？"

徐缓缓颔首道："是这样，因为整个对话的过程中，我可以很肯定，钱祯绝对没有一句是在撒谎！"

"绝对"两个字她说得格外大声，作为一名专业的测谎师，徐缓缓努力想向他们证明自己的测谎能力。

"他是真的认为自己有预言的能力。"

看着某人一脸"你们一定要相信我的"表情，徐靖冷淡的眸子染上了一丝笑意，转瞬即逝。

"可事实上这是不可能的。"作为警察，高临自然也不可能相信这种虚幻的东西。

"没错。"徐缓缓大幅度地点了点头，然后开始慢慢说出了自己的推断，"凶手肯定是通过某种手段让钱祯相信自己有预言能力，首先他会选择钱祯就绝非随机，想要让一个从不相信预言的人突然去接受并且深信不疑是很难的，但是如果钱祯本身就相信这世上存在着这种能力，那就好办多了。"

高临双手环胸颔首道："所以凶手选了一个写悬疑小说的。"

"……"躺着也中枪的徐缓缓鼓了下腮帮，出声纠正，"他只是特例而已。"

高临一下子意识到自己有些以偏概全了，赶紧道："抱歉。"看着徐缓缓摇了摇头表示没事后，他继续说了下去，"如果是这样的话，查看他的电脑应该能找到一些线索。"

"嗯，钱祯肯定在网络上发表过关于预言的言论，所以凶手才把他作为了棋子。"

钱祯的电脑很快就被送到了刑侦队，周齐昌一查，果然查到了钱祯在网上发表的各种关于预言方面的言论，最早的是好几年前，几乎已经到了狂热的状态。他声称他相信有预言能力的人存在，而他最近关注的自然是这个案子，搜索的全是这方面的信息。

徐缓缓站在旁边看着钱祯的电脑，突然发现他之前搜索过关于梦游的资料。

"梦游？晚上十一点多发的短信。"徐缓缓低头嘀咕着，思索片刻，然后"啊"了一声，抬头时眼神里满是激动的光芒，"我知道凶手是怎么让钱祯坚信自己有预言能力的了。"

办公室的人都齐齐看向了徐缓缓，等待她的解答。

"钱祯有梦游的情况，因此在他熟睡之后，凶手黑入了他的手机，发了这条预言短信。当早上钱祯醒过来的时候，发现自己在昨晚十一点多时给自己发了一条短信，上面写着预言的内容，于是便以为这是他在梦游的情况下，预知了未来会发生的事件然后发了短信记录下来。"

徐缓缓几乎可以想象到钱祯那时候的心情，他一直在研究预言，突然某一天发现自己拥有了这种能力，那绝对是一种狂喜的状态。

"结果当他看到新闻后发现乱魂和子余先生的确在家中遇害，这就证实了他的预言，让他更加坚信自己有预言的能力。而当他在今天早上又看到关于自己的预言之后，他还是来到了这里，为的是向世人证明他有预言能力，即使是以生命为代价。"

徐缓缓顿了一下，伸出了一根手指："这是一种心理暗示，一种恶意的催眠，一步一步将钱祯带入凶手给他设定的套路。"这就是凶手的厉害之处，他根本就没有和钱祯见面交流过，却依旧把钱祯控制在股掌之间，任他摆布。

徐缓缓的分析合情合理，似乎是目前最接近事实的推断，可高临更疑惑的是："凶手为什么要制造这样的假象呢？"

徐缓缓仰着下巴努力思考着，刑侦队全体队员都满怀期待地看着她。

十几秒后，她眨了眨眼睛，摇头道："不知道。"

很快就到了下班的时间，徐缓缓坐在沙发上，徐靖背对着她脱下了身上的白大褂，从衣架上取下了大衣，穿好之后，他整理着衣领一转身，便对上她的视线。

偷看被逮个正着的徐缓缓赶紧心虚地低头重新看着电脑屏幕："呃，某某男明星又结婚了啊……"

直到一道阴影笼罩在她的身上，她不敢抬头，眼神有些飘忽，然后那只指节分明的手按在了她的笔记本上，从后面合上了她的电脑。

徐缓缓不得不抬起头，顺着他的手上移视线，猝不及防地看到了徐靖近在咫尺的脸。

徐缓缓根本没想到他离她这么近，因为紧张还有某些她说不清的因素让她的心脏怦怦乱跳，她一瞬间屏住了呼吸，不由得捏紧了放在身侧的手。

徐靖另一只手撑在沙发的扶手上，几乎将徐缓缓整个人禁锢在他的身前。

两人浅浅的呼吸交织在一起，亲密而暧昧，徐缓缓整个身体都僵住了。

徐靖垂眸，小小的动作都让徐缓缓紧张地吞咽着口水。因为她舔舐的动作，她的嘴唇变得湿润，她看着徐靖抿着的嘴唇，脸颊不可控制地红了起来。

薄唇微启，她听到了徐靖低哑的嗓音，带着一丝和平时不一样的味道："晚饭想吃什么？"

"啊？"徐缓缓眨了眨眼睛，嘴微张着，一脸蒙了的表情。

徐靖看着她的表情，嘴角隐隐有一丝笑意："你晚饭想吃什么，我去买。"

那转瞬而逝的笑被徐缓缓抓到了，但被眼前美色所诱的她脑子已经完全处于宕机状态，什么好吃的她都想不出来了，结巴着道："随……随便。"

"嗯。"徐靖微微颔首，没再追问，慢慢直起了身体。

徐缓缓看着他们之间的距离被拉远，整个人都放松下来，长呼出一口气。

徐靖走到门口，偏头看着红着脸的徐缓缓，眼眸里染着暖意和愉悦，开门走了出去。

听到门重新关上的声音，徐缓缓低头，把脸整个埋在手里，有些冰冷的手碰到自己的脸，徐缓缓才意识到自己脸上的温度有多高。捂了一会儿脸，她突然想到了什么，抬起头气鼓鼓地看向了门口。

等等！他刚才难道就为了问一句她晚饭想吃什么？

那干吗要做这么让人误会的动作啊？！

而此时在刑侦队办公室里，为了能尽快破案找到嫌疑人，高临和队员们都留在了局里。

到了饭点，高临让暂时空闲的周齐昌点外卖。

"队长，那要帮'徐大神'买一份吗？"他口中的徐大神指的是徐缓缓。

在查线索的高临头也没抬，回了一句："她不用你操心。"

"哦。"周齐昌没明白是什么意思，但又不好再问，只好挠了挠头发，打了外卖电话。

半个多小时后，徐靖又回到了局里，手里多了一个袋子。

走进法医室时，徐缓缓正在敲击着键盘码字，她盯着屏幕，打字速度很快，似乎是太过于专注，并没有听到徐靖走进来的脚步声。

徐靖把袋子放在桌上，把打包的饭菜从袋子里面一一拿出摆放在餐桌上，然后转头叫了她一声："徐缓缓。"

"哎！"徐缓缓下意识地回了一句，才发现徐靖回来了。

紧接着她看到了餐桌上的菜，袋子上印的餐厅名，正是徐靖上次给她订的那家外卖。

"你经常吃这家店呀？"

"只是加班的时候。"徐靖并不太喜欢在外面吃东西，比起在外面吃他更倾向于自己下厨。

"顾清也喜欢吃这家店，她口味挑剔得很。"徐缓缓看着徐靖投来的视线，突然意识到自己说了什么，赶紧摆手，"我不是说你挑剔……"

徐靖视线始终对着她，别有深意地开了口："我的确很挑剔，在很多方面。"

哪些方面？不过徐缓缓没问出口，徐靖说完后先动了筷子，她也跟着夹了块排骨塞进了嘴里。

入口的酸甜让她幸福得眯起了眼睛，嘴角也翘了起来。

徐靖看着她的表情，不由得被她勾起了食欲："很好吃？"

徐缓缓咀嚼着排骨，脸鼓鼓的，大幅度地点着头，口齿不清地道："好吃，你尝尝。"

"嗯。"徐靖的视线落在她的嘴唇上。

她的嘴角沾着一点酱汁，不过光顾着回味嘴里味道的徐缓缓并没有察觉。他们之间只有一臂之遥，他探出手，便触碰到她的唇边，他用指腹将那一点酱汁轻柔地抹掉。

嘴唇上传来的触感让徐缓缓一怔，她看着徐靖缩回了手，没有用纸巾擦掉，而是放在了唇上，轻含手指，吮掉了酱汁。

噌的一下，因为徐靖这个突然而暧昧的动作，徐缓缓的脸又一次不争气地烧了起来。

徐靖抿着嘴唇，像是在品尝酱汁的味道，低沉微哑的声音里都带着暧昧的气息："果然不错。"

听到评价，徐缓缓的脸红到了耳朵。

徐靖垂下手，用桌上的纸巾擦拭了一下手指，就像什么也没发生过一般地拿起筷子夹了一口蔬菜，反倒让徐缓缓不自在了一会儿。

这顿饭徐缓缓吃得心满意足，觉得比上次一个人吃时要美味不少。

徐缓缓主动收拾了餐盒去扔掉，回到法医室看着在擦拭小餐桌的徐靖："你等会儿要走了吧？"她不自觉地说出这句话，语气里带着连她自己都没有察觉到的低落。

"你不想我走？"徐靖侧身看着她，声音低缓，看着她的模样，他总想逗逗她。

被徐靖一语道破了内心的想法，徐缓缓有些羞赧。

她咬着嘴唇沉默了几秒，突然想到："啊，慢慢，对，慢慢还要吃晚饭吧。"

徐靖看着她慌张的样子，眼里染上了笑意："嗯，那我走了。"虽然不想离开，但他还是得回去。

一天不知道红了几次脸的徐缓缓低着头和他挥手："明天见。"

徐靖走后，徐缓缓接到了顾清打来的电话。

顾清激动的声音从手机里传来："徐缓缓，你看到新闻了没？两个写悬疑小说的作家遇害了！"

这让徐缓缓很是欣慰，她总算不是最晚知道这个新闻的人了："嗯，我知道。"

"你没事吧？会不会被盯上？要不要让我爸派几个保镖？"一想到徐缓缓也是写悬疑小说的，顾清很担心。

保镖？

徐缓缓想象着那个画面，觉得他们站在自己边上好像是自己的压力比较大："呃……不用了，我现在在警局很安全。"

"警局……"顾清听到这个词马上反应过来，"这么说你跟徐靖在一起？"声音里带着浓浓的笑意。

听到徐靖的名字，徐缓缓不由自主地咬了下嘴唇，她轻声回道："我在法医室，他回家了。"

顾清在电话那头不由得惋惜："要不要我来看你？"

徐缓缓拒绝了，主要怕顾清不安全："不用了，等我安全之后再去找你。"

又聊了一会儿，徐缓缓挂了电话，继续卖力地把今天的更新写完了。

此时已经快十一点，她没什么睡意，便去了刑侦队的办公室，进去一看，发现他们人都还在。

高临听到脚步声抬起头便看到了她："徐顾问，还没睡吗？"

徐缓缓摇着头走了过去："现在查到什么新线索了吗？"

高临摇了头，面色凝重："钱祯的手机的确是有被黑的痕迹，不过凶手很谨慎，追查不到他。"

"你觉得凶手在杀害他们之后把尸体的照片放在网络上是为了什么？"钱祯在审讯室死亡之后，凶手又在网络上放了那两条预言短信和他的照片。

"让更多人看到他的作品，他想要得到别人的关注。"不知为何，徐缓缓说完后便想到了言洛，他也是这样的人，乐于展示，然后欣赏别人看到他的作品时，露出惊恐的表情。

下一秒，徐缓缓甩甩头，把这个变态踢出她的脑子。

看着那些照片的高临并没有注意到徐缓缓的动作，他沉思片刻，提出了一个新的推断："会不会他只是想给某一个人看呢？"

"给某一个人？"徐缓缓思索了一下，的确存在这种可能性，"凶手将照片放在网上，这样很多人都可以看到，网络的传播速度很快，也就确保了那个人能看到的概率很大。"

高临继续猜想："凶手杀害的都是悬疑小说家，会不会那个人也是呢？"

徐缓缓心里想着应该不是自己吧，脑子里却在飞速整理着所有的线索。

第一名死者：宋涛（乱魂），16号晚死于家中，被活着开颅，两只手被放入搅拌机中绞成肉泥；第二名死者：万子余（子余先生），17号晚死于家中，全身被肢解；第三名死者：钱祯，18号下午在警局中毒（蜘蛛毒液）身亡，凶手通过心理暗示让他坚信自己有预言能力。

三名死者都是悬疑小说家，死亡时间相隔一天，畅销榜上子余先生第四，乱魂第五，钱祯没有出版过任何小说，在网上发表过《预言家》第一部和第二部。

一开始徐缓缓抓不到任何有关联的东西，她索性闭上眼睛，垂在身侧的手指尖有节奏地微敲着大腿，一个念头一闪而过。

几秒后，她突然倒吸了一口凉气，睁开眼睛时，眼神里满是震惊和不可置信。

高临看到她的表情，马上问道："怎么了？你想到什么了？"

徐缓缓的表情没有变，她看向高临，好一会儿才找到自己的声音。

"他是在模仿我的小说，第一部小说。"

深夜接近十二点时，S市一个普通小区内的一栋楼，总共有六层楼，十二个住户，每一间房子都已经关上了灯，小区里的路灯已经熄灭，小区在黑暗中一片寂静。

一个黑影顺着楼梯而上，他停在301室的门口，拿出工具轻松地打开了门，动静轻到连走廊里的感应灯都没有亮起。

他走了进去，反手关上了门。

半个多小时后，他脱下了沾满血的手套，拿起了放在床头柜上的手机，上面也溅了血。

他拿在手里，屏幕在下一秒亮了起来，铃声接踵而至。

透过那一滴滴的血迹，他依旧可以看到屏幕上的名字——

慢三。

12、
绝望与照片

"对不起，您拨打的电话暂时无人接听。"

机械的女声此刻如此让人冰冷绝望，徐缓缓紧张得浑身发抖，牙齿都在打战，一直重复着挂断再打的两个动作，然而始终没有听到接通的声音。

高临从后视镜看着车后座的徐缓缓，开口道："或许他只是睡着了开了静音没有听到。"然而他心里清楚这概率有多低，他没再多说什么，收回视线，加快了车速。

刑侦队的警车还未到达目的地，高临就接到了周齐昌打来的电话，附近的警员已经先到了那里。

"我知道了。"高临声音沉重，他挂了电话，又一次看向了后视镜。徐缓缓似乎没有听到他的声音，依旧在重复着刚才的动作，手机屏幕亮了又暗了。

高临不忍，却又不想她再继续做着无谓的动作。

"徐顾问，别打了。"

别……打……了？

徐缓缓整个人一震，心脏像被重击了一般，手指按着屏幕久久没有动，那三个字把她最后的一丝希望彻底击破，只剩下绝望。无形的压力包围着她，压得她喘不过气来。

她看着手机屏幕再度变暗，脑子里一片空白。

十五分钟后，高临的车驶进了小区，一栋楼下停了两辆警车，他在后面停了车，转头对徐缓缓道："徐顾问，你先在车里待着。"死者是和她相识的关系，凶案现场的画面又是最具冲击力的，高临并不想让徐缓缓看到。

听到他的话，徐缓缓依旧低着头，然后沉默着点了下头。

高临下了车，让一名警员留意一下车里的徐缓缓后，便带着队员们上了楼。走到三楼，301室的门口设了隔离带，戴上手套之后，高临向门口的警员出示了证件后进入了现场。

玄关处便有血迹，高临顺着这条血迹往里走一直走到最里面的卧室，血迹像是拖拽形成的，一路从卧室延续到了门口。

这一条长长的血迹在卧室的门口终止，就像是指示牌一般故意引导着他们去发现。

高临将视线从血迹上移开，走进了卧室。

卧室里紧靠墙的位置便是床，他一走进去便看到了床尾，上面放着一颗头颅。

头颅正对着门口的方向，死者的双眼不正常地睁大着，他的鼻梁上架着一副眼镜，就像是在看着那些走进来的人。

高临闭上眼睛，再睁开时满眼的厉色。

床上全是血迹，墙壁上还有床的四周也溅着血，场面血腥残忍，高临走过去，在床头柜上看到了一部手机，他点亮了屏幕，看到了四十三个未接来电，都来自同一个人——慢三。

十分钟后，徐靖打车到了小区，他下了车大步走到警车停着的位置，他知道这种情况下，高临肯定会把徐缓缓留在车内。他走到熟悉的警车旁，拉开了后车座的门，果然看到了那个低着头一动不动的娇小身影。

徐靖眼神里染上了浓浓的心疼，他坐了进去，看着她捏紧手机颤抖的手，伸出手握了上去。

没有说什么安慰的话，他清楚现在再多的话她都听不进去，所以他只是道："缓缓，把手机给我。"

徐靖在她的耳边说了两遍，才渐渐感觉到她的手放松下来，于是从中抽出了她的手机，轻轻抱了一下她。

徐靖并不能停留过久，高临还在上面等着，他只能放开她下了车，又嘱咐了一遍警员留心她。

徐靖走到二楼的时候，拿在手里的手机振动了一下，是徐缓缓的手机，他抬起手看了一眼屏幕，一条信息，来自一个陌生的号码。

如果是平常，他绝不会看，但现在这个时间点，发来短信的人是谁昭然若揭。

徐靖点开了信息，是一张照片——

凶案现场尸首分离的照片。

徐靖相信当他走进 301 室的卧室时，便会看到照片上的画面，如果，被徐缓缓看到了这张照片……

近乎黑暗的走廊里，手机屏幕的光照亮了他的脸，他的嘴唇紧抿，下颌紧绷着，那双清冷的眸子瞬间变得凛冽，冰冷到了极致。

对徐靖来说，在他再度遇到徐缓缓之前，尸体是他关注的全部，但现在却不是这样了，他也会去揣摩凶手的心理预判着凶手的行为，特别是在案子和她扯上了关系的时候。

徐靖捏紧了手机走到三楼，进入现场之后在卧室里见到了高临，徐靖走过去把手机递给了他，只说了两个字："短信。"

高临接过手机，按亮了屏幕，便看到了那张照片。他看了一眼时间，然后给周齐昌打去了电话："周齐昌，查一个号码。"然后他把照片也传了过去。

挂了电话，高临拿着徐缓缓的手机走到一边，腾出空间给徐靖尸检，多年的默契让他们之间不用多说什么，将信息转发给周齐昌之后，高临便删了这张照片。

把手机放入口袋，高临检查着房间里凶手可能留下的痕迹。在桌面的右侧有一个用胶带封好的箱子，箱子上有一张已经填好信息的快递单。

寄件人写着赵编辑，收件人写着慢三。

快递单的左下角沾着一点血迹，显然是凶手拿起时沾到的。高临把快递单放进物证袋里。

徐靖在床边掀开被子检查着尸体，尸体并没有完全冷却，被子下的皮肤尚有余温，尸体局部开始僵硬。他检查脖颈处的断口，非常整齐光滑。徐靖又走到床尾，他摘下死者鼻梁上架着的眼镜放进物证袋内，然后观察死者的眼睛。检查完之后，徐靖起身看向高临："死亡时间在一至两小时之前，除了脖颈的断口外，他的上眼皮被凶手用胶水粘住，是死后造成的。"

听到死亡时间，高临叹了口气，徐缓缓给赵编辑打电话的时候，他可能刚刚遇害不久。

完成对现场的侦查之后，刑侦队带着尸体和物证回了局里。

高临抱着在死者桌上发现的箱子走进法医室，徐靖在一门之隔的里屋做尸检，徐缓缓坐在办公室的沙发上，呆呆地看着前面。

高临把箱子递给了她："徐顾问，这是我在赵编辑的桌子上找到的，他打算寄给你的东西。"说完他就离开了。

徐缓缓终于有了反应，她眨了下眼睛看向了那个箱子，伸手接了过来，箱子很沉，她的手使不上力，箱子一下子落在了她的腿上。

她打开了箱子，看到了里面的东西，是一整箱零食。

徐缓缓一件一件拿出来看，什么零食都有，国产的、进口的、甜的、咸的，把一个大箱子都塞得满满的。赵编辑每次催稿之后都会给她寄来零食，因为他知道她喜欢吃，就让她一边写稿子一边能有东西吃，这次寄得特别多，大概是觉得她最近没法外出，就给她准备好了。

"慢三！交稿！再不交稿信不信我直接杀过来！"

"慢三！我给你寄的零食收到了没？赶紧吃了写稿！"

"慢三！你喜欢吃这个还是那个？"

徐缓缓忍了一路，在看到这个后终于崩溃。

她紧紧抱着那箱零食，再也压制不住自己的情绪，痛哭出来。

她的第一本小说是被赵编辑看中的，虽然最后没有出版，但从那天开始他就成了她的编辑。他曾经跟她说过，他觉得很幸运，看着慢三这个笔名从不被多少人知晓，变成知名畅销悬疑小说家。

《七人罪》是她第一本小说的名字，他们结识于那本小说，但现在那本小说却也让他丧了命。

徐缓缓从来没有想过有一天会恨自己写过的小说。

徐靖走出来的时候，看到了坐在沙发上抱着箱子的徐缓缓。他把尸检报告放在桌上，大步走了过去，在她身边坐了下来。

徐靖抬起手将她揽在自己的怀里，下巴轻轻抵在她的头顶上。

"他死的时候痛苦吗？"带着哭腔的声音从他胸口的位置传来。

徐靖一顿，片刻后开了口："不痛苦，伤口只有一处，凶手没有折磨他。"

徐缓缓轻轻应了一声。

他收紧了手臂，声音低柔："徐缓缓，不是你的错。"

因为这句话，克制住的眼泪又一次涌了出来，她伸出手抓着徐靖的衣服，在他的怀里又一次发泄了自己的情绪。

之后，徐缓缓跟着徐靖到了刑侦队办公室把尸检报告给了高临，他看了之后便收了起来没有对此再说什么。

给徐缓缓发照片的那个手机号是一个一次性的临时号码，追查不到任何线索，想到徐缓缓之前提到的，凶手杀人模仿的是她的第一本小说，现在已经出现了三个死者，高临觉得这场模仿的杀戮并没有结束。

哭过两次的徐缓缓情绪已经平复了很多，脸上的泪水已经擦掉，但眼睛还是红的。

高临问："徐顾问，你觉得他下一个目标会是谁？"

徐缓缓眼睛有些胀痛，开口说出了一个名字："言洛。"

高临原本做好了心理准备，可能是徐缓缓的亲人朋友或者是徐靖，但没想到听到了这个人的名字。

"他？"

徐缓缓慢慢解释着："我们是敌对的两个人，我小说里的反派在最后和主角对决之前，杀死了和主角敌对的一个男人。"显然在她身边，言洛就是这样的存在。

连环杀人犯遇上另一个连环杀人犯，高临抬手扶额，这似乎是他做警察之后第一次碰上这样的事情。

从洗手间出来贴着墙壁慢慢走回法医室的路上，徐缓缓的手机响了，是一个陌生的号码。

铃声响了一会儿她才接了起来，因为她想到言洛曾经说过他的幸运数字是14，而这个号码末尾的两个数字就是1和4。

徐缓缓没有说话，她停了下来，侧身靠着墙壁，等着对方先开口。

言洛的声音从手机里传了出来："缓缓，有一段时间没有给你打电话了吧？"

她心情本就不好，便更加不想开口。

言洛并不在意，自己说了下去，语气依旧轻松："他的下一个目标是我吧？"他仿佛在说一件无关紧要的事。

徐缓缓从他的语气里甚至听到了一丝兴奋。

言洛根本就不担心被人盯上，他反而很享受这样被追逐的感觉，因为谁是狩猎者谁是猎物最后才会知道。

言洛伸出舌头舔了下嘴唇，带着嗜血的兴奋，他压低了嗓音："要不要我杀了他？"

如果是之前徐缓缓会直接挂了电话或者回绝他，但是现在，她却犹豫了。

言洛很少用杀这个字眼，但一旦用了，徐缓缓很清楚对方会遭受什么样的折磨，不是简单的死亡，而是饱尝了生不如死后被终结生命。

理智告诉她不应该有这样的想法，但言洛这次的提议对她来说诱惑太大，她克制不住去想……

半分钟过去了，仍然没有听到回答的言洛笑了，带着浓浓的满足感："我好像已经知道你的答案了。"

徐缓缓紧咬着嘴唇，余光看到了一道熟悉的身影，她偏头看去，不远处站着徐靖，直直地看着她。

"不要。"半晌，她听到了自己的声音。

那头传来言洛惋惜的叹气声："那我只能期盼着他别找到我了。"

直到凌晨两点时，徐缓缓才在法医室的沙发上睡下。

徐靖站在沙发旁看着她渐渐放松下来的身体，走出了法医室。

刑侦队办公室的灯彻夜亮着，徐靖走进去时，办公室只剩下高临一人，高临让其他的队员先去休息一会儿，他们都快三十个小时没有合过眼了。

看到徐靖走进来，高临放下了手上刚看完的一封信，抬手按了按眉心，一脸的疲惫。

徐靖走到办公桌旁："有把握吗？"

"现在我们掌握的线索还是太少，虽然确定了凶手是徐缓缓的崇拜者，但要锁定其中一个人还是很难。"高临指了指旁边已经看完的一大沓信，"这些都是从她家里拿到的，还只是一部分，更多的应该还在出版社那边。"从数不清的信中找嫌疑人，这无疑是大海捞针。

高临说着看到了右上角一份打开的案卷，上面贴着一张年轻男人的照片，危险的笑容："更麻烦的还是言洛。"

徐靖想到徐缓缓睡前接到的那通电话，眸子一暗。

早上，徐缓缓跟着高临他们一起去了出版社，高临他们被带去了存放粉丝寄来的信和礼物的房间，而她一个人走到了赵编辑的办公室。

那里已经再也看不到他的身影，但是上面还放着他的东西，除了办公用品外还有他最喜欢吃的芒果干。

徐缓缓站在旁边呆呆地看了很久，然后问了经过的主编她可不可以拿走一样东西留作纪念。

主编自然同意了，最后徐缓缓拿了赵编辑新买来的一盆多肉。

"对了，要不要给你介绍一下以后负责你的编辑？"

徐缓缓本能的有一种排斥，尤其是她的编辑才刚刚遇害，她刚想回之后再说吧，却看到主编看向某一张办公桌后拧了一下眉头。

徐缓缓便开了口："怎么了？"

"他不在座位上。"主编依旧看着那个位置回了一句，然后问了其他编辑，"方欧人呢？"

徐缓缓顺着他看的方向转头看去，果然还有一个空着的座位。

坐在对面的编辑回道："他今天好像还没来。"

主编看了一眼手表，此时已经快十点了，他的语气略有些不满："都几点了还没来！给他打过电话了吗？"

旁边的编辑面色有些为难："那个主编，打过了，没人接啊！"

"主编，方欧是将来负责我的编辑？"

主编点了下头："对，他今天还没来。"他心里有些恼火，这小子怎么偏偏这个时候晚到！

"能让我看一下他的办公桌吗？"

虽然徐缓缓的要求有些奇怪，但主编想了下还是答应了："可以，就是那边。"他给徐缓缓指了一下位置，然后边向自己的办公室走去，边尝试着给方欧继续打电话问情况。

徐缓缓走到了方欧的办公桌前，她扫了一眼，便看到了自己的书，一共是三本，是自己所有出版了的书。她抽出一本翻开了封面，在扉页上有自己的签名，她又继续向后翻，每一页上几乎都有圈画的痕迹，旁边还有他自己写的笔记。

旁边的一位男编辑看到徐缓缓拿着书在看，看了封面之后便道："慢三大神，方欧可是你的铁杆粉，你的第一本小说书号没批下来没能出版，他就自己印了一本收藏，还经常向赵哥……"他口中的赵哥就是徐缓缓的编辑，说话的编辑说着说着便息了声，悲伤地叹了口气，一时说不下去了。

"经常向赵哥什么？"

男编辑迟疑了一下才开口继续说了下去："就是，向赵哥问你小说的进度什么的。"

徐缓缓不由得捏紧了书："他和赵编辑关系很好？"

"对，对啊，他们的关系最好。"

听到这个回答，徐缓缓拿着书找到了正在搬信的高临，面色凝重："我好像知道凶手是谁了。方欧……"

高临听到这个名字先是不解："出版社的编辑？还是赵编辑的同事？你为什么觉得是他？"

徐缓缓把在方欧桌上找到的自己的书递给高临看："我的小说中反派之所以会杀了主角的助手，是因为这样他就可以顶替助手的位置，而方欧杀了赵编辑，这样他就可以顶替赵编辑成为我的编辑。因为他对我的小说很熟悉，而和赵编辑的关系又是最好的，他笃定主编考虑各方面后肯定会选择他。"

徐缓缓紧紧攥拳，赵编辑肯定从来没有想过方欧接近他和他成为朋友的目的是为了某一天杀了他后替代他。

方欧是三年前进的出版社，那个时候她正写完第一本小说，赵编辑先他一步联系上了她。

"他一直对我第一本小说没能出版的事耿耿于怀，所以自己印制了一本，但这显然并不能满足他。"他的偏执变态得可怕。

周围的队员都张着嘴，因为他们都瞬间明白了凶手杀人的真正目的。

高临看着徐缓缓，接了下去："他模仿你的小说来杀人，不仅仅是因为崇拜，更主要的是为了向世人展示你的作品。"

徐缓缓闭上眼睛面色发白地点了点头。

方欧的手机在他的住所被找到，然而人却不在。

周齐昌查了案发时间段方欧所住小区附近的监控，果然看到了他在深夜进出小区的画面。

嫌疑人已经锁定是他，但他目前的行踪却不明，从早上开始小区附近的监控就出了故障，像是被人为破坏。

这时，徐缓缓的手机响了，一个陌生的号码，和今天凌晨打来的号码不同，但末尾依旧是14。

方欧失踪，言洛此时打来的电话，让徐缓缓心里有一种很不好的预感。

坐在沙发上的徐缓缓看了一眼坐在办公桌前的徐靖，对上了那双清冷的眼睛，她的心莫名安定了不少。

徐缓缓接起了电话，放在了耳边。

下一秒，言洛有些轻佻的声音从手机里传出："缓缓，你们在找方欧吧？"

言洛的这句话无疑就是在说方欧在他的手里，所以徐缓缓很肯定地道："他在你那儿。"

言洛打了个响指，愉悦的语气："Bingo！"

徐缓缓声音慢慢冷了下来："言洛，之前的那通电话我记得你说的最后的一句话是'那我只能期盼着他别找到我了',不是吗?"

言洛的手里把玩着一个遥控装置:"没错,一字不差,事实上的确是他找来的。"

"你觉得我会信吗?"

言洛叹了口气,无奈地道:"我话还没说完呢。虽然是他找来的,不过……"他直接承认了,"是我先给他发的信息,但我可没逼着他来,对于主动送上门的猎物,缓缓,我为什么要拒绝呢?"他说得格外无辜。

"言洛……"

听到她发狠地叫着自己的名字,言洛原本的笑容一瞬间没了,他的脸阴沉下来,声音低沉冷酷:"怎么?觉得之前我是在征求你的意愿?以为我给了你承诺?嗬!"言洛冷笑一声,声音冷到了冰点,"还是,你希望我被他杀死呢?"

她没想过言洛会被杀死,因为对方根本不可能找到他,可她到底还是忘了言洛是一个多变不可控制的人。

徐缓缓到底还是放软了声音:"言洛,别杀他。"

快半分钟的时间里,她只听到他的呼吸声,像是在平复情绪。

"我可从来没有说过不杀他,"一声轻笑之后,言洛的声音又恢复了常态,似乎没有发生过刚才那一段,"不过,我也不是一定要杀他的。"

徐缓缓没有一丝迟疑,直接问道:"条件是什么?"

"你应该问游戏规则。"

徐缓缓抿了抿嘴唇:"游戏规则是什么?"

言洛似乎伸了个懒腰,发出一声轻哼,然后才缓缓开口:"我会告诉你地址,给你们三十分钟的时间,在这个时间内赶到目的地,你们就能救下他,晚一秒,毒液就会立即输入他的体内,毒发身亡!"

显然条件不可能如此简单,徐缓缓很清楚,于是继续问:"还有呢?"

言洛笑意更深,带着掌控一切的自大感:"当然只是这样就太没意思了,所以说呢,同时在另一个地方也绑着一个男人,非常无辜的男人,还是三十分钟,同样的,在规定时间内赶到,他就能活下来,不然,就是死亡!"

还有一个人?!徐缓缓顿时明白了:"你,是要我做选择。"

"对啊。"言洛轻巧地道,"当然了,都由你来选择,你想去救谁我就会告诉你地址,但只有一个地址,记住,他们两个人只能活一个。"

徐缓缓沉思片刻,坚定地道:"两个地址都告诉我,方欧那里我一个人去。"

几秒的沉默,言洛的声音显得冷酷无情:"缓缓,我是游戏规则的制定者,你没有权利更改规则。况且,这个选择并不难啊,一边是一个无辜的男人,一边是一个杀了几个人的杀人犯,那几个人里可还有你的编辑啊!你难道还想救一个像我这样的变态杀人犯吗?""我"这个字被他重重强调着。

徐缓缓放在身侧的手慢慢捏紧,她坚定地道:"如果把方欧换成你,我也是一样的选择。"她想亲手抓到他们,接受法律的制裁,而不是在她的选择下以这种方式死亡。

言洛抬头看着天花板,缓缓眨了眨眼睛,嘴角慢慢溢出一丝笑:"可惜,在我的游戏里没有这样的选择。"

徐缓缓的语气接近恳求:"言洛……"

他出声打断了她:"缓缓,你还有五秒的考虑时间,选哪一个呢?"

言洛的声音温柔得可怕。

残酷的声音在徐缓缓耳边响起:"倒计时开始了哦。"

"五。"

徐缓缓一瞬间几乎屏住了呼吸,她张了张嘴,说不出任何话来,她有一种深深的无力感,她阻止不了他。

"四。"

倒计时结束的那一刻,徐缓缓知道自己会做出什么选择,言洛也很肯定,他设下这个局,从他被方欧盯上开始,方欧的结局在他眼里注定就是死亡,只不过言洛想要徐缓缓来亲自宣判方欧的死亡。

杀个人对他来说很轻易,但他不会轻易地杀一个人,这就是他的残忍变态之处。

"三。"

言洛说出三的时候,接近绝望的徐缓缓看到了在她面前的一只手,是徐靖。

他的另一只手指了指他的耳朵，意思是让他来听。

"二。"

在言洛说出二的同时，徐缓缓没有一丝犹豫，把手机递给了徐靖。

徐靖接过手机放在耳朵旁："我是徐靖。"

徐缓缓听不到那边言洛在说什么，她只能看着徐靖的表情来猜测，她觉得言洛应该是在解释游戏规则。

足足两分钟的时间，徐靖没有说一个字，只是眉头拧着，徐缓缓咬着嘴唇心里焦急。

片刻之后，她再度听到了徐靖清冷坚定的声音："两个地址，我一个人去方欧那边。"

完全没想到会这样的徐缓缓第一反应便是说不要，然而徐靖看着她，目光淡然，他抬起另一只手，食指轻点了下嘴唇，做了个嘘声的动作。

相较于徐缓缓的紧张不安，徐靖的脸上没有起丝毫的波澜，电话那头的言洛没有说话，只能听到他在玩弄什么东西的声响，似乎在思考着这个提议。

片刻后，徐靖再度开口："如何？"

言洛一下子握紧了手中的遥控器，两眼微眯着，露出了他招牌式的危险笑容："如果是你来的话，好像能给这个游戏增加一些刺激性。"

听到了这个回答，徐靖开口向他确认："那么成交？"

言洛语气里满是兴奋感："成交。"

"地址。"

"让徐缓缓来听吧，我来告诉她地址。"

徐靖拧了下眉头，迟疑了几秒后把手机递还给了徐缓缓，语气里没有了刚才的冰冷："他让你听。"

徐缓缓颔首接过了手机放在了耳边："言洛。"

听到徐缓缓的声音，言洛轻笑，带着一种邀功一般的口吻："我改变了游戏规则，还满意吗？"

徐缓缓只是道："别伤害他。"声音轻柔却是略带了一丝冷硬。

"嗬！"一声冷笑，言洛把遥控器放在桌面上，手指有节奏地敲击着，"那就遵守游戏规则，只能他一个人去方欧所在的位置，如果其他任何一个人和他一起出现在那里，就不好说了。"

徐缓缓咬着嘴唇，知道得不到他的承诺了，便道："把地址给我。"

言洛报了一个地址，然后道："五分钟后开始计时，另一个地址之后我会打电话告诉徐靖。"

徐缓缓挂了电话，她看着徐靖，他也看着她，眼神深邃，带着一种处变不惊的淡然。

"走吧，去告诉高临。"

出了法医室，他们一前一后走在走廊里，徐缓缓紧皱的眉头始终没有舒展开，她看着徐靖高大可靠的背影，却安抚不了焦虑的心。她宁愿自己独自去方欧那里，说白了这是她先做出的选择，不应该由徐靖来承担后果，更何况，她和言洛交手了两年多，没有任何人比她更了解他。

这么想着，在快要走到刑侦队办公室时，徐缓缓拉住了他的大衣，轻声道："太危险了。"

徐靖缓缓停下脚步，偏头道："你一个人去难道不危险吗？"

当然危险，但徐缓缓不想徐靖去做那么危险的事，她手紧紧抓着，有一种松了手他便会离开的感觉。

没有得到她的回答，徐靖轻叹着："何况如果毒液被注射进方欧的体内，你没法处理。"

徐靖说得没错，她没法反驳，如果有突发的情况，徐靖有绝对的优势，徐缓缓"嗯"了一声，松开了手。

刑侦队办公室里，高临听完徐缓缓说的面色凝重，但却无可奈何。时间紧迫，他下了指示，开车前往言洛所说的那个地址。

徐缓缓和高临他们走后，过了大约十分钟，徐靖才接到了言洛打来的电话。

"现在出警局，叫一辆出租车，上车之后我再告诉你地址。对了，告诉你们的技术员，别费心思追踪你，不然付出代价的是你。"言洛语气轻松地说着威胁的话。

徐靖没挂电话，直接对周齐昌道："不要追踪我的位置。"

正在做着准备的周齐昌瞪大了眼睛："可是……这太……"

徐靖面色平静，语气里带着一种不容拒绝的力量："听我的。"他很清楚，即使周齐昌想要追踪，成功的概率也很小，不然他们早就可以确定言洛的位置。

周齐昌抓了抓头发，最后只好点点头："我知道了。"然后关闭了程序。

徐靖带了一些能急救的东西便出了警局，在门口拦下了一辆出租车。

与此同时，言洛的电话又一次打来了。电话接通，他直接报了一个地址，然而他的要求还没有结束："把手机扔到窗外。"

徐靖闻言冷声道："有这个必要吗？"

听到他的问题，言洛笑得格外开心，控制着一切的愉悦感隔着手机都能感觉到："没有啊，你当然可以不照办，只不过等你到了那里之后看到的……"言洛还没说完就听到了一记声响，惊得他把手机拿远了些，一瞬间竟然有点蒙了，他偏头看着手机屏幕，歪着头自言自语着，"居然就扔了啊。"

二十分钟后，警车开到了言洛所给的地址，是郊区的一个废弃的工厂，然而等他们到了工厂门口却发现，需要密码才能进入。

高临偏头看着徐缓缓："要四位数的密码。"

就在这时，徐缓缓的手机响了，她还没拿出手机就确定肯定是言洛打来的，而事实就是如此。

"缓缓。"言洛轻佻的语气传入她的耳朵。

徐缓缓直接道："密码。"

言洛有些委屈地开口："我可不叫密码。"

离规定的时间还有不到十分钟，徐缓缓心里无比焦急："言洛，密码是什么？"

相较于徐缓缓，言洛语气完全不一样："你应该知道啊，我设的密码。"

徐缓缓的第一反应是："你的生日？第一次杀人的日期？"

言洛却否定了："继续猜。"

“你最后一次杀人的日期？你逃脱的那一天？”徐缓缓顿了一下，“还是我们第一次见面的那一天？”

听到了徐缓缓说出“我们”这两个字，言洛似乎很满意，便给了提示：“和你有关，一个简单的密码。”

徐缓缓瞬间明白了：“我的生日？”说出口时，她的心里没有一丝喜悦。

言洛低笑着：“当然了，你知道我……”可话还没说完他就听到了电话挂断的声音，他偏头看着手机，语气里有些不满，“居然就挂了？”

徐缓缓按了自己的生日，果然密码正确。门开了，高临他们先一步冲进了工厂，厂房中央果然有一个男人被绑在了椅子上，嘴上被胶带封着，看到有人来后激动地挣扎着。

说实在，徐缓缓看到那个男人时是有些惊讶的，以言洛的为人，她觉得有很大的概率这个被绑架的人并不存在，她以为言洛会更想看到他们选择来到这里，开门后却发现空无一人的表情。

徐缓缓发现言洛的心思越来越难猜测了。

男人的手背上被扎着针，长长透明的管子连着一小袋的液体，应该就是言洛口中的毒液，言洛必定是掐好了时间，还有一段的距离毒液就会输入男人的体内。

高临把他手上的针拔了出来，然后将男人嘴上的胶带撕了。

男人明显吓得不轻，脸色惨白，被松绑后整个人都瘫在了椅子上，高临问的话他像没听到一般，只是抓着高临的手，边哭边叫：“我再也不偷东西了，警察同志，我再也不偷东西了！”

徐缓缓看着眼前男人几近崩溃的模样，心中更加不安起来，她想不到徐靖那边会有什么陷阱等待着他。

在高临解救下人质后的五分钟，徐靖也到了目的地，同样的是一个废弃的厂房，门牌上的数字几乎看不清了。他走到门口，同样的，门需要四位数的密码才能打开。

几乎没有过多的思考，徐靖按了四个数字，在看到显示密码正确的那一刻，他眸子微暗。密码是徐缓缓的生日。

徐靖推开门走了进去，偌大空旷的厂房中央被绑着一个年轻的男人。

他大步走了过去，在年轻男人的面前停了下来，来之前他看过方欧的照片，基本确定就是方欧。

方欧的额头上都是汗，手脚紧紧和椅子捆绑在一起，然而徐靖并没有看到什么注射器，反而注意到了他身上的异样。

徐靖把他嘴上的胶带撕了。

方欧舔了一下嘴唇，看着眼前这个面色冷峻的男人，愤怒的眼神里掺杂着浓浓的失落，他咳嗽了一声："我以为慢三会来。"

徐靖没有回他，甚至没有看他的脸。

徐靖拉开了方欧外套的拉链，与此同时，放在不远处的一部手机响了起来。

手机铃声在这个空旷的工厂里显得格外突兀，徐靖走过去弯腰拿起了那部手机，按了接听后放在了耳边。

下一秒，言洛的笑声先于他的声音传了过来，他咧着嘴笑着，笑意直达那双浅色的眸子："对我准备的东西还满意吗？"

徐靖嘴唇紧抿，视线落在了绑在方欧身上的东西，目光凛冽："你是指炸弹？"

13.
表白与吻

言洛闻言笑了笑,心情颇好,有些无耻地说道:"毕竟我是游戏规则的制定者,你应该不会介意我稍微改动一下吧?"

徐靖下颌紧绷着,听着言洛轻佻的声音,语气平稳却冷硬:"你想如何?"

"我不想怎么样啊!"言洛手里把玩着遥控器,语气显得非常委屈,"是你们非要来救一个杀人犯的,可不是我强迫你来的,你现在也可以扔下他直接走出工厂啊。"他说得有理有据,让人难以反驳。

既然已经来了,徐靖自然不会就这么走了。他面色冷峻地走回方欧的面前,看着显示器上的倒计时,离爆炸还有不到十分钟。

迟迟没有听到电话挂断的声音,言洛挑眉道:"看来你不准备走了,那游戏就正式开始吧。"他眯起了那双浅色的眼,嘴角渐渐扬起,话音刚落,没有一丝迟疑,他按下了遥控器上的一个按钮。

"嘀"的一声,徐靖眉心皱了起来,因为他发现倒计时瞬间缩短到了两分钟。

言洛嘴角始终噙着一抹笑,愉悦地用手指轻敲着桌面:"很简单,还是四位数的密码,想想这次会是什么呢?"

徐靖看着时间一秒一秒地流逝,脑子里快速运转着,不会是徐缓缓的生日,言洛设置了这个炸弹等他来,言洛若想他死,在他靠近方欧时便可直接引爆炸弹,所以密码很有可能是他知道的。

在一分三十二秒时，徐靖伸出手，修长的手指在键盘上按了四个数字，是徐缓缓带他去蛋糕店的那一天的日期，也是言洛出现的那一天。

然而，倒计时却没有停止，徐靖淡然的眼睛起了一丝波澜，密码不对。

电话那头的言洛看着电脑上显示的画面，感叹着："啊！太遗憾了，你还有两次机会。"

为了不被妨碍，徐靖已经把手机放在了地上，他想到了另一种可能，或许不是他知道的密码，而是方欧知道的。

徐靖视线上移看着一脸无所谓的方欧："慢三的小说里有没有这样的情节？"

提到慢三，方欧的眼神和状态整个都变了，那种痴迷的样子根本掩盖不住："有过啊，她写的第一本小说里。"

徐靖的眼神也因为他的表情而冷了下来："密码是什么？"

"我为什么要告诉你？"他本来就没想活着出去。

倒计时已经快要进入最后一分钟，徐靖抽出了携带的一把手术刀，抵在方欧的鼻尖上，目光凛冽，声音冷到了极点："那你想尝试一分钟生不如死的感觉吗？"

徐靖周身散发的气息让人不寒而栗："我是法医，你身上的每一个器官、每一块肌肉、每一根血管的位置我都一清二楚。"

冰冷而尖锐的刀触碰到方欧的皮肤。

方欧艰难地吞咽着口水，额头已经冒出了冷汗，感受到了炸弹都没有让他感受到的恐惧，比等待死亡更煎熬，他张了张嘴："0721。"

听到了密码，徐靖收回了手术刀，垂眸掩盖了凌厉的眼神，他按下了四个数字，在他抬起手指的同时，倒计时停止在了四十二秒。

徐靖垂下手拿起了手机，便听到了鼓掌的声音："精彩，不过我好像给你的时间太多了点，继续玩怎么样？"

虽然是问句，但言洛并不是在征求徐靖的意见，这是由他完全控制的游戏，就在他说完的同时，他舔着嘴唇又按下了一个按钮。

言洛的脸上充满着兴奋，瞳孔放大："红线、蓝线还是黄线，到底剪哪一根呢？"

倒计时又开始了。

然而这次时间缩短到了三十秒。

徐靖的手里握着手术刀，足以割断电线，然而他的面前有三根线，一旦选错，后果就是爆炸，和三十秒后同样的结局。

不知是什么样的原因，方欧突然对徐靖道："剪蓝色的，慢三的小说里最后剪的是蓝色的。"

徐靖却仿若没有听到一般，只是继续观察着，在仅仅还有十秒的时候，他手里的手术刀抵在了那根红线上。

方欧轻呵一声，像是意识到了几秒后的结局，他闭上了眼睛，唯一的遗憾就是没有见到慢三，她如果能亲眼看见他的死亡该有多好！

下巴突然感觉到的痛感让方欧睁开了眼睛，他低头看着炸弹，红线被剪断了，然而预计的爆炸并没有发生。随着他的动作，一滴血珠滴落下来，他睁大着眼睛看着面前表情冷漠的男人，男人手中的手术刀沾着的似乎是自己的血。

对此徐靖的解释是："手滑。"

明明小说里应该是剪蓝色的线，而且自己都告诉他了，方欧想不通，激动地问道："为什么你要剪红线？"

徐靖擦拭着手术刀，头也没抬冷冷地回了一句："因为红线是电源线。"

方欧："……"

炸弹的威胁已经被解除，徐靖拿起了手机，电话还没有挂断。

言洛像是发现了一件新鲜的事情一般兴奋："我居然不知道你会拆弹啊！"

徐靖默不作声。

片刻后，言洛眯着双眼，看着屏幕中背对着他的修长身影，声音阴沉了下来："这次你赢了，但下次我可不会像今天这样手软了。"

言洛挂了电话，然后解除了手机的限制。

徐靖打给了高临，约莫四十分钟后，几辆警车停在了工厂外。

他一眼便看到了跟在高临之后进来的徐缓缓，他的视线紧锁在她的身上，直到她走到他的身前。

在看到徐靖的那一刻，徐缓缓始终悬着的心终于安定下来："你没事吧？"她的视线在他的身上扫了一圈，最后落在了他拿在手里的纸巾上，眼尖地看到了上面的血迹，顿时又紧张了。她抬头看着他，"你受伤了？"

看着她担忧的眼神，徐靖微摇头："不是我的血。"

徐缓缓松了口气："那就好。"

与此同时被高临戴上手铐的方欧听到徐缓缓的声音后激动地叫着："慢三！是不是慢三？"

在他们来之前，徐靖已经给方欧蒙上了眼睛，因此即使徐缓缓离他不过几步，但他依旧看不到。

徐靖不想让方欧用那样贪恋的眼神看着徐缓缓，哪怕是一眼。

在高临押着方欧离开时，方欧向着徐缓缓的方向挣扎着叫喊着。徐靖侧身挡在了她的身前，在他们走出一段路后，才对她道："走吧。"

徐缓缓能感觉到徐靖对她的保护，心里自然一暖，压抑了几天的心情这时轻松了不少。她抬脚欲跟上徐靖，却瞥见了地上的一部手机，她眯起眼睛走了过去。

徐靖走了几步后余光没有看到徐缓缓，转头向后看去，便看到了鼓着腮帮在踩手机的徐缓缓，一脸发狠的模样，一开始只是用单脚踩，然后又变成了双脚去踩，他索性停下来侧身等着她。

狠狠踩了无数脚的徐缓缓发泄完了对言洛的怨气，拍了拍手觉得还算勉强解恨。一抬头，发现徐靖在不远处等着她，想着刚才自己略幼稚的行为，她有些尴尬地摸了摸鼻子，用力把手机往后一踢，加快脚步走到他身旁。

徐靖看着她，表情淡然："好了？"只是短短的两个字却带着无限的宠溺。

徐缓缓吐了下舌尖，慢慢点了点头："好了。"

从局里收拾了东西，徐缓缓回了家，她开了电脑，然后点开了赵编辑的对话框，他的QQ头像是暗着的，再也收不到他催稿的消息了。

徐缓缓忍不住又抹了眼泪，把她想说的话一个字一个字地敲了上去，每一个字都包含着她对他的感谢和愧疚。

晚上六点多，徐缓缓听到对面的开门声。她马上起身走到门口，一开门便看到了刚走进去的徐靖，他的脚边放着一个袋子，显然他刚去了超市。

"你已经买好了？"

"嗯。"徐靖迟迟没有关门，看着没有动作的徐缓缓，开口道，"不过来吗？"

徐缓缓一愣，然后点点头，穿上鞋子后便出了家门。等关上门后，走到一半的她听到了徐靖的一句："钥匙带了没？"

徐缓缓摸着空空的口袋，僵着脖子慢慢扭头看着关得死死的大门。

"……"

万幸的是徐缓缓之前给了徐靖她家的备用钥匙，于是她还不至于要等开锁的来才能回家。

徐靖在厨房里烧菜，徐缓缓坐在客厅的沙发上逗着慢慢，逗着逗着，她就有些饿了。

被香味吸引的徐缓缓轻手轻脚地来到了厨房，站在门口，深深地吸了吸鼻子，一股浓郁的肉香味。

太馋人了！

徐缓缓舔了舔嘴唇，走到了徐靖旁边，看着锅里的肉。

徐靖偏头看着她："要尝一块吗？"

一听这话，徐缓缓的眼睛都亮了："要！"

徐靖夹了一块肉送到了徐缓缓的面前，不忘叮嘱："当心烫。"

徐缓缓吹了吹，然后迫不及待地放进了嘴里，酱汁瞬间充满了她整个口腔。

"好好吃。"徐缓缓舔了舔嘴唇上沾着的酱汁，忍不住感叹着，"真的好想一直吃你做的菜呀！"

徐靖直直地看着她，声音低沉："有何不可？"

徐缓缓愣了一下，这才意识到自己刚说了什么。

她抬起头，对上了他有些灼热的目光，就在这一瞬间，她的心脏怦怦地加速跳动着，她缓缓眨了下眼睛："那个，我可不可以误会一下你喜欢我呀？"

下一秒，她看到了那双清冷的眼睛染上了一丝笑意，随后听到了他的回答。

"不是误会。"

哎？！

不是误会的意思是……

徐缓缓的身体比她几乎一片空白的大脑先一步做出了反应，白皙的脸上染上了两片红晕。她几乎是下意识地往后退了一步，但紧接着却被一只修长的手捉住了，不轻不重的力度却让人没法挣脱。

徐靖手心的热度完全传到了她的手背上，带着和往常不一样的感觉，她只觉得自己的脸烧得更厉害了。

手上的力道没有减弱，徐靖视线始终落在她的脸上，清冷的语气里掺杂着对她反应的些许不满："听完表白就走？"

表……表白？！

这两个字仿佛一记重锤敲击着她的心脏。徐缓缓抬起头对上他染上情愫的眼睛，感觉到了从未有过的悸动还有慌乱，明明是她先提出来的，可在听到了他那么坦然的答案后，她反而羞赧得无所适从。

徐缓缓没有动，徐靖看着她，也没有下一步的动作。

对于徐靖来说，他之前每一分情感的表达都带着克制，一是性格使然，二是对于这份感情的珍惜，而且对于徐缓缓这样格外迟钝的人，徐徐图之也似乎更为合适，所以他一直在等待她能意识到他对她的情愫。

不过既然已经点明了，徐靖便不允许她过度的逃避，他已然忍耐太久，所以想要得到她的回应，哪怕只是一点。

徐缓缓一时说不出话来，只能摇头。

徐靖微微叹气，有些无奈，她这样的反应反倒让他有些无措了："吓到了？"

处于宕机状态的徐缓缓点了点头，她有一种做梦的感觉，徐靖在她心里是男神、是高岭之花，只可远观哪。

徐靖眉心皱了起来："只是吓到了，没有别的吗？"

徐缓缓依旧是下意识地点头，然而在捕捉到他眼神中的失落后才反应过来，赶紧摇头，极力辩解："不是不是！有……有的……"

徐靖的脸色因为她的这句话缓和了不少，看着她闪烁的眼神追问了下去："那还有什么？"

她的心里夹杂着各种情绪，甜蜜、紧张、羞涩……一时不知道从何说起，便慢吞吞地道："有些复杂，我得想想。"

"嗯。"徐靖似乎是答应了，松开了一直抓着她的手，视线也转到了锅子上。

徐缓缓默默松了一口气，接着就听徐靖道："那就等你想好了再吃饭吧。"

徐缓缓："……"

徐靖把锅里的红烧肉盛在碗里，继续做着下一道菜，仿佛一切都没有发生过一般。

而徐缓缓一动没动地待在一旁，看着他忙碌的身影，宕机的大脑终于开始重新运作起来。

她回忆起之前和徐靖相处的每一处细节，突然意识到自己真的有够迟钝，反射弧够长的，只可远观的高岭之花，每天都给她做晚饭，被她拉过手还被她抱过呢！

原来从那么早之前，自己就是被他特别对待的，徐缓缓抬起手用力掐了下自己的脸，算是自我惩罚。

甜蜜的滋味逐渐在她的心头蔓延开来，也慢慢爬上了她的嘴角，似乎怎么也控制不住。

开了窍的徐缓缓慢慢挪到他的身后，抿着嘴轻笑，有些得寸进尺的感觉："那个，徐先生，我是不是还可以误会一下你喜欢我很久了啊？"

徐靖握着刀的手一顿，偏头看去，便看到了眼睛里染着浓浓笑意的某人，轻叹最后化成了无尽的宠溺，他清冷的嗓音都带上了柔情："徐小姐，可以。"她想知道的，他便会如实相告。

对上他毫不掩饰的目光，徐缓缓再度害羞起来，她红着脸低下了脑袋，索性看着他拿刀的手。

徐靖的刀工熟练而精细，徐缓缓一时被吸引住了，却发现他切到一半时放下了刀。

她正疑惑着，就见徐靖侧身，左手撑在了她身体右侧的台面上，将她整个人都禁锢在他身前小小的三角区域。

徐靖退后一步俯身凑近她的脸，两人的距离很近，浅浅的呼吸暧昧地交织着："你打算一直在旁边看着我做饭？"

亲密的姿势让徐缓缓噌的一下又红了脸，她眨了眨眼睛，小声问着："不可以吗？"

淡淡的笑意在徐靖清冷的眼眸中散开："我会分心。"

徐靖直白的表达让徐缓缓有些不适应，却又觉得甜蜜。

她是捂着脸离开厨房的，慢慢趴在门口看着她的动作歪了歪小脑袋，不是很明白发生了什么。

到了吃晚饭的时候，徐缓缓每吃一口菜就偷瞄一眼徐靖，注意力完全不在美食上。

徐靖一开始装作不知道，可执着的视线实在是让人无法忽视，他放下筷子，抬眸看向她："怎么了？"

偷瞄的徐缓缓正好撞上他的目光，立马低下头慢吞吞地道："没什么呀。"

"缓缓。"

这是徐靖第二次喊她缓缓，但徐缓缓却是第一次听到，这两个字由他嘴里念着，她竟然觉得格外心动。

"嗯！"她抬头应着，眼眸里似是闪着星光。

徐靖的嘴角噙着一抹笑，嗓音低沉："你若想看我可以正大光明地看。"

也是呢！徐缓缓低笑着。

这顿饭吃得格外甜蜜，吃完饭后，徐靖坐在沙发上，她轻手轻脚地走了过去，客厅暖暖的灯光照在他的身上，那股清冷的气息也柔和了不少。

指节分明的手握住一本书，他垂眸看着，神色专注。

徐缓缓绕到沙发的另一边，紧挨着他坐下："碗洗好了。"

"嗯。"在她坐下的那一刻，徐靖合上书放在茶几上。

徐缓缓看到了书的封面。

看到熟悉的书名，徐缓缓有些吃惊："你在看我写的小说？"

徐靖微微颔首："嗯，很吸引人。"

"人还是小说呀？"徐缓缓几乎是下意识地问了一句。

"都很吸引人。"

徐缓缓抬起头撞上了那双漆黑深邃的眼，脸上染上红晕的徐缓缓突然没头没脑地说了一句话："呃，你知道怎么判断一个人是真笑还是假笑吗？"

虽然这是个有些莫名的问题，不过自然难不倒徐法医："看眼部肌肉，对吗？"

"对……"等等，这话题是不是有点不大对劲？

既然提到了他的专长，徐靖便继续说了下去："真笑需要眼部肌肉的参与，从而引发眼轮匝肌外侧的收缩。"

"……"徐缓缓此时恨不得拍死自己，好好的气氛聊什么肌肉啊！

徐靖看着低着脑袋的徐缓缓，眼眸里全是笑意。

被表白的冲击似乎有点大，徐缓缓觉得今天晚上自己的大脑不太受自己控制，为了不给徐靖留下糟糕的印象，她决定先回家冷静一下，不然天知道她还会问出什么问题来。

徐靖看着她站起身的动作，微微抬头："想回去了？"

徐缓缓点了下头。

徐靖没说什么，只是拿来了徐缓缓家的备用钥匙，他握在手心里，走到她面前，伸出了手。

徐缓缓的手刚触碰到钥匙，手却被抓住了，她疑惑地抬起头，便听到了徐靖的声音："我好像还没听到你的答复。"

徐缓缓眨了眨眼睛，什么答复？

足足愣了几秒，她才反应过来，慢吞吞地道："是表白的答复吗？"

徐靖直直地看着她，似乎是在等待着。

没有经验的徐缓缓不知道说什么，只能大幅度地点了点头。

徐靖抓着她的手并没有松开，对于这样的答复他显然并不满意："点头是什么意思？"

"就是……"徐缓缓低下脑袋,红着脸嘀咕了一句。

那么轻的声音他自然没能听见,他俯身靠近她:"什么?"

看着那张凑近她的英俊脸庞,自己都不知道怎么想的徐缓缓踮起脚在他的嘴唇上快速地亲了一口。

徐靖看着徐缓缓突然靠近,接着嘴唇上就感觉到了那片柔软,却是转瞬即逝。

突然的一个吻,让两人皆一愣。

他们彼此的距离很近,徐靖看着她微微颤抖的睫毛,就像是被撩拨了一样,一丝一丝,心尖微痒。

发现自己冲动之下干了一件不得了事情的徐缓缓咬着嘴唇,然后就感觉到了额头被轻轻一吻。

徐缓缓轻轻闭上眼睛,在那抹触感离开后缓缓抬起了头,徐靖漆黑的眼望着自己,他的眼神似乎预示着接下来要发生的事情。

徐缓缓大脑一片空白,然后:"那个,接……接吻的话要调动多少块肌肉呢?"

她慌张的声音让徐靖的眼染上了浓浓的笑,他低下头凑了过去,直到他的嘴唇与她的嘴唇只剩下一毫米的距离。

他的唇边随之浮起一抹浅笑:"那得看怎么吻了。"

14、
直播谋杀与自首

　　紧张伴随着期待席卷而来敲击着徐缓缓的心脏，他离她这么近，淡淡的气息洒在她的嘴唇上，带着只属于两人的亲密，她微抿了下唇便感觉到了那微凉的嘴唇贴上了她的。

　　吻上的刹那，徐靖的心彻底乱了，他的手穿过她柔软的头发，将她更加贴向自己。

　　不再是蜻蜓点水，浅尝渐渐变为了深吻，这么久的忍耐似乎在此时得到了一种发泄，浓烈的情感凝聚在这一个吻上，他的理智一点点被击溃。

　　长长的一吻终止于一声轻叹，徐靖轻咬了一下她的嘴唇，离开前在她的嘴角落下淡淡的一个吻，带着无限的珍重和宠溺。然后他看着睁开眼睛的徐缓缓，湿润的眼睛染上和他一样的情欲，因为他的亲吻而变得湿润的嘴唇似乎更加诱人，他眸子一暗，克制住了。

　　徐缓缓脸红扑扑地喘着气，脑袋便被徐靖按进了他的胸口，她可以清晰地听到那里传来的心跳声，和她自己的一样快。

　　大脑空白几秒之后，徐缓缓突然想到这个吻应该调动了很多面部肌肉吧。

　　回到家的徐缓缓一进卧室便直接往自己的床上一扑，闭上眼睛在上面来回滚了好几圈才停了下来，她仰卧着看着白色的天花板，抬手轻抚上自己的嘴唇，黑亮的眼睛里满是甜蜜的笑意。

　　这一天，徐缓缓到了凌晨才睡，倒不是因为激动，而是自己小号写的言情文已经几天没有更新。不知怎么的，之前怎么都写不顺的感情戏今天写起来特别有感觉，兴奋起来的她一下子更新了九千字，写出来的小说自己读起来也觉得甜。

不过代价就是原本就有的黑眼圈这下更严重了，徐缓缓本来还想早起和徐靖说一声早安的，结果醒过来的时候已经快十点了，徐靖已经去了警局。

只睡了几个小时的徐缓缓几乎是半眯着眼睛洗漱好的，因为下午在天何大学有一堂讲座，她索性出门去了学校食堂吃午饭。

徐缓缓背着个包混在大学生里毫无违和感，打菜的阿姨竟然还认出了她。她点了十几块的菜，心满意足地坐在了餐桌上一个人默默吃了起来。她旁边的一桌坐着一对情侣，正在甜蜜地互相喂饭，他们的动静有点大，以至于闷头吃饭的徐缓缓不久之后也注意到了。

看着看着徐缓缓开始脑补，自己和徐靖如果吃饭时也这样的话……想了想她默默摇了摇头，还是算了吧，换成徐靖这么清冷的性子，做这种事情的话怎么都觉得有点怪。

徐缓缓又继续吃着餐盘里的食物，并没有注意到此时食堂里小小的骚动。

"天哪，快来看，这什么情况？"

"这是电视剧还是真的啊？"

"这男的被绑起来了啊！好像是真的！"

直到她听到了隔壁那对情侣的对话："天哪！她手里的是刀吧？这是在直播杀人？"

徐缓缓终于意识到发生了什么，她抬起头发现食堂里的好多学生都放下了筷子拿着手机在看着什么，甚至还有几个人围着一部手机在看，他们脸上的表情都是相似的，嘴里发出惊呼声。

不知道他们在看什么的徐缓缓起身站在那对情侣身后，凑到他们脑袋中间看着手机屏幕。

这是一段视频，画面中有一男一女，可以看出应该是在一个阴暗的地下室里，只有头顶上的一盏灯照亮着他们，短发的女人站着，手里赫然拿着一把刀，而男的则被绑在椅子上，嘴里被塞上了布条，他只能发出呜呜的声音，不断挣扎着，却挣脱不了。

调试完镜头之后，短发女人紧紧握着刀指着被绑着的男人，手是颤抖着的，她眼神里满是愤恨和悲伤，然后她看着镜头开了口："你们现在看到的这个男人叫洪易文，他是一个杀人犯，他杀了我的姐姐刘念。"

说出这个名字时，她的眼泪夺眶而出，她哽咽着道："我姐姐就是被这个禽兽杀害的，但是……"她发狠地道，"他不认罪，嘴里全是谎言，警察居然也说他是无辜的！就这么让这个杀人犯逍遥法外！这绝对不可以！所以今天我必须要让他在镜头前承认自己的罪行。"

女人说完把男人嘴里的布条一把扯出，她恶狠狠地瞪着他，命令道："快说！"

男人大口喘着气，额头上全是汗："我……我……"

他眼神里全是恐惧，吞咽着口水，说不出第二个字。

女人没了耐心，把刀一下子抵在了男人的颈部："快说！把你的罪行说出来！"

冰冷尖锐的刀口触碰到他的皮肤，隐隐的痛让他更加恐惧，他赶紧道："我……我说我说。"

他的瞳孔放大，张了张嘴，说了出来："是……是我杀了刘念。"

然而男人说得太小声，女人命令道："大点声！"

刀已经在他的脖子上划了一道浅浅的血痕，男人不敢违背，闭上眼睛大喊着："我杀了刘念！是我杀了她，我对不起你！"他已经泪流满面，不知道是因为愧疚还是恐惧。

在听到他承认罪行的一瞬间，女人心里对他的怨恨和对自己姐姐的思念完全爆发了出来，她撕心裂肺地冲他叫着："对不起？对不起有用吗？她已经死了！被你杀死了！你最对不起的是我的姐姐！"

徐缓缓看着女人的眼神以及她的手，无疑都在预示着一件可怕的事情将要发生。

就在这时，视频突然中断了，画面一下子变成了黑色，紧接着就出现了该视频被删除的文字。

"什么情况？删了？"

"这杀人犯被那女的杀了吧？！"食堂里又引发了一阵骚动。

那对情侣中的男生一回头看到了徐缓缓的脑袋，她的眼睛一眨不眨地看着前方。男生捂着胸口："妈呀，吓死我了！"

几乎在同时，徐缓缓放在口袋里的手机响了，她回过神来拿出了手机，是高临打来的。

她接起了电话："喂，高队长，嗯，我看到视频了。"

高临接下去的一句话并没有让徐缓缓产生多少惊讶："好，我马上去局里。"

徐缓缓和学校打了招呼取消了下午的讲座，然后打的去了警局。

徐缓缓在刑侦队办公室里看到了完整的视频，最后几分钟发生的事情是她没看到却是已经预料到了的。

在说完那句话后，女人拿着手里的刀刺向了那个男人，一刀又一刀，血喷溅在了她的身上，她也没有停止。男人已经垂下头没有了呼吸，没有了一点动静，她还是没有停止，不断地发泄着她心中的怨恨。

最后女人将已沾满了血的刀狠狠插进了他的嘴里，终于松了手无力地倒在了地上，放声大哭，绝望无助。

女人觉得自己终于为自己的姐姐报了仇，然而就算这样，她的姐姐再也活不过来了。

刑侦队的一个队员冲了进来，看着高临语气急切地道："队长，有一个女人声称杀了一个杀人犯，她说她要自首。"

女人会自首徐缓缓也并不感到意外，视频中她没有蒙面掩盖自己的身份就预示了这一点，她就是想要洪易文承认自己犯下的罪行，然后杀了他，完成复仇。

根据她提供的地址，刑侦队在一个地下室里找到了他们，一个脸上身上都溅着血的女人和一具被捅了无数刀的男性尸体。被抓时，女人坐在地上，眼神空洞，没有一丝反抗。

女人和男人的尸体一同被带回了警局，在等他们过来的这个过程中，徐缓缓从周齐昌口中了解到了这个案子的情况。

半个月前曾发生了一件凶杀案，一名三十岁叫刘念的女性在失踪三天后，尸体在一条河边被发现。

视频中的男性正是刘念的老公洪易文，因为在刘念失踪前他们之间有过严重的冲突，所以当时他被列为重大嫌疑人，然而在调查之后警方却排除了他杀人的可能性，但是凶手至今也没有被抓到。

显然刘念的妹妹刘敏坚持认为是洪易文杀了她的姐姐，只不过他用谎言蒙骗了警方，于是她就用自己的方式处决了他，并发到了网络上让众人看到他是一个杀人犯。

这原本不是刑侦队负责的案子，不过局长决定把这个案子移交给他们。

徐缓缓让周齐昌帮她调出了当时审讯洪易文的监控记录，看完之后她又反复看着那个认罪视频。

十几分钟后，高临走进了办公室："刘敏带回来了。"

坐在电脑后面的徐缓缓站了起来，神情严肃："高队长。"

高临将视线投向她，接着便听到了她的声音。

"洪易文没有杀人。"

在众人震惊的表情中，徐缓缓又一次播放了认罪视频，然后定格在一个画面："洪易文在视频中承认自己杀人时表现出的情绪除了恐惧还有愧疚，但是我又看了他之前被审讯的录像，同样看到了愧疚的表情，不过是在他承认自己出轨的时候，在死者失踪前他们有过冲突就是为了这件事，洪易文对此没有隐瞒。在审讯过程中我没有看到任何撒谎的痕迹，所以他是被逼着承认了自己没有犯下的罪。"

高临耐心地听她分析完："的确，洪易文有不在场证明，已经证实过了。"

听完两人说的，周齐昌震惊地道："这么说刘敏杀了一个无辜的人？"

"可她到现在还坚信洪易文就是杀死她姐姐的凶手。"

徐缓缓看向高临，主动道："我去和她谈谈吧。"

高临带着徐缓缓去了审讯室，他打开了门等徐缓缓进去，然后关上门走进了隔壁的监控室。

此时的刘敏已经换下了沾着血的衣服，但脸上还残留着一点点已经干涸的血迹，她的手上戴着手铐，头发凌乱，弓着身体，眼神麻木地看着桌面。

徐缓缓把拿在手里的水杯放在她面前，然后在她的对面坐了下来，徐缓缓先开了口叫了她的名字。

然而刘敏却像是没有听到，没有丝毫的反应。

等了几秒，徐缓缓直接说出了一个对于刘敏来说最无法接受的信息："洪易文是无辜的。"

果然这句话令她反应极大，她睁大眼睛瞪着徐缓缓，脸上是没有掩饰的愤怒："你说什么？！"

徐缓缓平静地对上了她的眼神，语气平缓却坚定："你姐姐刘敏不是被洪易文杀害的。"

"你胡说！"刘敏一手将徐缓缓给她的水杯推翻，里面的热水流了出来，水杯滚到了桌边坠落到了地上，发出一声轻响，却被她的吼声给盖住了，"他都认罪了！你看过视频没？他对着镜头认罪了！他说就是他杀害了我的姐姐！"

"但那是你逼他承认的。"徐缓缓的声音此时在刘敏听来显得如此冷酷。

刘敏无法接受，重重敲打着桌子："是你们无能，被他满口的谎言骗了！是你们放过了一个杀人犯！你们不就是不想承认吗？！"

徐缓缓摇了摇头："不是我们，是你自己不想承认。"

因为这句话，刘敏整个人一震，她摇着头眼神闪烁，嘴里不断地自言自语："不，就是他杀的，我姐就是他杀的，只可能是他杀的……"她一遍一遍地说着，一遍一遍地说服自己。

徐缓缓打断了她的自言自语："我能理解，你一心想找到凶手，而洪易文在你心里有最大的嫌疑。"失去姐姐的悲痛和对凶手的恨意让刘敏完全崩溃，她接受不了洪易文无辜的事实，便采取了这样极端的方式。

刘敏低下头，不去看徐缓缓的脸，不愿交流，回避道："我没什么好说的，反正我杀人了，我已经杀死了那个畜生，已经帮我姐报仇了，你们想怎么样就怎么样吧！"

徐缓缓站起身走向她，把地下的水杯捡起来放在了桌上，声音稍稍冷硬了一些："如果凶手另有其人呢，你打算让他就这么逍遥法外吗？"

刘敏猛地抬起头，声音尖锐："不可能是别人！"

徐缓缓紧紧盯着她的眼睛，反问道："为什么不可能？现在没有任何证据表明是洪易文杀了你姐姐。"

"不可能，不可能……"

"刘敏，你的确是要受到法律的制裁，但在这之前，你是被害者的家属，我们得帮你找到杀害你姐姐的凶手，你得配合我们。"

刘敏紧紧咬着嘴唇，眼泪夺眶而出。她死死地攥拳，徐缓缓看得出她内心在挣扎。

徐缓缓站在一边沉默地看着她。

片刻后，刘敏抬起了头，眼神迷茫而无助，声音都在颤抖："难道，我……我真的杀错人了？"

徐缓缓点了点头："现在我需要你提供线索。"

刘敏依旧一副茫然的表情，疑惑地看着她："可……可该说的我之前都已经说过了，你们还不是没找到凶手吗？"

"但有些问题我要和你确认一下。"徐缓缓又重新坐了回去，刘敏的问话并没有录像，而现在最熟悉被害者近况的只有她一个人。

"除了洪易文之外，你有想到还有什么人会杀害你姐姐吗？"

刘敏拧了一下眉头却又快速松开："没有。"

徐缓缓却抓住了她一闪而过的表情："可你的表情不是没有的意思，你想到了谁是吗？"

刘敏眼神有些闪烁，惊讶地看着徐缓缓："我……"

"是你姐姐身边的人吗？"

刘敏下意识地避开了徐缓缓的目光，她抿了下嘴唇道："是，是她的一个追求者。"

刘敏明显有所隐瞒，徐缓缓突然意识到了什么："你姐姐也出轨了对吗？"

刘敏眼里闪过一丝慌张，最后还是点了点头："对，是有这么一个男人，因为洪易文这一年来经常不回家，他在外面早就有了女人！他背叛了我姐姐，根本就不关心她！"她越说越气愤。

即使洪易文不是杀死刘念的凶手，但刘敏对他也只有怨恨和不满。

"那个男人是谁？"

"是我姐姐的同事，叫顾贺。"

徐缓缓让刘敏写下了他的名字，然后继续问道："你姐姐失踪之后你有联系过他吗？"

"联系过，他说没见过我姐，两人最后一次见面就是前一天上班的时候，他们下班后基本不会打电话的。"

徐缓缓略一思索，听出了她话中的意思："顾贺也有家庭对吗？"

"对。"刘敏虽然不明白徐缓缓是怎么猜到的，不过眼下这并不重要，她急切地道，"那会是他杀了我姐吗？"她自己都不确定这种事会不会发生。

死者的情人，的确也有嫌疑。徐缓缓继续道："你姐有说过最近这段时间他们的关系吗？"

刘敏摇了摇头："没有。这方面的事情她不太和我说，我只是觉得自从他们在一起之后，我姐姐的心情好了很多。"明显比起洪易文，她对于顾贺的印象要好很多，即使她姐姐和他的关系并不道德。

徐缓缓又问了一些情况，然后走出了审讯室。高临已经查到了信息，派人去顾贺的家里和公司找他。

徐缓缓走到了法医室，她从窗口往里面看，并没有看到徐靖，显然他还在做着尸检。

心想他结束之后肯定会来找高临，她便回了刑侦队的办公室，坐在一边看着现在掌握的线索。

刘念是在周六失踪的，在和洪易文吵架之后离开了家，小区监控拍到的时间是晚上六点十二分。之后，她给自己的妹妹刘敏打了电话，通话时间持续了十几分钟。据刘敏说刘念向自己抱怨了洪易文，说两人争吵之中他把她推倒在地，电话最后她们约了一家餐厅准备见一面。

刘敏是在六点五十分到的餐厅，她到时给刘念发了短信，但刘念没有回。等到七点的时候，她又给刘念打了电话，电话此时显示关机了。之后，刘敏便再也没有联系上刘念。三天后，刘念的尸体在郊区的一条河边被发現，除了她身上的衣物之外，没有找到她的包。

徐缓缓又拿出了之前法医给出的尸检报告，刘念是在她失踪当天遇害的，脑袋受到重击形成钝器伤，根据法医的判断凶器应该是榔头，她在水里泡了两天以上，显然凶手在杀害她之后马上就弃尸了。

徐缓缓咬着手指思考时，身后传来了她熟悉的清冷嗓音。

"你来了。"

徐缓缓看到徐靖，眼睛一亮，然后重重地点了下脑袋。

看着她的动作，徐靖的嘴角噙着一抹笑，他扫了一圈办公室，又问："高临呢？"

徐缓缓立马道："他去嫌疑人家里了。"

徐靖微微颔首，这次他没有像往常那样直接回法医室，而是在徐缓缓旁边坐了下来，他把洪易文的尸检报告放在徐缓缓手里。

刚一打开，尸体的照片便直接展现在徐缓缓的眼前。

死者的身上全是刀刺入的伤痕，几乎布满了全身，这样的画面让徐缓缓不由得拧了下眉心。

徐靖察觉到她的不适，便把照片抽了出来，压在了自己的手下。

徐缓缓继续看着尸检报告，洪易文被刺了五十多刀，头部七刀，其他近五十刀都遍布在身体上，刘敏将悲痛和愤怒全部发泄在了他的身上。

不久后，高临带着队员回来了，然而……

"顾贺失踪了。"

"失踪了？"徐缓缓眨了眨眼睛，这么巧？

"家里和公司都没找到顾贺，据他的同事说他昨天还是正常上下班，但是今天没有来，没有请过假，手机打不通，他的家里也没有人，没有人知道他的行踪。"

没有人……徐缓缓想到顾贺是有家庭的，那么——

"他妻子呢？"

高临摇头道："同样联系不上，顾贺妻子叫蒋雯雯，是位家庭主妇，但也不在家。我们又和邻居了解了一下情况，他们平时和这对夫妻接触很

少，因此并不了解，也没有人留意过今天他们夫妻俩是否出现过。"

一对夫妻同时联系不上，而男方是一起凶杀案死者的情夫，未免太过蹊跷。

就在这时，周齐昌有了一个重大发现："队长，我查了一下，他们夫妻俩订了 21 号去 Y 市的火车票，还预订了一家宾馆。"

听到这个信息，刑侦队的一名队员立马想到了一件事："对了，我联系了他妻子蒋雯雯的一个朋友，蒋雯雯昨天在微信和她朋友说过 21 号要去旅游的事，和她丈夫一起，说是去散散心的。"

周齐昌闻言抱紧了自己的胳膊："妈呀，难不成刘念是被这对夫妻一起杀害的？"丈夫和妻子一起杀害了丈夫的情人！

一名队员补充道："或者说是被顾贺杀了，他向自己的妻子坦白了，他妻子原谅了他，然后决定一起逃亡。"

高临沉思后提出了初步的推断："的确存在这种可能，他们没有立即离开 S 市是怕怀疑到他们身上，所以在刘念尸体被找到半个月后才订了火车票。而今天中午刘敏却杀了洪易文，打破了他们原本的计划，顾贺怕刘敏说出他和死者的关系后被警察找上门，于是只能提早逃离了。"

站在徐靖旁边的徐缓缓一直没说话，歪着脑袋抿着嘴一直在思考，直到他们说完，徐缓缓才开了口："那个，高队长，我能去顾贺家里看看吗？"

"可以。"高临自己也打算再去顾贺的家里仔细搜查，他让周齐昌通知 Y 市警方搜查火车站以及他们预订的酒店，然后和徐缓缓出了警局。

半个多小时后，他们到了顾贺所居住的小区。此时这对夫妻依旧联系不上，行踪不明，周齐昌没有查到他们今天订火车票或者飞机票的记录，而 Y 市的警方也没有在火车站或宾馆找到他们。

因为是老式小区，没有电梯，高临和徐缓缓走楼梯到了他们所住的 502 室，两室一厅的房子，门没有被撬开的痕迹，里面也没有任何打斗过的迹象。

他们直接走到了卧室。

徐缓缓退后了几步看着衣柜上方，上面放着一些鞋盒，但还有一半的位置是空着的。

以徐缓缓的身高踩上椅子也看不到上面，于是她只好叫高临："高队长，你能不能上去看一看衣柜上面？"

高临踩着一把椅子便看到了衣柜上面的情况，上面积了不少灰，他在这一块发现了一些痕迹，分明是把东西拉出来时造成的，上面留有轮子的痕迹，显然这里之前放着一样东西，高临瞬间想到了一样东西："上面原先可能是放着一个大行李箱。"

"行李箱……"徐缓缓突然想到周齐昌之前有查到顾贺一周前买了一个大号的行李箱。

高临看着徐缓缓的表情，问道："徐顾问，你想到了什么？"

徐缓缓没有回答，而是道："高队长，你能不能帮我问问，蒋雯雯和她朋友昨天还聊了些什么？"

"好。"高临马上给自己队员打了电话，听完之后告诉了徐缓缓，"蒋雯雯还说晚上要出去买东西，她朋友问她要不要陪，她说不用。"

果然如此。

徐缓缓听完微微眯了下眼睛，所有的线索串在一起，她的大脑里已经有了判断。

她抬头看着高临道："高队长，我觉得这件事还有一种可能性。"

高临看着她，等着她说下去。

徐缓缓先提出了一个假设："如果顾贺之前没有动静没有逃跑是因为刘念的死亡和他根本没有关系呢？"

高临听后拧了下眉头："既然没有关系，为什么他们会在今天失踪？还是因为刘敏杀了洪易文，他看到了视频，担心他和刘念的关系曝光被定为嫌疑人，只不过他怕的不是警察找他询问刘念被害的案子。"

徐缓缓停顿了一下，转而问了高临一个问题："你说这么大的行李箱能不能塞进一个人？"

听到这句话，高临有一瞬间的惊讶："塞进一个人？你的意思是这个行李箱不是用来放行李的，而是装尸体的？"

徐缓缓郑重地点了下头："对。"

高临思索了一下："这么大的箱子应该是可以的。"结合着徐缓缓之前的话，他瞬间明白了过来，"你的意思是顾贺杀了他的妻子？！"

徐缓缓抿着嘴点了点头："没错，我会这么想是因为衣柜里只有少量的衣物被拿走，他妻子化妆柜上的化妆品都在，所以其实并没带走很多东西，根本就不需要这么大的箱子，而箱子恰巧又是一周前才买的。"这世上没有这么多的巧合，有的只是精心安排。

高临紧拧着眉头看着她默不作声，继续听着她说下去。

"如果不是因为刘敏杀了洪易文，我推测顾贺原本的计划是这样的，在杀了蒋雯雯之前他得做好一切的安排，于是他买好了装运尸体的行李箱。但这当然还不够，杀一个人很容易，扔掉尸体很容易，但难的是要做到不被发现。还有如果之后一旦尸体被发现时他能洗脱嫌疑，那么制造他妻子的失踪显然就是最好的办法。"

徐缓缓会想到这种可能性是因为之前看到过一个案子，丈夫杀害了自己的妻子，然后把自己伪装成了妻子的模样，穿上大衣戴着帽子，穿上高跟鞋，在夜晚拉着装有自己妻子尸体的行李箱离开了，还特意让门卫看到。

在把妻子的尸体处理掉之后，他把伪装的衣物扔掉，回到自己家里，然后再急匆匆地跑出来问门卫是否看到了他的妻子。门卫以为之前看到的就是他妻子，就和他说看到她拉着行李箱走了，丈夫便装作很痛苦的样子，说他妻子肯定是离家出走了，他的妻子当然再也没有回来。

丈夫没有报警，当作什么都没发生，然而妻子的尸体在几个月后被找到了，尸体上留下了凶手的 DNA，和丈夫的完全匹配，他因此被抓获，承认了自己的罪行和作案手法。

顾贺妻子的父母都已经过世，身边的朋友又很少，顾贺肯定觉得只要一段时间没有发现什么踪迹，没有找到尸体，那么不久之后她的失踪就会被淡忘。

接着，徐缓缓又说到了火车票的事："顾贺之所以买了两张 21 号的火车票还订了酒店，我认为不是为了逃跑，而是为了在他妻子失踪后向警方表明他们夫妻关系很好，原本打算去旅游的，以降低自己杀妻的嫌疑。如果是这样，昨天和蒋雯雯朋友微信聊天的应该已经不是蒋雯雯，而是顾贺了。"

高临想到了徐缓缓之前让他问聊天记录的事："所以那条她晚上准备出门的消息也是顾贺发的？"

徐缓缓颔首道："蒋雯雯的死亡时间应该就在那个时候，顾贺伪造了蒋雯雯是在外出后失踪的假象。他原本应该在今天报警的，但是他看到了那个视频，他发现自己本身就被警方怀疑是一件凶杀案的嫌疑人，现在又被警察发现他的妻子失踪了，他的嫌疑肯定会变得更大，那么该怎么办呢？"

她眯起眼睛，说出了结论："他只能选择逃了。"

徐缓缓一口气说完了自己的推断，然后发现站在衣柜前的高临只是看着她没有说话。

徐缓缓读出了他的表情，顿时有些不好意思地摸了摸后脑勺："我就是随便推测一下，不一定对的。"

"没有，我觉得这个推断非常合理。"高临的眼神里满是赞许，"我原以为徐顾问擅长的是观察别人的微表情判断他们是否撒谎，没想到在没有见到嫌疑人的情况下也能推理得这么出色。"

"因为人会撒谎，但是物证不会。"其实就和微表情一样，越细微的痕迹越想掩盖的反而越会露出马脚，要找的就是其中的矛盾点。

当人的微表情和他们说出的话有矛盾时，说明是在撒谎；当嫌疑人犯罪的目的和留下的痕迹有矛盾时，说明是在掩盖着什么。

高临看着徐缓缓，突然想到了一个人："徐靖也说过这样的话。"

听到"徐靖"这两个字，徐缓缓不由得弯了嘴角，她用手指摸了摸下巴，这么一想的话，其实她和他的职业是有共通性的啊！

发现这一点的徐缓缓心情很愉悦，过了一会儿才想到自己可能是在一个有预谋的谋杀案的案发现场，赶紧拍了拍脸，收起了自己的表情。

"既然如此，我得让鉴证科的人来一趟，这里可能会残留一些痕迹。"如果这里是凶案现场的话，即使清理得再干净，也会留下蛛丝马迹的。

鉴证科警员抵达现场后，很快在卧室的床与床头柜之间的缝隙处找到了一些已经干涸的血迹，而在床旁边的地板上，也检测到了血液痕迹。

物证被带回局里交由徐靖检验之后发现，血迹属于一名女性，并与顾贺妻子蒋雯雯的 DNA 匹配。

根据现在掌握的信息来看，顾贺是否杀害了刘念还不能确定，但很有可能就像徐缓缓推测的那样，他谋杀了他的妻子蒋雯雯，用行李箱运走了尸体，现在在逃亡中。

正在查监控的周齐昌突然重重拍了一下桌子，然后大叫道："队长，重大发现！"

高临赶紧看了过去："发现什么了？"

周齐昌咽了口口水，握着拳头激动地说道："刘念失踪的那晚，顾贺开车到过她和刘敏约的餐厅附近。"

徐缓缓听完有些惊讶，她没想到顾贺真的会和刘念的谋杀案有关："几点的时候？"

周齐昌指着监控画面道："六点四十左右。"摄像头拍到了一辆黑色的商务车，车牌正是顾贺的。

徐缓缓听到这个时间，马上回忆起了之前刘敏提到过的时间："六点四十的话，刘敏说过她是六点五十到的餐厅，七点给刘念打了电话发现已经关机。"

高临已经有了推断："刘念并没有到餐厅很有可能是因为她碰到了顾贺，她上了他的车或者是被迫的，然后被他绑架并杀害。"

顾贺小区并没有安装摄像头，但是附近路口的摄像头拍到了当天晚上他是在十一点三十左右回的家，七点到十一点三十，三个半小时杀人弃尸，时间足够了。

不过这仅仅是根据现有的线索做出的推断，现在最关键的是找到两起命案目前最大的嫌疑人顾贺的行踪以及生死不明的蒋雯雯。

没有新的线索出现，此时已经过了六点三十分，高临让徐缓缓先回家，如果发现新的线索再告诉她。

直到这时一直在埋头研究案子的徐缓缓才发现已经到这个时间点了，她背着包走出了刑侦队办公室，心想徐靖应该下班了，然而她看向法医室的方向，那里还有灯光。

徐缓缓眼睛一亮，赶紧走到了法医室门口，把脑袋探了进去，徐靖坐在办公桌前正在看书，听到开门的声音，他抬起头，两人视线相交。

徐靖先开了口，声音低沉："好了？"

徐缓缓点了点头，嘴角止不住地上扬："嗯，你在等我？"

徐靖没有回答，只是站起身换上了大衣，然后轻声道："走吧。"

因为时间有些晚了，他们便打算直接去餐厅吃晚饭。

两人并肩走在走廊里，站在右侧的徐缓缓偷偷瞄着徐靖的右手，但他似乎并没有要牵她手的意思，大概是因为在警局的关系。

徐缓缓想想也是，毕竟怎么说他们也勉强算办公室恋情呀。

出了警局，徐缓缓擦了擦因为期待而出了些汗的手，可走出了一段路，徐靖还是没有来牵她的手。

徐缓缓难免有些失落，她动了动自己的手，歪着脑袋想难不成要她主动去牵他的吗？

早就注意到她细微动作的徐靖眼睛里染上隐隐的笑，就在这时放在口袋里的手机响了，他收回了视线拿出了手机，接起后放在了耳边："喂，我是。"

见徐靖在打电话，于是徐缓缓又开始纠结起来，是牵还是不牵呢？

牵吧！主动一次又没关系！

不过想想还是不牵吧！毕竟这种事应该是男方主动的呀！

完全沉浸在思考之中的徐缓缓没有看路，右脚直接被地面上的一块地砖绊了一跤，整个人失去平衡往前冲去。

"哎哟！"

就在她以为自己的脸要和地面来一个亲密接触时，肩膀被抓住了，在身体找回平衡的瞬间，徐缓缓慢吞吞地把最后一个字说了出来："喂……"

在看到意外发生时，把手机放进口袋再去抱住徐缓缓，徐靖用了不到两秒的时间。

徐靖把她扶稳，低头看着她的情况："脚没事吧？"

徐缓缓摇摇头："没事……"说完她默默把脑袋扭到另一边，郁闷地闭上眼睛皱起了脸，哎呀，丢死人了。

徐靖右手还揽着徐缓缓的肩膀，左手拿出了手机："喂，没事，你把资料发我邮箱，嗯，再见。"简短结束了通话，他把手机放回口袋，然后蹲了下来。

正郁闷的徐缓缓突然感觉到自己的脚踝被握住了，赶紧睁开眼睛，看到徐靖正蹲在她身前。

徐靖检查着她的脚踝，动作轻柔，然后抬头看着她："痛吗？"

对上那双漆黑的眼睛，徐缓缓心跳加速，她眨了下眼睛，小幅度地摇了摇头："不痛。"

徐靖又握住了她另一只脚，同样问她："这只呢？"

徐缓缓感觉了一下，又摇了头："也不痛。"

"那就好。"确定了徐缓缓脚没有扭伤后，徐靖直起身体，看着她微叹了口气，"走路要看路，别总是走神。"却不是责备的语气。

徐缓缓点了点头，然后下一秒，左手被握住了。

手心里传来的温度让徐缓缓吃了一惊，她低头看着她和他相握在一起的手，低头笑了起来。

"晚饭想吃什么？"

"都可以！"

第二天一早，徐缓缓和徐靖一起去了警局，没有新的线索出现。

十点左右，周齐昌突然有了发现，他大叫起来："队长，顾贺刷卡了！"

"在哪儿？"

周齐昌看着显示的地址道："静惠路上的一家招待所！他还在 S 市！"或许是因为离开 S 市时被发现的概率更大，顾贺并没有离开。

"走！"

刑侦队很快到了那家招待所。

招待所位置偏僻规模很小，高临走进去时看了一眼摄像头，并没有运行。

高临到了前台出示了证件："麻烦查一下，十点左右哪间房间退了房？"

前台看到警察来了吓得不轻，她哆嗦着翻着记录，找到后紧张地道："是，是 302 房间。"

高临他们被带到了 302 房间，前台帮他们开了门，当然此时顾贺已经不在里面了。

没法查看监控，一名队员便向前台了解一下情况，今天早上来退房的是一个不高不胖的男人，戴着帽子、口罩，穿着黑色的羽绒服，背着一个包。

描述基本与顾贺符合，因为男人戴着口罩，所以前台并没有看到他的长相。

刑侦队在房间里搜查了一下，在浴室发现了一把掉在洗手台旁边的剃须刀，应该是顾贺离开时不小心留下来的，如果是他使用过的，那么极有可能能从中提取到 DNA。

高临将剃须刀带回了局里，交给了徐靖。不久后检验结果出来了，从剃须刀中提取到的 DNA 属于一名男性，和从顾贺家里带回来的牙刷中提取的 DNA 一致。

听完这些信息的徐缓缓没有吭声，默默站在一边咬着手指，她突然觉得有些不对劲，自己之前做出的推断中有一个重要的环节有矛盾。

15.
矛盾点与暴露

徐缓缓走到高临面前："高队长，我们现在掌握的线索中有非常矛盾的地方。"

高临一听，放下手中的资料看向她："哪里？"

"顾贺既然是一个逃亡的杀人犯，那么他要做的就是隐藏自己的踪迹，他才会戴帽子、口罩，穿暗色的衣服让别人看不清他的长相，然后没有选择去宾馆，而是去不需要身份证就可以开房的小招待所，那里又偏僻摄像头又是坏的，招待所里的人根本就不会管住客是谁，所以很安全，这些都没有问题。"

不只是高临，刑侦队其他队员也都停下来看着徐缓缓，听着她继续往下说。

徐缓缓顿了一下："但是另一方面，他居然又在暴露自己，不用现金付房费，而是刷卡。"

被徐缓缓这么一点明，高临这时才发现了之前忽略的事情，他们一心想要抓住顾贺，找到他的行踪，所以根本就没有怀疑过他刷卡付房费这个问题："他很有可能是故意暴露自己的位置，让我们去招待所。"

"没错！"徐缓缓点了点头，然后伸出了一根手指，"可是，他为什么要这么做呢？我觉得不是为了耍警察这么简单，也不是为了显示自己有多大胆。"她停了一下，晃了晃手指道，"而是因为招待所的房间，他留了一样东西要让警察找到。"

高临自然马上想到了从那个房间里唯一找到的东西："剃须刀？"

徐缓缓颔首道："嗯，剃须刀是更为明显的矛盾点了，不说一个正在逃亡戴着口罩的男性为什么一定要用剃须刀，他没有在房间里留下任何东西，甚至连指纹都没有，一切都说明他很小心，但偏偏又不小心到就留下了一个可以提取到自己 DNA 的东西，不是很奇怪吗？"

这些细节的信息被徐缓缓提取出来进行分析之后，更清楚地展现在他们的面前，隐藏和暴露这样的矛盾出现在同一个人的行为模式中，非常蹊跷。

周齐昌拧着眉头，看向了徐缓缓："的确奇怪啊，顾贺为什么这么做呢？"

徐缓缓把自己的推断说了出来："为了让我们确信他还在 S 市，在招待所住过的人就是他。"

哎？周齐昌感觉有点绕，没明白："这不合理啊，为什么呢？"

已经明白了的高临说出了一个结论："为了误导我们，其实住招待所的根本就不是顾贺。"

周齐昌和其他队员都有些吃惊："不是顾贺？那是谁？"

徐缓缓没有回答，而是突然问他："周哥，顾贺多高？"

虽然没明白她为什么问这个，但周齐昌还是回答道："呃，170cm 左右。"

徐缓缓又继续问："那他的妻子蒋雯雯呢？"

"我查一下。"周齐昌把蒋雯雯的个人信息调了出来，告诉了她，"蒋雯雯是 167cm，怎么了？"他不是很明白为什么要问关于身高的问题。

徐缓缓点了点头，更加确信了自己的怀疑："他们两个人的身高差不多，都是中等身材，顾贺可以假扮成蒋雯雯的模样，但蒋雯雯同样可以装扮成顾贺的模样，戴着帽子和口罩穿着她丈夫的衣服，变一下声音，完全可以让招待所的前台误以为她是男人。"徐缓缓之前看到过的那个案子中是丈夫假扮妻子，而现在这个案子却恰好反了过来。

徐缓缓此时突然明白了蒋雯雯为什么一定要选摄像头失灵的这家招待所了，不是怕暴露行踪，而是因为一旦拍到了她，很有可能会暴露她的伪装。

周齐昌觉得信息量太大了，他一时接受不了："等等，所以徐大神，你的意思是蒋雯雯没死？可不是在他们的家里找到了她的血迹吗？”

高临面色凝重地开了口：“有血迹不一定证明她已经死亡。”这也是他们忽视的一点。

徐缓缓也点头道：“嗯，她完全可以先抽出一些血然后制造凶案现场，然后擦掉大部分的血迹，留下缝隙里的一点点让我们误以为是顾贺杀人后没有清理干净无意间留下的。就像是那把剃须刀一样，DNA 成了她伪装的工具，混淆了事实。”

其实这个计划可以说堪称完美，他们全部都被她误导，陷入了她设的局，但有些东西设计得太过刻意了，越是想要误导他们，就越是留下了破绽。

徐缓缓之前在他们家的推断思路是正确的，然而凶手和被害者的身份互换了：“所以我觉得预谋杀人的不是顾贺，而是蒋雯雯。她事先用顾贺的账号买了一个行李箱，将顾贺杀害后，把他塞进了行李箱里弃尸，然后伪装成是自己遇害，把自己打扮成顾贺后离开，又在招待所里留下了顾贺之前使用的剃须刀，把嫌疑全部推到了顾贺身上，让我们把她当成了受害者。”

这时，高临想到了原本的案子，他们一开始怀疑的目标是顾贺，可现在：“刘念……周齐昌，刘念失踪那晚在她和刘敏约的餐厅附近拍到了顾贺的车，有拍到车里坐的人吗？”

“没有，根本看不清楚。”周齐昌倒吸了一口气，顿时觉得手臂上起了鸡皮疙瘩，他一脸惊恐地道，“不……不会……那天晚上车里坐着的也不是顾贺吧？”

徐缓缓沉重地点了点头：“很有可能。”他们是陷入了一种思维定式，顾贺是死者刘念的情夫，他的车出现在附近，他们便认定车里的一定是顾贺，而其实能使用那辆车的人还有一个，就是蒋雯雯。

高临也是想到了这一点：“蒋雯雯有驾照吗？”

周齐昌一看：“妈呀，真的有！”

刑侦队的队员不由得拍着自己的脑袋：“对啊，怎么之前没想到呢？顾贺有嫌疑，但蒋雯雯也有嫌疑啊，她发现自己的丈夫出轨，于是愤怒之下杀了刘念，再杀了顾贺，然后设计了这一切，嫁祸给了顾贺。”

周齐昌重重叹了一口气，有些毛骨悚然的感觉："天哪，太吓人了。"如果真的是这样，蒋雯雯太可怕了。

"周哥，刘念失踪的那一天，她离开家的时间段，小区附近有没有拍到过顾贺家的车？"徐缓缓看向周齐昌。

周齐昌摇着头道："昨天队长让我查过了，没有。"

徐缓缓又继续道："那一天刘念最后一通电话是打给她妹妹刘敏的对吗？"

"对。"

徐缓缓咬着嘴唇，片刻后又开了口："周哥，再帮我查点东西，还有我再看下那个视频和审讯录像。"

视频是哪个周齐昌知道，可："审讯录像？谁的？"

徐缓缓极慢地说出了一个名字："刘敏。"

拿到她所需要的资料之后，徐缓缓坐在电脑前又重新看了一遍刘敏杀害洪易文还有她审讯刘敏的录像，之前被她忽略的细节便一一展现了出来，呈现出完全不一样的信息，她的大脑里形成了一个之前不曾设想过的推断。

半个多小时后，徐缓缓在审讯室里见到了被带过来的刘敏，虽然面色有些苍白，但已经没有第一次见到时的狼狈。

刘敏一看到是徐缓缓进来了，第一句话便是："是不是顾贺杀了我姐姐？"她身体前倾，神情急切。

徐缓缓拉开椅子坐了下来，漆黑的眼睛看着她，没有回答她的问题，而是道："顾贺失踪了。"

刘敏睁大了眼睛，激动地道："他逃了？果然是他吗？"

徐缓缓神色平静地摇了下头，声音低缓："就目前的调查来看，不是他。"

听到最后三个字，刘敏的眉心渐渐皱了起来："那还会是谁？"

"顾贺的妻子，蒋雯雯。"徐缓缓顿了一下，问道，"你认识吗？"

刘敏愣了一下，然后点了下头："嗯，我知道她，我姐和我提过，是她杀了我姐？"

徐缓缓表情不变地看着她，没有说话。

刘敏继续说了下去："是不是发现了她丈夫顾贺和我姐的事，所以她杀了我姐？"

　　徐缓缓没有说是还是不是，却反问了她一个问题："刘敏，你知道我为什么要见你吗？"

　　她的这句话让刘敏面露疑惑的表情："不是为了告诉我凶手是谁吗？"

　　"不是。"徐缓缓身体慢慢前倾，眼神一瞬间变了，"你早知道凶手是谁了不是吗？"

　　刘敏的眼神里有一闪而过的慌乱，然后她露出了一脸听不懂的表情："你……你在说什么？"

　　徐缓缓也露出了一副无辜的表情："听不明白吗？我以为我说得够清楚了，你早就知道杀死你姐姐的凶手是蒋雯雯了。"

　　刘敏瞪大了眼睛，抬高了音量："我怎么会知道？我如果知道了为什么会杀洪易文，我应该去杀她啊！"

　　对比着满脸激动的刘敏，徐缓缓一脸平静地开了口："因为你是帮凶。"

　　没有被铐着的右手直直地指着徐缓缓，她继续在叫着："你在胡说八道什么？！我怎么会杀我姐姐？！"

　　徐缓缓等她说完，然后慢慢说了下去："刘念失踪那晚最后被拍到的地方是你们约的餐厅附近，在那附近同样拍到了一辆车，顾贺的车，但车上不是顾贺，而是蒋雯雯。那辆车没有跟踪刘念，按理说她和你约的地点时间没有第三个人知道，但蒋雯雯却在准确的时间出现在了那里。"她的眼睛直直地看着刘敏，"你说是谁告诉她的呢？"

　　刘敏冷笑了一声："就凭这一点就说是我告诉蒋雯雯的？"

　　已经有了充分准备的徐缓缓摇了摇头："当然不是了，所以技术员查了你那一天的通话记录，在和刘念通完电话后，发现……"说到这点她停顿了几秒，看着刘敏开始紧张的表情，弯了嘴角，"你的确没有和第二个人通过电话。"

　　发现被耍了的刘敏松了口气的同时转而怒视着徐缓缓。

　　徐缓缓抿嘴笑着，一脸了然的表情："因为这样太明显了不是吗？你知道如果这样做肯定会被查出来，所以换了一种方式，除了电话和短信可以说明行踪，还有什么呢，那就是社交软件，你的微博。"

看着刘敏慌张的神色，徐缓缓继续说了下去："那一天晚上你在微博上发了一条信息，看上去就是很正常的一条日常，说和自己的姐姐约在了那家餐厅吃饭，希望到的时候不要排队。之后这条微博被你删除了，但没有用，我们还是查到了。"

刘敏握紧了拳头看着她，辩解道："发微博也有问题吗？就像你说的，这就是一条日常而已，犯法了吗？"她喘着气，闭上眼睛复又睁开，降低了音量，"删掉是因为我很后悔很愧疚，如果不是约在那里或许我姐姐就不会被绑架、被杀害。"

"愧疚。"徐缓缓点了点头，顺着她说的这一点说了下去，"对，无论是在你直播杀害洪易文的视频里还是在之前审讯的时候，我都从你的脸上看到了愧疚和恨意。那时候我也以为你愧疚的是你觉得约在那里导致你姐姐失踪遇害，而你的恨意是对洪易文的，但今天我发现我搞错了，这两种情绪都是因为你姐姐刘念而产生的的。"

徐缓缓的手指轻轻敲了下桌面，慢慢道了出来："你恨她，恨到想要杀她，而愧疚是因为她毕竟是你的姐姐，当她真的死了之后，恨意就转变成了悲伤和愧疚。"

刘敏大叫着："胡说！我怎么会恨我姐呢？你……"

徐缓缓突然打断了她的话："她背叛了自己的婚姻，或者说你恨所有背叛了婚姻的人。"

"我听不懂。"刘敏别开脸不再看徐缓缓，嘴唇紧紧抿着，大拇指抠着自己的食指，显得焦虑而不安。

徐缓缓轻叹了口气："因为你自己就是其中的受害者，在你年幼的时候因为你母亲出轨，你父母离了婚。姐姐由你母亲抚养，你由你父亲抚养，然而你的父亲因为嫉恨你的母亲，性情大变，经常对你拳打脚踢，喝醉酒后就虐待你。持续了近一年的时间，抚养权才被法院判给了你母亲，但却已经给你造成了永久性的伤害了。

"你曾经有过一段婚姻，然而你的前夫出轨了，你发现之后离了婚。两件事情中你都是最无辜的受害者，你对背叛婚姻的人非常的痛恨，然后你突然发现你的姐姐竟然也干了同样一件事情，越是亲的人你越是无法忍受。"

徐缓缓之前让周齐昌查了刘敏的所有资料，包括关于她家庭的。

看到这些之后，她才读出了刘敏眼中的怨恨，她才明白了刘敏为什么想要杀死自己的姐姐，姐姐的出轨完全刺激了刘敏。

"她都知道这对你带来的伤痛，却还是这么做了！"徐缓缓的语气有些咄咄逼人，"你心里是这么想的，对吗？"

刘敏涨红了脸，紧紧咬着自己的嘴唇，几乎就在崩溃的边缘。徐缓缓的话完全刺中了她的内心，终于，她再也克制不住自己的情绪，抬头看着徐缓缓，她的手抓着自己的衣领，撕心裂肺地叫着："对！对！她为什么要这么对我？"

"为什么？为什么？"刘敏痛苦地抓着自己的头发，"我不想她死的，不想的……"

徐缓缓静静地看着刘敏近乎崩溃的模样，一句话都没说。在发现自己的姐姐和顾贺有不正当关系后，应该是刘敏联系了蒋雯雯，告诉了蒋雯雯她丈夫出轨这件事。几次之后，蒋雯雯应该是看出了刘敏心里的想法，她知道刘敏下不了手杀自己的姐姐，于是便提出替刘敏杀了。

刘念的死亡对刘敏的刺激很大，愧疚之下她想到了姐夫洪易文，她觉得如果不是他出轨在先，她的姐姐就不会出轨，也不会死，于是便残忍地杀害了他。

不对，徐缓缓突然理清了，刘敏会直播杀害洪易文，肯定和蒋雯雯脱不了关系，这一切都是蒋雯雯设计好的，刘敏自首被抓，然后问出了顾贺和死者刘念的关系，警察势必就会去找顾贺。蒋雯雯根本就不是因为视频而急匆匆逃离的，而是为了制造假象，将顾贺的嫌疑增大，让他们按照她设定好的情节查下去。

刘敏成了她利用的道具，而且是心甘情愿的。

那么，蒋雯雯接下来会做什么呢？她制造了两起真正的凶杀案（刘念和顾贺），还有一起伪造的凶杀案（她自己），将两起都嫁祸给了自己的丈夫顾贺。

现在伪装成了顾贺的她还有什么没完成的呢？

刘敏对蒋雯雯的行踪并不清楚，在杀了刘念之后便再也没有联系，她甚至对于蒋雯雯的计划也不知道多少，蒋雯雯只是和她说过在适当的时机再将她姐姐刘念和顾贺的关系告诉警察，每一步她都已经算好了。

虽然刘敏是帮凶，但通过她找到蒋雯雯显然没有可能。

在招待所故意暴露自己的位置之后，蒋雯雯没有再使用顾贺的卡，也没有使用身份证。

现在对蒋雯雯的踪迹一无所知，但徐缓缓觉得她应该还没有离开S市，那接下来她会去哪里呢？

还有，如果顾贺已经被蒋雯雯杀害，他的尸体又在哪里？

高临指着贴在白板上的几张弃尸地点的照片道："刘念的尸体是在郊区的一条河边找到的，附近是工业区，离居民区很远，几乎很少有人会到河边那一带，从餐厅的位置开到那里大约是一个半小时的车程，从那里开回到她家里大约也需要一个半小时。河边有拖行尸体的痕迹，所以当时推断那里是弃尸地点，不是第一案发现场。"

一名队员接着道："如果从时间上来推断的话，刘念应该是在车上被杀害的，蒋雯雯肯定是事先选好的弃尸地点。"

"那顾贺的弃尸地点她一定也会事先选好，和之前的地点差不多的地方。"高临略一思索看向周齐昌，开口道，"周齐昌，查一下所有工业区的位置。"

"好！"周齐昌马上开始搜索，"工业区的话一共就有三十个。"

高临："在郊区的呢？"

周齐昌敲击了几下键盘："呃，那就还有十八个。"

十八个还是太多，高临想了一下刘念的弃尸地点，又道："老工业区呢？"

这无疑又排除了不少，周齐昌回道："老工业区的话，有七个。"

七个老工业区——排查依旧需要非常多的警力和时间，就在这时，徐缓缓脑子里突然闪过一个念头——蒋雯雯又要找合适的弃尸地点还要找没有安装监控或者监控失灵的招待所，那么："蒋雯雯住过的招待所附近有工业区吗？"

　　搜索之后的发现让周齐昌睁大了眼睛，他一下子抬高了声音："有一个！离那里十五公里有一个工业区，而且是老工业区，周边没有居民区。"

　　那就和发现刘念尸体的地点类似了，高临马上带队赶往了那里。

　　两个小时后，在办公室的徐缓缓接到了高临打来的电话，在工业区附近的一条河边找到了一个黑色的行李箱，里面装着的正是顾贺的尸体。

　　徐靖初步检查之后，发现他是被绳子勒死的，死亡时间是前天晚上十点至十一点之间。

　　找到了顾贺的尸体，意味着徐缓缓之前的推断被完全证实了，顾贺是被害者，而蒋雯雯则是凶手。

　　现在被害者的尸体都已经找到，那就只剩下找到蒋雯雯了。

　　徐缓缓手里拿着周齐昌查出来的关于蒋雯雯的所有资料。

　　蒋雯雯是一个孤儿，从小在孤儿院长大。在五岁时，她被一对普通的夫妻收养，养父母相继在她十八岁和二十二岁因病去世，二十五岁她和顾贺结婚，他们是大学同学。

　　徐缓缓突然找到了一个有些奇怪的地方："顾贺和蒋雯雯结婚两年后离过婚，可半年后又复婚了。"她算了一下时间，惊讶地发现，"那么，他们是刚刚复婚了两个多月。"

　　周齐昌一听拧着眉头摇头感叹着："虽然这么说已死之人不好，但顾贺真的是渣啊，复婚才两个多月，居然就已经出轨一个月了！"虽然说蒋雯雯杀人的举动过于极端，但真的是被伤透了心啊！

　　这可以说是现在唯一找到的一个值得注意的地方，徐缓缓便对一名留在办公室的队员道："能帮我联系一下顾贺或者是蒋雯雯的朋友吗？问一下他们当年是因为什么原因离婚的，又是谁提出的复婚，还有这半年蒋雯雯的情况。"

　　"好，没问题。"

　　在高临回来后，徐缓缓把自己的这一发现告诉了高临。不久后，那名队员也赶了回来，从这对夫妻的朋友那里得到了不少信息："蒋雯雯一个朋友说他们当年离婚是因为顾贺出轨，被蒋雯雯发现了，结果顾贺还出手打了她，所以闹到最后离了婚。"

周齐昌听完啧啧两声："这么看来顾贺不是第一次出轨，之前就有过这样的行为了，果然是恶习难改，真是渣男！可闹成这样了，为什么后来他们又复婚了呢？"

"顾贺的朋友说是蒋雯雯找上他的，那个时候顾贺刚和前女友分手，然后被蒋雯雯感动到了。这也在蒋雯雯的朋友那儿得到了证实，她和她朋友说还是爱着顾贺，并已经原谅他了。"

"这就原谅了？"周齐昌实在不懂，顾贺出轨还打人，蒋雯雯居然还爱着这么一个渣男，还是她提出的复婚，她也太傻了太不值得了，这难道就是真爱吗？

徐缓缓也觉得不对劲："这半年蒋雯雯有什么变化吗？"

"她朋友说她起初很痛苦，一直一个人闷在家里也不出门。半个月后她去了 T 市，说是准备在那儿生活几个月再回来，然后就待了四个多月，回来之后情况好了不少，不过还是对顾贺心心念念，打听到他分手之后，就去找他了。"

周齐昌马上去查证了："嗯，我查到了，她的确去过 T 市，有在那儿生活的记录，是住了四个多月的样子。"

算一下时间便可发现，徐缓缓说道："看来她一回来没多久就和顾贺复婚了。"

"对，顾贺的朋友说复婚之后，蒋雯雯不怎么管他外出了。之前还会吵，现在完全不会，所以顾贺说过虽然对她没什么感情了，但他应该不会离婚。"

周齐昌和其他队员听了直摇头，这对夫妻的生活方式实在是没法理解，丈夫随心所欲地出轨，妻子还要和他复婚，似乎只要在他身边，无所谓他的人和心在不在她这里。

"为了复婚，为了维持这段婚姻，蒋雯雯选择了妥协和忍让。"高临说完看向了徐缓缓，"有没有觉得很奇怪？"

徐缓缓微微颔首："嗯，太奇怪了。"她咬着嘴唇，觉得自己抓住了什么却又像是什么也没抓住一般，让她觉得有些迷茫。

高临面色沉重地分析道："朋友口中的蒋雯雯分明是一个痴情深爱着

顾贺的女人，甚至不在乎他出轨的行为，但就是这样的人却杀死了自己的丈夫还有丈夫的情人。"

又是矛盾的地方。

经高临这么一指出，有队员发现了问题："难道蒋雯雯一定要和顾贺复婚是为了复仇？"

周齐昌闻言觉得有这种可能性："如果是这样就讲得通了，她不是因为还爱着顾贺，而是因为恨他。所以她计划好了一切，回来后和顾贺复婚，没想到顾贺会又一次出轨，于是她先杀了刘念，再杀了顾贺，最后将案子都嫁祸给他，完成复仇。"他此时想收回之前说蒋雯雯傻的话了，把一步步算计得这么好，杀了她想杀的所有人，这绝对是高智商犯罪了。

周齐昌想到这儿，看向了正在思考的徐缓缓，心想如果不是徐大神找出了其中的问题，所有人都会认为顾贺是一个杀害自己妻子和情人的杀人犯，而蒋雯雯会成为众人眼中的受害者。

只能说高手遇到高手了，周齐昌正感慨着，看向电脑后发现……哎！

周齐昌激动地对高临叫道："队长！蒋雯雯又一次刷卡了！"

高临马上看了过去，急切地问："在哪里？"

周齐昌马上确定了位置："还是一家招待所！地址我发你手机上了！"

"走！"

约莫一个小时后，高临他们赶到了这家招待所，附近派出所的警员已经先到了那里，然而房间里并没有看到蒋雯雯。招待所的员工说订房间的是一个女人，高临把蒋雯雯的照片给他看，员工看了一眼，表示就是她，他记得她去了房间，不过五分钟后就离开了。

这一次，蒋雯雯竟然没有伪装，是算到他们已经发现了吗？

高临又细问了一些问题："她穿着的是什么式样、什么颜色的衣服，有背包吗？"

招待所的员工回忆了一下："黑色的羽绒服，背了一个包，啊，还有一个红色的大行李箱，不过离开的时候她只是背了个包。"

那就说明行李箱被她留下来了，高临刚这么想着，一名队员急匆匆地跑了过来："队长，在房间里找到一个行李箱。"

高临走进了这个房间，红色的行李箱被放在了床上，他戴上手套将拉链慢慢拉开，然后一下子将它打开。

下一秒，在场的所有人都看到了里面装着的东西——

一具成年女性的尸体。

在看到女性死者的脸时，所有人都倒吸了一口凉气，满脸震惊。

高临视线移向他拿在手中的照片，那张脸和他们要找的蒋雯雯竟然一模一样。

即使徐靖不在现场，高临凭着经验也能看出这具尸体的死亡时间并不止几天，她穿着红色的连衣裙蜷缩在里面，身体已经冰凉。

所有人心里此时最先跳出来的一个疑问便是：死者是谁？

房间里除了这个行李箱之外没有留下任何物品或是痕迹，蒋雯雯显然只是留下了这个装有尸体的行李箱后就离开了。

拍完现场照片之后，高临将行李箱带回了局里送到了徐靖的法医室交由他进行尸检。回到办公室后，他将照片给了徐缓缓。

徐缓缓看着行李箱里的女人，睁大了眼睛，嘴巴微张，表情错愕，她足足看了半分钟的时间，然后看向面前的高临："她……"

高临微微颔首，面色凝重地开了口："和蒋雯雯长得几乎一模一样。我问了招待所的前台，这次她并没有伪装，我给他看了蒋雯雯的照片，他说就是她来订的房间，留下这个装有尸体的行李箱后离开了招待所。"

不同的两个人，却是一样的脸。

队员们最直接的猜测便是："死者和蒋雯雯是不是双胞胎？"

高临对此并不敢肯定："等DNA检测报告出来就知道了。"

等徐靖拿着尸检报告走进刑侦队办公室，里面所有人都齐刷刷地看向了他。

离他最近的一名队员最先开了口："徐法医，死者和蒋雯雯是双胞胎吗？"

徐靖把报告递给了高临，淡淡回了一句："不是。"

高临接过后翻开，第一页便是DNA检验报告，结果显示死者和蒋雯雯没有任何血缘关系。

队员们对此都表示难以相信："不是双胞胎长得这么像？几乎就像是一个人啊！"

然而高临的关注点放在了另一个问题上，他看向徐靖，蹙眉道："徐靖，死者已经死亡了至少五个月，既然已经过了这么久，为什么尸体保存得这么完好，没有腐烂的痕迹？"

徐靖斜靠在桌子旁，给出了解释："在人死后短时间内对其进行防腐处理，尸体可以维持刚死亡时的状态。"

高临继续看了下去，发现了一个更加让人震惊的信息："死者是孕妇？"

徐靖的脸上依旧淡然没什么表情："死亡时已经有一个月的身孕，在她死亡后腹部被剖开，然后又被缝合。"

一尸两命，凶手杀害了一个孕妇，竟然还将她的腹部剖开，为了查看她腹中未成型的胎儿吗？

办公室因为这个发现陷入了短暂的沉默，凶手的残忍程度令人发指。

"死因是脑袋受到钝器敲打造成的机械性损伤，但伤口同样被凶手缝合了，也是死后缝合。"徐靖继续陈述着尸检结果。

高临看着死者脑后的照片，可以看出伤口被缝合得相当细致，腹部剖开又缝合加上缝合伤口，凶手无疑做了很多看似有些多余的事情。在她已经死亡的情况下，缝合死者的伤口是出于什么原因呢？

徐缓缓突然想到了一个问题，看向了站在她不远处的徐靖，毕竟在工作场合，她斟酌了一下，喊了徐法医："有整容的痕迹吗？"

徐靖的视线落在她的脸上，轻轻摇头道："没有。"

"啊……"得到答案后，她低下了头，嘴里嘀咕着，"死亡时间至少五个月……"

结婚两年后因顾贺出轨离婚，死亡时间五个多月，怀孕一个月，离婚半个月后去T市，四个月后回来，原谅顾贺的出轨行为，之后复婚，杀害刘念和顾贺，两个人同样的脸。

那么一切都讲得通了，徐缓缓抬起了头，说出了一个重磅的推断："蒋雯雯已经死了。"

听到这句话，一时间所有人都看向了徐缓缓，离她最近的周齐昌震惊地道："徐大神你说什么？"

徐缓缓微微眯起眼睛，语气笃定地道："真正的蒋雯雯在五个多月前就已经死了，我们现在要找的是假冒的蒋雯雯。"

"这……这怎么可能啊？！"

并不怎么参与到他们查案过程的徐靖却难得开了口："徐顾问说得没有错，从死者腹中胚胎提取出的 DNA 和顾贺的 DNA 进行比对，结果他们是父子关系。"

发现自己的推断被证实了，徐缓缓看向了徐靖，抿嘴笑了下。

"所以说……"

徐缓缓已经有了这整个案子完整的推断，她从椅子上站了起来，看着他们道："真正的蒋雯雯在和顾贺离婚时就已经怀有身孕，但是双方都不知情，离婚后不久她就遇害了。"她顿了一秒，接着道，"去 T 市的应该已经不是她了，而是我们要找的假的蒋雯雯。她在 T 市做了整容手术，所以她才在那里待了足足四个月，因为整容需要恢复期，而且完全伪装成另一个人也需要准备。之后整成了蒋雯雯的脸的她回到了 S 市，取代了蒋雯雯，然后一心要嫁给顾贺，不是爱和痴情，而是因为她要杀了他。"

"天哪，我的鸡皮疙瘩都起来了。"周齐昌搓着自己的手臂，细思极恐。

蒋雯雯已经不是原来的那个蒋雯雯了，她周边却没有一个人知道。估计顾贺至死都不知道，他娶了一个从一开始就计划杀了自己的人。

其他队员的表情也都差不多，显然此时有着一样的心情。

"现在的问题是真正的蒋雯雯是谁害死的？"

周齐昌身体向后靠在椅背上，摸了摸下巴道："应该是假扮她的人杀害了她吧，这样才能替代她，实行之后的杀人计划啊。"

高临听后却摇头否定了他的观点："我觉得不是，如果真的是她杀的，她就不会在没有伪装的情况下引我们到招待所，把装有蒋雯雯尸体的行李箱留在那儿。她分明是想通过这种方式告诉我们真正的蒋雯雯已经死了，她是假冒的。"

"我也赞同高队长说的,她不是杀害蒋雯雯的凶手,而是希望我们查出凶手是谁。"徐缓缓道,"她整容成为蒋雯雯,目的只有一个:复仇。为真正的蒋雯雯复仇。成为蒋雯雯并取代蒋雯雯不是她的目标,而是一种手段。因为她要杀死所有直接或者间接伤害过蒋雯雯的人。"

如果不是因为顾贺出轨和蒋雯雯离了婚,已经怀孕的蒋雯雯便不会在外遇害,悲痛加上仇恨驱使她做出了这样的复仇计划。

徐缓缓说完后高临继续补充下去:"所以她之前就认识蒋雯雯,而迟迟没有离开 S 市的原因,是因为蒋雯雯就是在这里遇害的,她觉得凶手有很大可能还在 S 市。"

周齐昌看向了高临:"队长,所以我们现在要找两个凶手。"

高临的眉头始终没有舒展开:"没错。还有一点,既然她要我们查蒋雯雯的凶杀案,她肯定不会擅自动尸体,所以伤口缝合还有防腐处理应该都是凶手所为。"

"为什么她看到蒋雯雯的尸体之后没有马上报警呢?"蒋雯雯死了五个多月,如果想抓凶手应该一开始就报警,拖得越久线索也会越少,抓住凶手的概率也会降低,非常不利于破案。

高临叹了口气,面色严肃:"她应该是不相信警察,想通过自己来抓到凶手。"

"如果凶手是蒋雯雯身边的人,她认为以蒋雯雯的身份再度出现时,绝对会让凶手暴露自己。"细想之后,徐缓缓觉得可以理解。毕竟一个被自己亲手杀死弃尸的人,几个月后又活着出现了,这么荒唐的一件事必定会让凶手觉得慌张,然后去探寻其中的原因,有些是掩盖不了的。

"然而她猜错了,凶手并不是蒋雯雯身边的人。"

另一名队员双手环胸点头道:"嗯,假的蒋雯雯肯定发现自己没法找出凶手,所以才想出了这招。"

一环扣一环,她费了很多心思,引导他们挖掘出隐藏的真相。徐缓缓有理由相信,对方的目标就是亲手杀了残忍杀害蒋雯雯的凶手,那应该是她最后要做的一件事。

假蒋雯雯的行踪现在成了一个谜,但如果找到杀害蒋雯雯的凶手就能引出她的话，高临决定先查五个多月前蒋雯雯的凶杀案。

对于凶手的侧写，徐靖提出了一点专业上的意见："就防腐处理的方式还有解剖及缝合的手法，凶手应该有一定的相关医学知识背景或者能接触到防腐剂。"

就在这时，在一旁蹙眉沉思的高临突然开了口："我记得一年前在TH区有一个类似的案子，死者也是名孕妇，尸体被装进了一个行李箱里。周齐昌，你查一下。"

周齐昌一搜索，的确找到了高临所说的那个案子。

"死者是一名年轻的女性，二十四岁，腹部被剖开又缝合，死亡时有两个月的身孕，而且，目前还没有找到凶手。"

徐缓缓看着现场的那张照片，死者穿着红色的连衣裙，蜷缩在一个红色行李箱里，和蒋雯雯完全一样的情况——

同样款式的红色连衣裙、同样款式的红色行李箱。

16.
串联与孕妇

半小时后，刑侦队拿到了发生在一年多以前的那起凶杀案的所有案卷，死者叫金萌，二十四岁，大专毕业后就在一家夜店做服务生，未婚但已怀孕两个月。之前办案的警察调查之后发现她和一位已婚男性姚刚正在交往，虽然姚刚否认了，但通过 DNA 检测之后，证实了死者腹中的孩子就是姚刚的。

证据面前，姚刚才承认了自己的出轨行为。他是在夜店认识了金萌，交往了三个多月后，金萌拿着医院的报告说怀了他的孩子，但他有家庭有孩子，也不打算离婚，便让她打掉孩子。但是金萌不肯，提出了条件，于是他给了她一笔钱，没想到拿到钱之后金萌并没有去医院打掉，而是时不时问他要钱，如果不给钱就拿告诉他老婆来威胁他，所以前前后后他已经给了她五万多，直到她遇害。

姚刚无疑有杀害金萌的重大嫌疑，但是金萌遇害的那一天姚刚和妻子孩子在 W 市旅游，并不在 S 市，他有不在场证明，而警方也没有找到他买凶杀人的痕迹，最后便排除了他的嫌疑。

之后警方又找到了几个嫌疑人——在夜店工作的同事还有金萌的前男友，但最终也都排除了他们的嫌疑。凶手至今未被抓到。

徐靖看了尸检报告，死因以及两具尸体缝合的痕迹和手法完全相同，包括防腐剂的使用，可以判定为同一凶手所为。

刑侦队的队员查了死者身上穿的红色连衣裙以及装尸体的行李箱，都是同一款式但非同一批次生产销售的。

两起案子中均未发现凶手的指纹或者 DNA，并且间隔了足足七个月，可以看出凶手选取受害者非常谨慎，并非激情杀人。显然他调查了受害者的情况和背景，跟踪过她一段时间，确定好了最佳下手的时机和地点，将她们带回了他处理尸体的地方，解剖再做缝合以及防腐处理，然后穿上他准备好的红色连衣裙，最后将尸体装进红色的行李箱里。

还有最重要的一点是，装有金萌尸体的行李箱是在她的出租屋里被发现的，据此可以推断凶手也将装有蒋雯雯尸体的行李箱运到了她原先的家里，这是一个非常大胆的举动。

看了受害者的资料之后，徐缓缓发现她们有非常多的共同点，都是年轻女性，二十多岁，身高 167cm 左右，身材瘦长，黑长发，遇害时怀有身孕但处于未婚状态。

显然，凶手的目标是年轻的单身母亲。

徐缓缓用手指在桌面上写上了"母亲"这两个字，她微微眯起眼睛在大脑里搜索了一下，然后抬起了头，在安静的办公室里开了口："我突然想到了几年前的一个连环案件。"

高临放下手里的案卷，偏头看向她："什么案子？"

案件的每一个重点和细节徐缓缓至今都记得非常清楚："死者也都是年轻的孕妇，也都是未婚先孕，不过和蒋雯雯不同的是，她们遇害时已经怀孕四个月以上。凶手将她们绑架后带回自己的家中，把她们绑在椅子上，用胶带封住她们的嘴，他不断问死者是否要这个孩子，但他不会让她们说话。"因为凶手不想听到她们任何的辩解，"除此之外他不会虐待她们，他甚至会抚摸死者的肚子，他会告诉那个孩子马上就会解脱。之后凶手还会到死者住的房子，回来后他开始画画，接着便将她们剖腹，取出孩子，并将子宫切除。"

"我好像想起这个案子了。"周齐昌赶紧查了一下，"啊，对，凶手叫陈永年，一共有三名孕妇被他杀害，最后在医院门口挟持一名孕妇时被抓获。"

当年轰动了一时的案件高临自然记得："被凶手取出的孩子被放在玻

璃器皿里藏在他的床下。"

徐缓缓分析着凶手的心理："陈永年之所以会这样做是因为童年痛苦的经历，他所杀的都是像他母亲那样未婚先孕又难以抚养孩子的未婚妈妈，他觉得她们不配做母亲，不能让那些孩子活下来，杀了他们才能让他们获得解脱和新生。"在他的母亲死后，他的心理已经完全扭曲，甚至把这作为一种使命。

又一次回顾了那桩案子，周齐昌看着电脑上显示的资料，只想说两个字：变态！

徐缓缓会提到这个案子自然不是偶然的，高临蹙眉看着她道："徐顾问，你是觉得这次的凶手也是在找和他母亲类似的女性？"

徐缓缓颔首道："嗯，我觉得凶手是一个年幼时被母亲抛弃的年轻男性，他是看着他母亲离开的，那一天她穿着红色的连衣裙拉着一个红色的行李箱，那个背影应该是深深印刻在他的脑子里。"

"所以凶手在杀害死者之后换上了红色的连衣裙，把尸体装在红色行李箱里，他是在被害者的身上找寻他母亲的影子。"顺着徐缓缓的思路，凶手执着于红色连衣裙和红色行李箱已经可以解释了，但还有一点高临不太能确定，"凶手为什么一定要剖开死者的腹部呢？为了证实她是否怀孕？而且他也没有将胎儿取出，也没有塞进去什么东西。"

"塞进去……"徐缓缓脑子里突然产生了一种想法，并不好的想法。

调查陷入暂时的僵局，徐缓缓一边动着脖子一边拿着杯子走到休息室里。当她把水杯放在饮水机出水口的下方时，她的视线被角落里一把红色的折叠伞吸引住了。她双眼直勾勾地看着那里，完全出了神。

"在想什么？"清冷微哑的声音从背后响起，拉回了她的注意力，修长的手臂从她的侧边伸了过来，与此同时她向后看去。徐靖因为俯身的动作而凑近她，他们的脸离得很近，但是因为身高差，徐缓缓视线平视只能看着他的嘴唇。

鼻尖是她熟悉的清冽气息，此时她如同被他从身后抱住一般，她眨了眨眼睛，脸不受控制地微微染上了红晕。

“嘀”的一声。

听到声音的徐缓缓转回了头，才发现徐靖按下了饮水机的按钮，这时她才意识到刚才自己只是把杯子放好根本没有放水。

等水放到了一半的位置，徐靖又按了按钮，垂眸看着她：“好了，喝吧。”

徐缓缓拿起水杯喝了一口，有一些困惑：“案子，我在想案子，凶手的一些行为我好像理解不了。”

徐靖把黑色的马克杯放在饮水机下，他看着流出的水，给了徐缓缓一个侧脸，语气里依旧没有什么波动：“凶手在年幼时被他母亲抛弃，对吗？”

徐缓缓捧着杯子，颔首道：“嗯，他亲眼看着他母亲离开。”

徐靖单手拿起杯子，身体微靠着柜边，抬眼对上她的视线，低缓的嗓音中带着一丝悲凉：“那他一定在等着她回家。”

徐靖眼神中的细微变化被徐缓缓看在眼里，他和凶手一样，在年幼时被母亲抛弃，她突然意识到他说的是自己的感受：“回家……所以他才会把装有她们尸体的行李箱送回她们的家里。”

徐靖喝了一口水，点了下头。

他一定也等了很久，从等待到绝望，徐缓缓心里也像被刺痛一般：“那种痛，现在没事了吗？”

徐靖把杯子放在柜子上，表情淡淡：“早就忘记了。”

怎么可能忘记呢，只是封存了自己的记忆而已。

徐缓缓放下杯子，突然冲过去抱住了他。

突如其来的拥抱让他的身体一僵，但随后他微微弓着身体，下巴轻轻抵在她的脑袋上，他们一个字都没说，却都知道这个拥抱的含义。

这个短暂的拥抱被一通电话打断，还是徐缓缓的手机，她松开手拿出手机一看，是她爸打来的，她赶紧接了起来。

“喂，爸爸。”

徐爸爸的声音传了过来，语速很快：“缓缓，有个男孩子找到家里来了，说是来找你的。”

“男孩子？”徐缓缓下意识地去看徐靖，很少有人知道她父亲的住处，更别说是男性了。

不知道对方姓名的徐爸爸还给自己女儿大概描述了一下："嗯，人挺高长得挺好看的。"

徐缓缓的神经一下子紧绷起来，没有丝毫的思考，大脑里一瞬间就想到了一个名字——言洛。

然而下一秒，她又觉得也许不是，但又想不到其他人。

徐缓缓高度紧张："爸，你让他进来了？"

徐爸爸丝毫没有意识到危险性："是啊，总不能把他关在门外。"

危险了，徐缓缓赶紧说："爸爸，你让他听电话吧。"

徐爸爸迟疑了一下："哦。"

在听到对方拿起手机后，徐缓缓声音微冷地叫出了名字："言洛？"

下一秒，对方的声音传了过来："是他叫我来找你的。"

声音也的确不是言洛的，徐缓缓松了口气的同时又紧张起来："你是谁？"

对方没有表明身份，却给出了一个提示："你们应该也在找我吧。"

他们在找的年轻男性，对方是谁已经很明显了，让一个杀人犯找到她父亲的家里，徐缓缓此刻想杀了言洛的心都有，但现在更关键的是……

"你想……"

就在这时，从手机里传出一声重击，紧接着有人倒在了地上，还有手机坠落的声音。

徐缓缓看不到那里发生了什么，她不知道倒下的是谁，重要的是她爸爸有没有危险！

她只觉得自己的心脏快要跳出来了，紧捏着手机大叫着："爸！爸！"

下一秒传来了说话的声音："哎呀，不会被我敲死了吧。"

听到是自己爸爸的声音，徐缓缓松了口气，看来那人被她爸爸用重物砸晕了。

在确定对方还没死之后，徐爸爸拿起手机："缓缓。"

徐缓缓担忧地问："爸，你没事吧？"

徐爸爸的语气反倒带上了点自豪感："没事，有事的是他。"

徐缓缓叮嘱道："那你用绳子把他绑起来，我马上带警察过去。"

　　徐缓缓和高临他们很快就赶到了徐爸爸的家里，大门开着，徐缓缓最先冲了进去，看到了被绑在椅子上的一个年轻男子，还有坐在沙发上、手里拿着菜刀的爸爸。

　　徐缓缓只是扫了那个男人一眼，直接跑到徐爸爸旁边坐下，拉着他的手，满脸的愧疚："爸爸。"

　　徐爸爸看着她的脸，拍了拍自己的胸脯："干吗露出这种表情，我又没事，这小伙子是你们要抓的人？"他指着被松绑然后被高临戴上手铐的那个年轻男人。

　　徐缓缓点了点头："可能是的。"她这时才去细看对方的外貌，长相清秀，表情麻木。

　　等对方被带走之后，徐爸爸激动地问自己的女儿："缓缓，我这算不算是帮你们抓住了嫌疑人啊？"

　　徐缓缓大幅度地点了点头："当然算了，不过爸，你怎么会想到砸晕他的？"

　　徐爸爸一脸"我多么机智，反应多么快"的表情："你给我暗示了啊，你让他接电话不就是为了转移他的注意力，然后让我从背后砸他吗？"

　　徐缓缓让他接电话其实只是为了确认他的身份，根本没想到让她爸去做这样有些冒险的举动，于是她只能干笑着道："反正你没事就好。"

　　经历了这样惊险的事件，徐爸爸倒没什么，但徐缓缓却是后怕，她心想总有一天要让言洛付出代价。

　　准备离开时，徐缓缓看到掉落在地上的一副黑框眼镜，她家没人戴眼镜，显然是那个年轻男人倒在地上时落下的。她抽了一张纸巾将眼镜捡了起来，和徐爸爸告别后走了出去。

　　回到局里半小时后，徐缓缓在审讯室里见到了这个年轻男人。

　　徐缓缓在他的对面坐了下来，看着他毫无表情的脸，没有问他是谁，也没有问他是否杀了谁，而是："为什么来找我？"

　　他开口道："言先生说你可以帮我。"

　　言先生……他真是每一个案子都要掺一脚，徐缓缓在心里骂了一遍臭腌萝卜，开口时表情淡然："你要我帮你什么？"

"找到我的母亲。"提到"母亲"两个字，他的眼神里竟然流露出了恳求。

他看上去二十岁左右，年幼时看着母亲离开，也就是说他等了她十多年，执着地等着她回来。

徐缓缓已经基本肯定他是谁了，于是便问："那你得先告诉我你五个月前和这两个月都干了什么？"

"杀人。"他面无表情地承认了，眼神空洞而麻木，"我杀了两个女人。"说出这句话时，徐缓缓感觉他就如同没有情感一样，他杀了的可是两个活生生的人，而他表现得就像是踩死了两只蚂蚁一般。

徐缓缓将蒋雯雯和金萌的照片推到他面前，然后观察着他的表情："是她们吗？"

"对。"

徐缓缓在他的脸上没有找到任何撒谎的痕迹，她们的确都是他杀的，她便问道："你的名字还有你母亲的名字。"

他眨了下眼睛，回答道："顾铭，我母亲的名字……不记得了。"

哪里不对劲，顾铭找到了她，承认了自己的罪行，看上去是为了让警方帮助他找到自己母亲而选择了自首。但徐缓缓有一种强烈的不安感，因为言洛牵扯进来了，他可不是那种会劝人自首的人。她几乎可以肯定，事情不会这么简单。

徐缓缓眯起眼睛看着他："还有什么你没说的吗？"

"我绑架了一个女人。"他依旧用不带任何感情的语气说了出来，如同一个机器人一样。

果然，徐缓缓咬了下嘴唇，声音冷了下来："她现在在哪里？"

顾铭没有回答她的问题，而是提出了交易条件："你们帮我查到我母亲的名字，我就告诉你们那个女人的名字。"

让徐缓缓最担心的一种情况发生了："所以你的意思是，我们要救那个女人，就必须先找到你的母亲，对吗？"

说完那句话之后，顾铭没再说一个字，就这么面无表情地坐在那里，眼神麻木而空洞，无论徐缓缓说什么，他都像什么都没听到一般，甚至最后闭上了眼睛。

显然，查不到他生母的名字，顾铭不会开口说话了。

拿他没办法的徐缓缓无奈地走出审讯室，高临他们已经在查顾铭生母的资料，然而麻烦的是顾铭连出生记录都没有，直到五岁时被孤儿院收养。

徐缓缓看着周齐昌打印出来的顾铭档案："所以说顾铭从出生到五岁之前的记录是一片空白？"父亲母亲都是未知，他准确的出生日也未知，最后是以他进入孤儿院那一天作为他的生日。

周齐昌看着她道："没错，他被孤儿院收留之后，没有被其他家庭领养过，直到十八岁离开。"

徐缓缓发现顾铭的学习非常好，成绩稳得能考上 S 市排名前三的一本大学，然而他并没有参加高考，直接选择了出去工作。

高临看了一眼周齐昌发到他手机上的地址："我先去孤儿院一趟，查一下当年他被收养时的情况。"那里是他成长的地方，留有他痕迹最多的地方。

徐缓缓一听，放下手中的资料："我也去。"

一个小时左右，他们到了那家孤儿院，见到了院长。一位五十岁左右的女性在院长室里接待了他们，高临提到了顾铭的名字，吴院长想了一下便记了起来："小铭啊，他是我们这儿最聪明的孩子。"

高临问道："院长，他是五岁时到您这边来的对吗？"

毕竟过了这么多年，吴院长显然对准确的时间记不太清了："你等一下，我让人把他的档案找出来。"

"好，麻烦了。"

没多久后，院里的一位老师拿来了顾铭的档案。

高临接过后看了一下，顾铭是五岁时被送来的，他是一个人在外面流浪时被巡逻的警察发现的。警察找到他时，他的身体很虚弱，两三天没怎么吃过东西，贫血还有脱水，在医院治疗之后，因为找不到他的任何亲属，最后被送到了孤儿院。

高临突然看到了一条记录："他不会说话？"

吴院长点了点头，叹了口气道："是啊，小铭是个可怜的孩子，刚送来的时候一句话都不说，医生检查后说不是身体上的问题，而是心理上的问题，应该是经历了痛苦的事情。不过两个月后，他就开口说话了，我还记得，他说的第一个词是'妈妈'。"

送过来时他只记得自己的名字，但并不知道母亲的名字，父亲也从来没有见过，就连他原本住的地方也不知道在哪儿。

而徐缓缓在另一边看到了顾铭画过的画，有很多张都是画着相同的画面，一个穿着红色连衣裙的长发女人拉着一个红色行李箱往门外走去。

这一幕他记了十多年没有忘记，随着年纪的增长反而记得更加深刻。

徐缓缓看着画纸右下角的日期，每一年他都会画一张类似的画，相较于幼年时画的，后面的几张添加了很多细节，门、门口的鞋柜、墙壁上的钟以及女人脚上穿着的高跟鞋。

正在研究画的徐缓缓听到高临的声音从后面传来："徐顾问。"

她回头看着他走过来："怎么样？查到些什么了吗？"

高临摇摇头，面色不怎么好："并没有什么，顾铭是在外面流浪了两三天后被警察发现的。他母亲离开后，他应该是出门找她，反而迷路了，被找到时脱水贫血。还有他刚进孤儿院的时候出现了短暂的语言障碍，两个月后才恢复。"

"他母亲抛弃他对他造成了极大的心理创伤。"徐缓缓说完将手中的画给高临看，"这是他这么多年画的画，画的基本都是他母亲离开的画面。"

然而这些线索还是无法让他们找到顾铭的母亲。

对于已知的线索，徐缓缓能推测的是："顾铭没有他父亲的印象，所以我推断他母亲应该是单身妈妈。"

高临补充道："还有，顾铭是在 CH 区被发现的，一个五岁的孩子，在外面流浪了两三天，他应该不会走很远，所以他原本住的地方大概是在 CH 区和 YG 区。"

徐缓缓听后点了点头，这是很合理的推断。

就在这时，高临的手机响了，他接了起来放在耳边："喂，徐靖，没找到？好，我知道了。"

他挂了电话，面色凝重地看着徐缓缓："在 DNA 库里没有找到和顾铭有血缘关系的人。"

　　显然，要找这么一个失踪了十六年还不知道名字的女性太艰难了，更麻烦的是还有一个无辜的女性现在下落不明，而且她还是孕妇，每一分一秒都关系着两条人命。

　　高临和徐缓缓将顾铭的档案还有他画的画都带回了局里。

　　时间紧急，线索又太少，周齐昌提议："要不要登个寻人启事什么的？把顾铭小时候的照片还有我们知道的信息放在微博上，可能他母亲看到之后会联系我们呢？"

　　高临思索了一下觉得也是个办法，便道："试试吧。"

　　周齐昌很快将消息编辑好后发到了微博上，原本他们并没有抱多大的希望，然而两个小时后，他们竟然得到了一条重要的信息——有人认出了顾铭，那位余先生住在 YG 区，表示他记得顾铭小时候就住在他家楼下。

　　高临他们很快联系上了那位余先生，问清楚地址后立刻赶到了那里。

　　余先生住在 402 室，而他说顾铭的家在 302 室，因为他一直住在这里，所以对这里的住户都有印象。他记得那里曾经住着一对母子，是孩子刚出生后搬进来的，是一个年轻的女子，似乎是一个人带着孩子，没看到有男人来过。然后在孩子五岁的时候，就再也没有看到过他们母子，房子一直空置着，之后也没有谁来过。

　　高临打开了门，已经空置了十多年的房子，里面自然有些味道以及很多灰尘，墙角还有一些蜘蛛网。

　　他们走了进去，在卧室里翻找着能查到顾铭母亲信息的东西。而徐缓缓手里拿着顾铭在十八岁时画的那幅画，看着门口的方向，鞋柜还有墙壁上的钟都和顾铭画的位置差不多。徐缓缓慢慢向后倒退着，直到背后撞上了墙壁，然后蹲了下来，他应该是在这个位置看着他母亲离开的，如果是更靠近门的地方，就看不到墙壁上的钟了。

　　在蹲下的同时，她发现旁边有一个旧柜子，柜子上留着两个圆孔，应该是把手坏了。她将手指塞进孔中把柜门打开，里面什么都没有，它只是一个空的柜子。

　　徐缓缓盯着那个柜子良久，她突然有了一个念头，顾铭是在这个位置看着他母亲离开的，那么也有可能是在这个柜子里通过那两个孔，看着他母亲离开的。

为了验证自己的想法，她把柜子移到一边，在那个位置蹲了下来，抬起右手卷成一个圆放在自己的眼前，闭上了另一只眼睛，的确，这样也可以看到。

徐缓缓突然想到了什么，拍了拍沾了灰的裤子站了起来，然后又走向门口，打开了鞋柜。两层的鞋柜只放了并不多的鞋子，有两双孩子的鞋，还有三双是女鞋，一双运动鞋还有两双单鞋。

这时高临从卧室走了出来，看到蹲在门口的徐缓缓："知道顾铭母亲的名字了，顾景怡。"

然而徐缓缓不知道在想什么，没有一点反应，眼睛直勾勾地看着鞋柜。

"徐顾问。"

喊了两声之后，徐缓缓才意识到有人在叫她，扭头看去："嗯？"

对上她的视线，高临又重复了一遍："可以告诉顾铭他母亲的名字了。"

徐缓缓有些心不在焉地点了点头，表示自己知道了，然而脸上并没有表现出一丝丝的喜悦。她微微拧着眉头咬着嘴唇站了起来，往高临那里走去，在他的面前停了一下："我看一下卧室。"

"好。"

走进卧室，徐缓缓直接打开了衣橱，里面放着一些女装，另一边放着孩子的衣服。

高临跟在她的身后："看来她没带走什么东西。"

听到这句话，徐缓缓翻着衣服的手一顿，紧接着颤抖起来。

高临从刚才就发现徐缓缓似乎有些不对劲，看到她的手在颤抖便担心地问："徐顾问，怎么了？"

几秒后，徐缓缓转过头看着高临，眼神里透露着一丝震惊恐惧，她抿了抿嘴开了口，声音里都带上了颤音："顾铭画里的女人都是穿着高跟鞋还有红色的连衣裙离开的，但是鞋柜里没有一双高跟鞋，全是平底的。"她又指着手里的衣服，"还有她的衣服，都是黑色、棕色和白色，没有一件鲜艳的衣服。"

高临蹙眉看了过去，的确就如同徐缓缓说的那样。

徐缓缓继续道:"然后是女人离开时拖走的红色行李箱,但是奇怪的是没有带走什么东西。"

"还有,"徐缓缓说着往客厅里走,把高临带到了柜子的位置,"我觉得顾铭是在这个柜子里透过这两个孔看着那个女人离开的,为什么孩子会在这里面?或者说为什么被藏在这里面?"她问完自己又说了下去,"因为有危险。"

高临意识到了徐缓缓想表达什么,震惊地睁大了眼睛:"危险?你的意思是……"

徐缓缓垂下的手紧紧攥拳,用力地说了出来:"如果顾铭看到的那个穿着红色连衣裙和高跟鞋、拖着一个红色行李箱的根本不是他母亲呢?"

她会得到这样的推断是因为:"高跟鞋、红色连衣裙、红色行李箱这三样东西都出现在一个女人身上本身并不奇怪,但出现在这个房子里却很突兀,因为它们本来就不属于这里。"

"所以还有一个女人。"除了原本住在这里的顾景怡之外的一个女人。

"而顾铭躲在柜子里看到的就是这个女人。"徐缓缓的视线落在那个柜子上,大脑里重演了那一幕的情景,"他的母亲肯定是意识到了危险,于是为了保护顾铭,让他藏进这个柜子里,叮嘱他不要说话、不要发出声音更不能出来,然后那个女人来了,最后顾铭目睹了她拉着红色行李箱离开的那一幕。"

"女人离开之后他的母亲也消失了。"那么答案已经昭然若揭,"顾铭的母亲在那个红色行李箱里。"

徐缓缓目光悲切:"恐怕是这样。"

高临双手叉腰看着门口,长长呼出一口气,声音低缓:"所以顾铭这么多年画的不是他的母亲,而是带走他母亲的女人。"顾景怡不是抛弃了自己的儿子,而是失踪了或者遇害了。

旁边的一名队员有些不理解:"那为什么他从来没有说出来呢?他完全可以把他母亲被带走的事情说出来啊!"

徐缓缓却摇头道:"因为他说不出来,精神上的压力还有刺激导致了他暂时的失语。虽然之后恢复了,但关于那时发生的事情他已经没法说出来了，因为他一直记得他母亲最后对他说的话——不要说话，不要说话……"

高临没想到案件居然会是这样的发展："无法说出，所以他才画下来吗？"

徐缓缓低头看着手中的画："他一遍又一遍地画下来，但是十几年来没有人能发现他画中的秘密。"

"我们理解错了他杀人的原因，他不是因为怨恨，求救，他是在求救。"用一种极端的常人无法理解想象的方式，徐缓缓突然都理解了，"所以他才会把蒋雯雯和金萌的尸体放在行李箱里，因为他的母亲就在里面，把她们的尸体送回家是因为他在等他的母亲回来。"凶残变态的行为之后隐藏着他的悲凉和等待。

高临蹙眉看向她："他是觉得他母亲还活着？"

"不。"徐缓缓摇了摇头，"恰恰相反，他觉得他母亲已经死亡，他要我们找到的是他母亲的尸体还有凶手。"徐缓缓指着画中的女人，"极有可能就是这个女人。"

高临沉声道："在 DNA 库里没有找到就说明顾景怡的尸体至今都没有被发现。"十多年都一直没有被发现的尸体短时间内找到的可能性微乎其微，那么，"首先还是要先找出凶手。"

鉴证科来了之后，高临继续在房子里搜查线索，徐缓缓先回了局里，又一次进了审讯室。

从徐缓缓进去之后，顾铭就一直看着她。

她拉开椅子在他的对面坐下，对上他的视线："顾景怡，你母亲的名字叫顾景怡。"徐缓缓把在卧室里找到的他母亲和他的合照放在他面前，"我们找到了你原本的家。"

顾铭慢慢低下头看着那张照片，麻木的眼神终于破裂，他紧紧咬着嘴唇，伸出手小心翼翼地触碰着他母亲的脸，眼泪夺眶而出，滴落在他的手背上。

徐缓缓看着他把照片拿了起来贴在自己的脸上，像是在感受着什么，她开口叫了他的名字："顾铭，按照约定，告诉我你绑架的女人的名字。"

顾铭用照片摩挲着自己的脸，眼神里流露出依恋，如同一个孩子一般。片刻之后，他轻声说出了一个名字："赵可心。"

得到名字后，徐缓缓并没有马上离开，而是把他画的画展开后又放到他的面前："是这个女人带走你母亲的对吗？"

顾铭的眼睛死死看着画上的女人，把手里的照片紧紧贴向自己，仿佛要揉进自己的身体里一般，他全身剧烈地颤抖起来，恐惧的眼神里掺杂着愤怒。他的嘴动了动，似乎想说什么，但又发不出任何声音。他努力尝试了好多次，就这么憋红了脸。

"铭铭，无论等会儿发生了什么事都不要说话，不要发出声音，不然妈妈就要离开你了。"

"铭铭要乖乖的对不对？一定要听妈妈的话好不好？"

妈妈的声音又一次出现在他的脑海里，他用力抓着自己的脸，表情痛苦。

他内心的挣扎徐缓缓完全体会得到，她身体前倾，压低自己的视线，声音轻柔地道："顾铭，没事了，现在可以说了，没有危险了，你可以说了。"她一遍又一遍地告诉他。

顾铭的脸上被他自己抓出了红痕，两种声音混合在一起扰乱着他，他用手狠狠抠着自己的脸，哽咽着说了出来："是……是她。"

"是她，是她，是她……"一遍又一遍，十多年没有说出口的话，终于在今天喊了出来，十多年的悲痛在这一刻全部发泄了出来。

"妈妈，妈妈……"

徐缓缓静静地看着他，这是由十多年前的一场悲剧所引发的一系列罪恶，如同蝴蝶效应一般，牵扯到了越来越多人的性命。

是时候结束这一切了，徐缓缓又说："顾铭，我们会帮你找到这个女人还有你的母亲，查清楚当年发生的事情，所以，告诉我赵可心在哪里？"

顾铭红着眼眶看向她，满脸的迷茫。

"相信我，好吗？"

顾铭闭上眼睛点了点头，告诉了徐缓缓一个地址。刑侦队赶到了那里，找到了被绑着的赵可心，把她送到了医院，所幸她只是受到了惊吓，她和腹中的胎儿都没有事。

那么，现在就得查十六年前顾景怡的失踪案了。

徐缓缓看着周齐昌查到的关于顾景怡的全部信息：在她高中时，父母车祸死亡，高中毕业之后便出来工作，失踪时才二十六岁，未婚妈妈，没有关于孩子父亲的任何信息。

徐缓缓算了一下时间："顾景怡是在工作后怀孕的，她曾工作过的单位还在吗？"

周齐昌颔首道："嗯，虽然改名字了，但是公司还是存在的。"

拿到地址之后，徐缓缓决定去一趟那个公司，高临还在顾铭原先的家里，而其他人也在外面，她便打算一个人去。

她刚拿着包往门口走，衣领却被人从后面轻扯了一下，回头一看是徐靖，他已经换上了大衣。

徐靖松开了手，走到她身边，偏头看着她："走吧。"

徐缓缓一愣，随后轻笑了起来，抬着头看着他的侧脸："你陪我去啊？以什么身份呢？助手？"

徐靖没有看她，嘴角却噙着一抹若有似无的笑，揉了揉她的脑袋。

四十分钟后，两人到了目的地。

进入公司后，徐缓缓向里面的工作人员说明了来意，负责人出来接待了他们。

负责人看上去三十出头的模样，显然不可能知道二十多年前在这家公司工作过的顾景怡。

徐缓缓又说："二十四年前她曾在这里工作过，我们想了解一下她的情况，所以想问下，有在这家公司工作了二十多年的员工吗？"

负责人想了下："应该有几位，等一下，我让人事查一下。"

很快，四位在这家公司工作超过二十年的员工被一起叫了过来。

徐缓缓把顾景怡的照片放在他们面前的茶几上："她叫顾景怡，二十四年前进入这家公司工作的，你们对她有印象吗？"

"顾景怡，好像有点熟悉。"

坐在最旁边的一位鬈发阿姨像是想起了什么，指着照片道："她是不是那个，那个……"话到了嘴边，就是说不出来。

拿着照片的叔叔一拍大腿："啊，顾景怡，我想起来了，她和我差不多时间进公司的，后来不干了。"

鬈发的阿姨也记了起来："和那个贺……贺文强谈朋友的是不是她？"

"对对，就是她。"

听到了新的名字，徐缓缓赶紧问："叔叔，贺文强也是你们公司的？"

"对啊，也是差不多同一时间进公司的，和我一个车间的。"

既然没有被叫来，说明他应该已经不在这里工作了，徐缓缓便问："他是什么时候离开公司的？"

那位叔叔回忆了一下："比顾景怡离开得还早呢，突然有一天就不来上班了，家里也找不到他。"

徐缓缓觉得有些不对劲："后面就没再来过？"

"没来过，这之后没多久顾景怡也不来了。"

鬈发阿姨摇头道："估计啊是不想负责吧，据说顾景怡那时候已经大肚子了，所以贺文强知道后就逃走了吧。"

怀孕……所以说顾铭的父亲极有可能就是贺文强。

走出那家公司，徐缓缓给周齐昌打去了电话："周哥，查一下贺文强这个人，他在二十多年前和顾景怡在同一家公司工作过。"

根据这个线索，周齐昌很快找到了符合的人："嗯，我查到了。"

徐缓缓："有他现在的信息吗？"

周齐昌把他的档案点开一看："咦？奇怪，他最后的一条记录就是在那家公司，二十二年前，之后他人就……"

徐缓缓继续说了下去："像失踪了一样。"

"二十多年前的失踪案要怎么查？"他们都有些迷茫，毕竟这不是一年两年，而是这么多年前的案子了。

高临沉思了一番后看向周齐昌，对他道："你先查一下贺文强当时的住所还在吗，还有他的家人。"

周齐昌搜索了一下有了发现："房子早就不在了，十年前就拆迁了，家人的话，他还有一个姐姐。"就在他们以为可以向贺文强姐姐了解当年的情况时，周齐昌接下来的一句话无疑让这种希望落空，"但是，他姐姐在精神病院里。"

谁也没想到贺文强现在唯一的亲人竟然患有精神疾病。

高临蹙眉道："他姐姐是哪一年住院的？"

周齐昌调出了记录："很早，在二十一岁的时候，也就是贺文强十九岁的时候。"

徐缓缓想了下道："那就是在他失踪之前了。"应该和他的失踪没有什么关系。

"对的。"

"把精神病院的地址发给我。"高临决定还是去看看，毕竟是眼下唯一的线索了，"还有继续追踪整容成蒋雯雯的那个女人的下落，着重查蒋雯雯待过的那家孤儿院，和她同一时期待过那里的孩子名单。"

高临和徐缓缓到了那家精神病院，的确找到了贺文强的姐姐贺文英，她坐在病房里的椅子上，看着窗外格外安静，一动也不动。就这么看着她，很难想象她发病的时候。

带着他们过来的一个中年护工感叹道："二十多年了，没有人来看她。"

高临收回视线看向那名护工："她应该有个弟弟吧，来看过她吗？"

护工听后点了点头，然后叹着气道："哦，对，她那个弟弟，很久之前每周都会来，突然有一天就再也不来了，人都不知道去哪儿了，联都联系不上。不过最后一次来的时候预付了他姐姐三年的住院治疗费，感觉啊是把他姐给抛弃了。"

虽然不知道确切的时间，但应该就是在贺文强失踪之后，才再也没能到这里来。

"除了她弟弟之外，还有人来过吗？"

徐缓缓这么一提醒，那名护工倒是想到了："有，我好像记得，之后有一个年轻的女人来过，人挺高的，长得也特别漂亮，不过就来了一次，待了没多久就走了，也不知道和他们这家人什么关系。"

高临拿出了顾铭母亲顾景怡的照片给她看："是她吗？"

护工拿过照片仔细看了一会儿后摇了头："好像不是，那个女人感觉更加漂亮些，穿着特别鲜艳的衣服，所以我印象很深。"

高临和徐缓缓对视了一眼，心里都在想，莫非是带走顾铭母亲的那个女人？

徐缓缓想到了什么，便问了一句："阿姨，她弟弟来的时候曾带来过什么东西交给她吗？"

"她弟弟来的时候都是给她带吃的水果什么的。"

等护工去照料贺文英，徐缓缓抬头对高临道："那个女人应该是来找什么东西的，贺文强手上肯定握有什么让他因此丢了性命的证据。"

高临双手环胸微微颔首："顾铭的家里也有被翻找的痕迹，显然她在贺文强的家里还有这里都没有找到。"但现在不确定的是那个东西到底在哪里，有没有被那个女人拿走？

当然那个女人没有找到的东西，二十多年后要找到更是希望渺茫。这条路行不通，徐缓缓沉思片刻后决定换条思路。

"高队长，不如查一下二十二年前发生过什么其他的案子？她可是又杀了两个人。"

高临也觉得这个想法可行："嗯，我让周齐昌查一下。"

周齐昌接了电话："二十二年前在贺文强失踪前发生的案子啊……有，但不少啊。"

高临："重大案件呢？"

周齐昌直接找到了当年最轰动的案子："连环抢劫案，其中一起就在贺文强失踪的前一晚，但是抢劫犯已经抓到了，是一个叫汤晓筱的年轻女人，等等，她还杀了同伙。"突然看到的图片让周齐昌倒吸了一口凉气，背脊一阵发凉，"我的天哪……"

听到是年轻女人，高临目光变得凌厉起来："怎么了？"

"她杀了同伙，"周齐昌顿了一下，咽了口口水，"然后把尸体装进了一个红色行李箱后埋了。"他觉得自己对红色行李箱都产生无法磨灭的阴影了。

又是红色行李箱，高临隐约觉得不是巧合。

"她是哪一年被抓的？"

"十二年前找到了她同伙的尸体，在尸体上采集到了她的DNA，所以才能抓到她，当年被执行了死刑。"

高临收到了周齐昌发来的照片，照片上的年轻女人的确非常漂亮，他把照片给那名护工看，对方看了一会儿点了点头："好像就是她。"

多种迹象表明，也许汤晓筱就是十六年前把顾铭母亲装进行李箱带走的女人。

高临和徐缓缓回到了警局，细看当年的案卷之后的确发现了一些疑问。虽然汤晓筱在证据面前承认了自己谋杀同伙的罪行，但当年的警察在查案时一直推测抢劫犯有三名，不过汤晓筱坚持称只有两人，因为之后也没有找到新的证据，最后便这样结案了。

徐缓缓这时突然想到护工之前说过的一句话："贺文强最后去精神病院的时候预付了他姐姐三年的治疗住院费用，这可不是一笔小数目。"当年贺文强并不是抛弃了他的姐姐，而是应该已经预料到了自己之后的下场。

以贺文强的家境以及工资是不足以一次性支付这么多费用的，这显然是存在问题的。

高临沉声道："所以说贺文强可能也是当年连环抢劫案的抢劫犯之一。"

如果是这样的话，就能理清整个案子了。

高临继续道："那个时候顾景怡正好怀孕了，看来贺文强可能是想干完这一次后就收手，但显然汤晓筱并没有同意。贺文强手里有他们三人犯罪的证据，这无疑威胁到了汤晓筱，所以她起了杀心，杀了他并埋尸。后来，她并没有在贺文强那里找到那个所谓的证据，在贺文英那里也没有找到。而恰恰顾景怡在那个时候失踪了，汤晓筱怀疑她也知情，追踪了几年后找到了她住的地方后杀了她。"

十二年前，汤晓筱已经落网并执行了死刑，案件追查到这里就这么戛然而止，让人有一种无力感。

但对他们而言显然还不能结束，徐缓缓抬眼看向他们，眼神坚决："接下来就得证实我们的推断了，找到顾景怡和贺文强的尸体。"

只有找到受害者的尸体才算真正结案。然而两起案件一起发生在二十二年前，另一起发生在十六年前，现在要找到尸体并非易事，而且凶手汤晓筱已经执行了死刑，也就是说唯一知道埋尸地点的人已经不在了，他们现在手上唯一有的线索就是当年的案卷。

汤晓筱埋另一名同伙周自来尸体的位置在 S 市的 TH 区，她名下有一辆轿车，显然就是运尸体时所开的那辆。尸检结果显示周自来是在十五年前遇害的，之所以会在十二年前被发现，是因为那块土地建了房子，挖出了装有尸体的红色行李箱。

根据现在的线索，高临对于埋尸的地点有了一些推断："汤晓筱用来埋尸的地点可能会选相似的地方，因为有两具尸体过了几年都没有被发现，所以第三次她还是会选择差不多的地方，所以肯定是有相似性的。"

"挖到周自来的尸体之后，当时的警方在那里进行过一次大范围搜索，可以确定周围没有其他尸体。"

高临摇头道："她这么缜密的人也不会将三具尸体埋在同一个地方，被发现的风险太高了。"

徐缓缓在一旁看着当年的审讯录像时，放在口袋的手机响了。按了暂停键后，她拿出来一看，陌生的号码，但是末尾又是 14。

言洛。

徐缓缓深信，他打来电话绝对没有什么好事，她翻了个白眼接了起来。

下一秒，略显轻浮的声音从手机里传了出来："缓缓，中午好。"

徐缓缓抿着嘴没说话，等着他说明打来电话的原因。

迟迟没听到她的声音，言洛对此并不介意，轻笑了一下继续道："你们现在应该在找顾铭父母的尸体吧。"

言洛完全算到了他们的一举一动，徐缓缓并没有多惊讶，他一向喜欢掌控全局，在暗处做一个支配者。

言洛身体放松向后靠去，嘴角始终噙着愉悦的笑："要不要和我玩一场游戏？很简单，谁先找到他们的尸体谁就是获胜者。"

徐缓缓想也没想直接回绝掉："不要。"他提出的任何事情都带有他的目的性，最直接的方式就是不参与。

"为什么？这个比赛对你没有任何损失，如果你赢了还有奖励呢，想不想知道……"

徐缓缓冷声直接打断了他的话："没兴趣。"

她的声音比平时都要冷，言洛突然意识到有些不对劲，他在心里揣测着，语气里难得地透出不确定和一丝慌张："你……生气了？因为我告诉顾铭你父亲的地址？"

徐缓缓只是警告了他一句："言洛，不要把我的家人牵扯进来。"

果然是生气了，言洛还想说什么，结果下一秒就听到电话被挂断的声音，他看着手机屏幕，大拇指摩挲着嘴唇，喃喃自语着："真是无情啊！徐缓缓。"

言洛放下手机看向了此时在房间里的另外两个人："如果，如果惹一个女人生气了应该怎么做？"

对面的人看着他，一个面无表情地吃着蛋糕，一个露出疑惑的表情。

"得做些什么啊。"言洛低语着，单手撑着下巴，他似乎是想到了什么，抬眼看向了其中的一个女人，眼眸微闪，嘴角慢慢勾起了一抹笑，"你去自首吧。"

女人一愣，不可置信地看着他："什么？"

言洛虽然还是笑着，但眼神里布满了阴霾和狠意，声音阴冷到了极点："要我说第二遍吗？"

一个半小时后。

一名队员突然冲进了办公室，看到高临便叫道："队长，蒋雯雯，啊，不，假的蒋雯雯来自首了！"

徐缓缓在审讯室里见到了来自首的那个女人，的确是和蒋雯雯一模一样的脸，她在女人对面坐了下来，一开口便叫了一个名字："杨静？"

对方的反应让徐缓缓确定了他们的判断没有错，周齐昌找到了和蒋雯雯同一时期在那家孤儿院的孤儿名单，筛选之后只剩下最有嫌疑的一个人，就是一个二十六岁叫杨静的女性。

虽然知道了她的身份，但他们并没有锁定她所藏匿的位置，徐缓缓觉得有些奇怪："你为什么突然想到来自首？"

杨静很随意地道："你们抓到了杀害蒋雯雯的凶手不是吗？"

"嗯，他叫顾铭。"虽然有些不妥当，但徐缓缓还是将顾铭之所以会杀害蒋雯雯的原因告知了她，因为这世上应该只剩下她一个人关心蒋雯雯为什么会被这么残忍杀害。

听完后，杨静咬着嘴唇沉默了很久，手紧紧攥拳，在克制着她的怒气，心中充满了无法亲手复仇的无奈和怨恨。片刻之后，她似乎冷静了下来，突然问了一个问题："你就是徐缓缓？"

徐缓缓愣了一下，随后微微眯起眼睛看着杨静，意识到了一些问题，知道杀死蒋雯雯的是顾铭的人除了他们之外应该只有言洛一个人，而一个小时前她和言洛才通了电话，紧接着杨静就来自首了，那么答案只有一个："是言洛让你来自首的？"

杨静只是低下了头没有承认也没有否认。

徐缓缓的脑子突然闪过一个念头，她单手撑着下巴开了口："顾铭也是来自首的你知道吗？"

话音刚落，杨静抬起了头，眼中的震惊完全落入徐缓缓的眼中，她抿嘴一笑，在她的意料之中："啊，对了，和你一样，是言洛让他来自首的。"

"你说什么？"她完全不知道这件事，直到这时她才发现自己完全被那个男人欺骗和利用了。

完全摸清楚对方心思的徐缓缓从椅子上站了起来，走到杨静旁边靠着桌子低头看着她："真奇怪，他没有告诉你吗？他早就知道杀害你朋友蒋雯雯的就是顾铭，而且还和他见过面，他明明都知道，但是却没有让你完成复仇呢。"

看着杨静眼中流露出的怒意，徐缓缓俯身凑近她，微微勾起嘴角："要不要和我们合作？"

一分钟后，徐缓缓走出了审讯室，把一张字条交给了高临，看着他道："言洛的地址，还有一个女孩在那里，应该是宋娇。"

"宋娇？"高临迟疑了一下，才终于想起来她是谁，"难怪她突然消失不见了，原来是被言洛带走了。"

徐缓缓点了点头："按照杨静的描述我觉得很有可能是她。"

确定了位置，高临带队赶到了那里，然而言洛似乎早已经预料到了一般，他们并没有找到言洛还有那个女孩，不过那里也留下了一些东西，最重要的是一台电脑。

徐缓缓直接走到一面贴满了各种资料的墙壁前，她大致地扫了一遍，上面都是关于汤晓筱还有顾铭父母的资料。

S市的地图上圈出了几个地点，顾铭和他母亲原本的住处、贺文强的住处、汤晓筱的住处还有她抛尸的一处地点，可以看得出，言洛的确也在找他们的尸体。

为什么言洛对找到他们尸体这件事这么上心，是因为觉得找到二十多年都没发现的尸体很有挑战性吗？

就在徐缓缓感到困惑之时手机又响了，她拿出手机低头看着那个号码，竟然又是言洛打来的。

她蹙眉想，这个时候他打过来又想干什么？

手机响了很久，她才接起电话放在了耳边，下一秒便听到了言洛不慌不忙依旧轻浮的声音："缓缓，还满意我送给你的礼物吗？"

徐缓缓拧了眉头，随后松开："你是指杨静？"

言洛对此没说什么，只是轻笑了一下。

因为那声轻笑，徐缓缓意识到言洛口中的礼物并不是指杨静，她看着正在忙碌着采集线索的刑侦队，言洛分明是算到了杨静会告诉她他藏身的地方，那么，言洛为什么冒着这么大的风险要引他们到这里来？

有陷阱？有炸弹？下一秒，就被徐缓缓给否决了，不，这不是言洛的游戏风格。

游戏……上一通电话里言洛问过她要不要和他玩一场游戏，比谁先找到顾铭父母的尸体。

徐缓缓又转回身，视线再度落在那面贴满了各种信息的墙壁上，难道言洛就是为了让他们看到这个吗？

想到这里，她试探着开了口："你找到他们尸体的位置了？"

　　言洛偏头看着电脑屏幕，目光锁定了监控画面里那个娇小的身影，他抬起手，食指轻轻放在嘴唇上："没有，但是如果是你的话应该能找到吧。"

　　徐缓缓有些意外，居然真的是这个目的，言洛是在提供他所能得到的所有信息，帮助他们找到尸体。

　　她此时回想起之前的一些细节，心里有了一种推测："言洛，你这么想帮顾铭找到他父母的尸体是……"

　　徐缓缓顿了一下，慢慢说出口："是因为你母亲吗？"

　　然而最终徐缓缓没有听到回答，几秒的沉默后，她听到了电话挂断的声音。

17
扑倒与第二次

　　一周后，顾铭父母的尸体相继被找到，和周自来的尸体一样，都被装进了红色行李箱里。徐靖为他们做了尸检，两人都是被人用麻绳勒死的，证据也表明凶手就是汤晓筱，至此这一系列的案件全部告破。

　　案件结束之后的第二天，徐缓缓约了闺蜜顾清见面，当然还有徐靖。

　　选的餐厅是顾清之前带徐缓缓来吃过的，自然符合顾清的口味，不过唯一不满的是约的时间对她来说有点早。

　　顾清一听这个时间差点炸了："十一点？！这么早吃中饭？那时候我早饭还没消化完呢。"

　　徐缓缓不好意思地解释道："那个，因为我下午要去学校开讲座，怕来不及。"

　　"写小说、当顾问，还要开讲座，你来得及兼顾吗？"顾清简直服了徐缓缓了，一个人干这么多事，都分不清哪个是她的主业了。

　　徐缓缓倒是觉得安排妥当没什么问题："还好啦，讲座是一周一次，那我们就约十一点咯？"

　　顾清妥协了："行吧，我可是看在你男人的面子上。"

　　听到"你男人"这三个字，徐缓缓脸微微红了下。

　　第二天中午，顾清原本还有的那么点小情绪在看到徐靖之后就烟消云散了，她给徐缓缓使了个眼神，然后起身和徐靖握了一下手。

　　徐靖的话不多，基本只是听着她们俩聊天，偶尔说几句，但是顾清看人很准，从徐缓缓之前的描述还有上次特意送来的外卖到今天的观察，她都能感觉到徐靖表面上很冷漠，但对徐缓缓是真的很宠爱。

他不会用过多的语言表达，却在徐缓缓身边默默做了很多，顾清看着吃得格外好的徐缓缓，心想估计她这位迟钝的闺蜜有些都没意识到。

午餐在相当不错的气氛下进行着，趁着徐靖去接电话的时机，顾清等他走远之后，对徐缓缓竖起大拇指："徐法医这种男人，我给满分。"

徐缓缓咽下一块肉，听了之后嘿嘿笑着，心里特别满足。

顾清忍不住八卦起来："对了，徐缓缓，实话告诉我，你们发展到哪一步了？"

听到这么直接的问题徐缓缓脸慢慢烧了起来，在顾清执着的目光下抬起手指了指自己的嘴唇。

顾清有些惋惜，天时地利人和啊，怎么发展这么慢："就到这儿？你们不是住对门吗？"

徐缓缓马上意识到顾清想说的是什么，羞赧地道："哪……哪有这么快啊……"

顾清支着下巴看着她的模样忍不住调侃："这么一个堪称完美的男朋友就住在你对面，你是怎么忍住不把他扑倒的啊？"

扑倒？她这么一副小身板要把徐靖扑倒好像很有难度吧。

徐缓缓握拳表情严肃地道："当然是用我钢铁般的意志！"

她话刚说完，就听到拉开椅子的声音，徐缓缓扭头看去，发现徐靖回来了，她暗道不好，不会刚才的对话被他听到了吧？

徐缓缓努力在他脸上找寻着蛛丝马迹，结果自然什么都没有看出来，反而因为太过刻意而被他逮了个正着。

徐靖："怎么了？"

徐缓缓："没没。"

上甜点之前，顾清起身去了洗手间，留下他们两个人，徐缓缓侧身想对徐靖说些什么，却感觉到了他的靠近，她抬起头，看到了那张近在咫尺清俊的脸。他们的脸离得很近，近到她可以在他的双眼中看到自己。

徐缓缓突然意识到徐靖接下来要做什么，但想到顾清不知道什么时候就回来了，便向后躲了躲，垂眸不敢直视他的眼睛，红着脸结巴着道："顾清，马……马上就……就来了。"

"嗯？"

紧接着是一声轻笑，徐缓缓抬眼，隐约觉得不对劲："嗯？"

笑容渐渐染上了徐靖漆黑的双眸："你嘴角沾上东西了，我只是想帮你擦掉。"他顿了一下，声音格外低沉，却带着化不开的笑意，"你以为我想干什么？"

"……"发现自己完全误会了的徐缓缓脸红到了耳根，赶紧拿起桌上的湿巾擦了擦自己的嘴角，表面上努力保持着平静，内心却在狂吼：啊啊啊！都怪顾清刚才在说什么扑倒不扑倒的，害得她满脑子都是这些乱七八糟的，然后就这么想歪了啊！

徐缓缓低着脑袋不吭声，不一会儿上方又传来了他没有褪去笑意的声音："缓缓，如果你忍不住的话，我随时欢迎。"

扑倒你吗？

徐缓缓下意识地自动脑补了他没说出口的话，这才发现原来刚才顾清和她的对话被他听到了啊……

等顾清回来时，就看到了脸红得不行的徐缓缓，还有眼里满是宠溺的徐靖。

虽然不知道在她不在的那几分钟发生了什么，但顾清还是默默地叹了口气：好想谈恋爱啊！

吃完了饭，顾清就独自回去了，而徐缓缓和徐靖打的到了天何大学。

他们到了大礼堂，想到等下讲座的时候下面坐着他，徐缓缓难免觉得有些神奇，和之前的每一次都不同，倒不像是第一次上台时那样紧张，而是增加了一些甜蜜，很特别的感觉。

在后台的房间里，徐缓缓问："徐靖，你是第一次听我讲座吧？"

徐靖看着她摇了头："不是。"

听到了意料之外的答案，徐缓缓吃惊地问道："不是吗？"

"第二次。"

"哎？上次是什么时候？"徐缓缓突然想到那一次她结束讲座后在门口被他拉住，她这时才反应过来，"难道是我第一次开讲座的时候？"

徐靖微微颔首："嗯。"

徐缓缓大脑里闪过一个疑问，她眯起眼睛凑近他道："那我之前问你的时候你怎么说你是路过的呢？"

被徐缓缓抓到自己那次撒了谎，向来处变不惊的徐靖也难得地露出了一丝慌张，他轻咳了一声避开了她的目光："我的确是在附近办事。"

丝丝的甜蜜在她的心中化开。徐缓缓眼里闪着微光，看着徐靖微微红了的耳根，满脸的笑容："你果然很久之前就喜欢我了呀。"

"咳咳！"就在这时，门外传来咳嗽外加敲门的声音，发现有人来的徐缓缓赶紧退后一步看向门口。

进来的是宋教授，他看了一眼搓着手的徐缓缓再看了一眼站在她身后的俊朗男人，最后视线又回到徐缓缓的脸上："徐缓缓，这位是？"

徐缓缓赶紧向他介绍："宋教授，他是徐靖，刑侦队的法医。"她停顿了一下，有些羞赧地加了一句，"呃，也是我男朋友。"

"哦……"宋教授拖长了尾音，一脸了然又欣慰的表情。

徐靖主动上前和他握了手："宋教授，您好。"

宋教授对徐靖的第一印象不错："你好，你好。"

离讲座开始还有五分钟的时间，徐靖便转身对徐缓缓道："那我先出去了。"然后又对着宋教授微微颔首。

目送着徐靖离开，宋教授问徐缓缓："你爸知道这事了吗？"

徐缓缓摇头道："还没呢。"

"这么说我比你爸先知道啊。"得知这一点的宋教授很是得意。

徐缓缓双手合十满脸恳求道："教授，我爸约你下象棋的时候你可千万别说漏嘴啊。"她交男朋友这件事当然要由她自己亲自说，只不过她想再等等，因为按照她爸的急性子，知道之后估计就要催她结婚了。

宋教授露出无奈的表情："我想说也没机会啊，上次你爸跟我说了足足两小时他是如何制伏嫌疑人的事。"

徐缓缓笑了，脑补了他那时候的表情，心想她爸还真是可爱。

几分钟后，徐缓缓掐着时间走上了台，偌大的大礼堂里几乎坐满了学生。她扫视了一圈，在第一排最右边的角落里看到了徐靖，两人对视了一眼，徐缓缓嘴角微微勾起随后又马上收回。

讲座一如既往的很顺利，一个半小时后进入了提问环节。在回答了两名学生的问题之后，徐缓缓用手指了一下坐在第一排中间的一位举手的男生，他额前的刘海有些长，完全遮住了眉毛，一双桃花眼，脸上是迷人的浅笑。

徐缓缓可以肯定，之前的讲座没见过这个人，而且他并没有带纸笔。

话筒经由其他学生传到了他的手中，他清了清嗓子："徐教授。"嗓音有些慵懒。

或许是因为他的声音，在场不少女生往他的方向看去。

笑意渐渐染上了他那双桃花眼："如果我说我杀了人，你信吗？"

在后台听到这句话的宋教授快步走到了幕布的旁边，满脸震惊地看着那个说话的男生，这似曾相识的一幕是怎么回事？！

他的这句话无疑引起了不小的骚动，学生们看着他议论纷纷，然后又看了看面无表情的徐缓缓。

这一次徐缓缓没有做出回答，而是离开话筒走到了他面前，缓缓开了口："你知道我最讨厌听到的一句话是什么吗？"

他没有说话，依旧维持着微笑的表情对上了她的视线。

徐缓缓脸上没有怒意也没有笑意，语气里满是克制："就是你刚才说的那句话。"

半个小时后，接到徐靖电话的高临赶了过来，将那位男生带上了警车，徐缓缓和徐靖原本的计划也因此被打破，一同回了警局。

周齐昌查到了他的身份，龚祁易，二十四岁，毕业于 FT 大学。那是 S 市数一数二的学校。

在审讯室里，面对高临的审讯他一言不发，只是提出一个要求："我只会接受徐缓缓的审问。"

五分钟后，徐缓缓在审讯室外做了一个深呼吸才走了进去，没有和他有任何眼神交流，她拉开椅子在他的对面坐了下来，第一句话便是："你欠我一百六十块钱。"

正在用右手来回抹着桌面的龚祁易，露出了略微疑惑的表情："什么？"

徐缓缓也不解释，只是抬眼瞪了他一下，有些恶狠狠地道："你只要记住就好。"原本她和徐靖打算结束讲座之后去看电影的，连电影票都已经买好了，现在没法退票，只能浪费了，更重要的是他们难得的约会就这么泡汤了。

她继续不爽地道："还有，你不该破坏我的讲座。"

"这点我道歉。"他紧接着露出带着歉意的微笑，看上去非常真诚。

当然只是看上去，于是徐缓缓点了下头："嗯，我不接受。"

两人沉默了一会儿，龚祁易先沉不住气开了口："这点我倒是没想到，我以为你会急着问我到底杀了谁。"

徐缓缓耸了耸肩，很无所谓地道："我为什么要急，反正你都会告诉我的。"从他模仿言洛就可以知道，他这样的人恨不得向全世界展示他的罪行，他想成为第二个言洛，这一点让徐缓缓对他更加反感甚至是厌恶。

于是说出口自然没什么好话，徐缓缓继续道："你想复制言洛本身就是很可笑的行为。"

龚祁易眯起了那双眼睛，嘴角微微扬起，带着狂妄的口吻："不是复制，我是要超越他。"

徐缓缓听到这个言论，毫不掩饰自己脸上的嘲讽："嗬！"

他倾身凑近她，直勾勾地看着她的眼睛："你觉得不可能吗？"

徐缓缓没有回答他的问题："那你觉得你的下场会是什么？要么接受法律的制裁。"她顿了一下，说出了另两种可能性，"如果，我是说如果，你像言洛那样成功越狱了，除了被折磨致死还会有第二条路吗？"虽然说她不会让这种事情再次发生了。

龚祁易却是对此异常自信，他笑了起来，非常迷人："为什么不会是相反的呢？"

徐缓缓却对他的笑容没有丝毫的好感，她摇了摇头："就目前来看我没有看到丝毫的可能性。"

听到这样的回答，龚祁易忽然身体放松向后靠去，右手轻轻敲着桌面："去我家里搜搜看吧，应该会发现一些有趣的东西。"

"如果搜出来的东西不是照片的话我想我会惊喜一些。"

龚祁易脸上一闪而过的错愕被徐缓缓抓住，她一脸了如指掌的表情，可惜地道："哦，看来就是照片了。"

　　龚祁易却又勾唇笑了起来："希望你们能找出哪些人死了，哪些人还活着，时间可不多哦。"

　　听着他说完这句话，徐缓缓什么都没说，站起身头也不回地走出了审讯室。

　　十几分钟后，刑侦队队员把从他家里找到的东西拿了回来，看到之后，徐缓缓明白了为什么龚祁易最后会露出那样的笑容了。他为他们准备的确是照片，但并不是完整的照片，而是一张照片的九分之一，这样的碎片一共有六张，可以分明地看到是人的一部分，然而很难分辨照片上的人是否死亡，更不用说查出他们是谁了。

　　一名队员猜测道："他会不会是言洛手下的人？"

　　话音刚落，被徐缓缓直接否定了："不会。"她语气非常肯定，接着便拿起六张照片碎片中的一张，解释了她会这么认为的理由，"这分明是孩子的手，言洛有一个原则，不会对孩子下手。"

　　"所以他应该是言洛的崇拜者吧。"毕竟他采取了和言洛当年同样的方式，就连问的话都一字不差，还有照片也是言洛干过的。

　　"不完全是，他之前是言洛的崇拜者，但他的作品应该是被言洛否定过的，刚才在审讯室里我故意激怒了他，表示他和言洛不是一个水平的，看一下他的反应。"徐缓缓让周齐昌打开了刚才录下的审讯录像，在她说完很可笑那句话之后，徐缓缓让周齐昌定格在了那个画面，然后把龚祁易的脸放大，"愤怒，之后我每次提到言洛，他都表现出了一种愤怒的情绪。"

　　周齐昌用了另一种方式表达："这么说的话，龚祁易算是对言洛粉转黑？"

　　徐缓缓颔首道："可以这么说吧，龚祁易不是单纯的模仿犯罪，他想要超越言洛是他的真实想法，所以他才会做一些言洛不会做的事，比如给我们照片碎片增加我们确定并找出受害者的难度，比如对孩子下手……"

　　高临慢慢拧紧了眉头："他想要以此体现自己比言洛更出色，他想要证明给言洛看，自己能超越他。"

　　"所以他杀了六个人？！"周齐昌觉得简直可怕，他是理解不了这种变态的心思。

"不会，他说的都是'哪些人'，说明有人活着，不止一个。"

徐缓缓说完她的推测之后突然想到了一个细节，然后让周齐昌重新放了一遍审讯录像，看完之后她慢慢说出了三个字："强迫症。"

"什么？"其他人显然一下子都没明白。

"他有强迫症。"徐缓缓又让周齐昌从头放了一遍录像，让他们更直观地感受，"看他用手抹桌面的动作，进行了三次；还有之后用手指敲打桌面，三次一停顿；照片碎片是整张照片的九分之一，三的倍数，一共是六张照片碎片，还是三的倍数。"她抿了抿嘴，"还有，他在讲座上是第三个提问的。"

其他人一脸吃惊地看着监控画面，原先没有察觉到的细节在徐缓缓点明之后，再看一遍那些动作就会觉得异常诡异和毛骨悚然。

"三，他对三有一种强迫的执念。"高临据此做出了推断，"也就是说现在可能已经死了三个人，另外三个人还活着。"

"我们得先找出三个还活着的人，他最后的那句'时间可不多'说明是有时间限制的，如果在他设定的时间内没有找到，就会有人死。"徐缓缓觉得最可能的时限是，"三个小时。"

龚祁易看着再度进来的徐缓缓，一眼看穿了她想要问什么，他向后靠在椅子上，放在桌上的手悠哉地敲打着桌面："三个小时后就会有一个人死亡，你们得尽快了。"

徐缓缓回到办公室告知了高临，他面色凝重地点了下头，然后对两名队员道："你们俩先去查最近发生的失踪案还有没有抓到凶手的凶杀案。"

两名队员点头道："好的，队长。"马上进行了相关的搜索工作。

徐缓缓低头看着放在桌子上的那六张局部照片，突然有了一个想法："这些照片可能并不是龚祁易绑架或者杀害他们之后给他们拍的，如果是他从受害者家里拿走的照片或者是他拿走了相机打印出了照片，就存在受害者曾经将这些照片上传到网络、社交媒体上的可能性吧。那是不是就可以用这些局部照片搜索到完整照片然后查出受害者是谁？"

接收到徐缓缓视线的周齐昌点了点头："没错，的确是可以。"毕竟现在很多人都喜欢拍了照片发布到网上。

高临颔首道："那就试试吧。"

周齐昌把六张照片碎片扫描到了电脑上，然后开始进行图片搜索，几分钟后："队长，查到了一张！"他指着照片道，"就是这张，这张照片碎片是那张照片右下角的那部分。"

高临和徐缓缓看着电脑屏幕，周齐昌将那张碎片放到完整的照片上，完全重叠，这是一名年轻女性的自拍照，地点应该是在她的卧室里。

周齐昌找到了照片的来源，是在她的微博上："这张照片是她发的最后一条微博，"他算了一下日期，"在六天前。"这名年轻的女性基本一天会发几条微博，但是从六天前开始就没有再发了，所以很有可能她就是在那一天失踪的。

找到了微博接下来就能查到更多线索了，周齐昌很快就锁定了照片的主人："我查到她的身份了，何露露，二十七岁，地址是……离我们这儿不远。"

高临带着一名队员赶往了那里，徐缓缓并没有去，因为时间太紧张，还有五名生死不明的人，必须尽快把他们一一找出来。

靠局部照片找完整照片显然已经没用了，那只能从这五张照片碎片中找到线索。

徐缓缓原本想先找出那个孩子的身份，然而看了许久之后还是没有思绪。她转而看另一张，是一个人的侧脸，但只能看到耳垂的部分还有一些头发，虽然不是很确定，但应该是女性。

"嗯？"徐缓缓凑近一看发现了什么，然后让周齐昌把图片放大，局部的细节也就更加清楚，这让她更加确定她的猜测是对的，"她患有白癜风。"

徐缓缓马上站直起身对正在查失踪案的两名队员道："最近失踪或者遇害但还没查到凶手的人中有没有患有白癜风的？"

他们都摇了头："没有。"

"没有？"听到这个回复，徐缓缓无疑是吃惊的，"确定吗？"

"我们查了这两个月的案件，的确没有符合这个条件的。"一名队员怕有遗漏，便提出，"徐顾问，不然我们再往前查？"

另一名队员推测："或者会不会是刚失踪家属还没有报警？"

的确也有这种可能，如果她是独居，假设是昨天或者今天失踪的，可能还没来得及被发现或者还没想到要报警。

就在徐缓缓转而去研究另一张照片碎片时，一名队员扩大了搜查范围后突然有了一个意外的发现："徐顾问，我查到在上个月有一名年轻的女性自杀，她倒是患有白癜风。"

"自杀？"徐缓缓慢慢拧紧眉头走过去一看，一名叫童依青的十八岁女生在家中割腕自杀，她不仅患有白癜风，之前还有抑郁症史，她的父母回家才发现了她，可那时候女生早已死亡。

周齐昌第一反应便是觉得找错了人："龚祁易不是说他杀了人吗？自杀案应该不是吧。"

"童依青，十八岁，二十七天前，都是和三有关。"徐缓缓敏感地觉得似乎不是巧合，然而周齐昌找到她的微博，并没有看到任何自拍照。

不过查看她所有的照片时，徐缓缓却看到了童依青拍过的一对耳钉，比对之后发现，和照片碎片中的人耳垂上戴的耳钉一模一样。

其他人都有些迷茫："这是什么情况？她不是自杀吗？"

徐缓缓回忆着龚祁易之前对她说过的每一句话，她眨了眨眼睛喃喃自语着："他并没有说是他杀的。"

周齐昌没听清："什么？"

"他并没有说人是他杀的。"徐缓缓抬高声音重复了一遍，她发现了自己遗漏了的地方，他们都被龚祁易误导了。"他只是让我们找出哪些人已经死了，哪些人还活着，从始至终并没说过这几个人都是他杀害的。"

经徐缓缓这么一说，他们发现的确是这样："所以为了增加难度，他把自杀案也掺在里面了。"

徐缓缓叹了口气道："这个先放在一边吧。"毕竟首先要找到还活着的人，现在还有两个多小时的时间，还有四个人要找出。

孩子会是第一个吗？徐缓缓又再度拿起了那个孩子的照片碎片，孩子的手上看不出可以查出身份的痕迹。徐靖之前看了照片，预估孩子的年龄应该在五岁到六岁之间，但是最近并没有这个年龄段的孩子失踪、被害或者是发生意外。

孩子失踪后父母必定是会马上报警的，可为什么没有查到呢？她咬着嘴唇苦苦思考。

徐缓缓觉得肯定有什么是自己没有想到的，她看着照片的边缘，上边和右边都有被裁剪的痕迹，所以说这张碎片应该是左下角的。按照孩子手的这个比例的话，孩子分明是在整张照片靠左侧的，那么右侧呢？

徐缓缓微微睁大了眼睛，恍然大悟："这是一张合照，照片上不只有这个孩子。"她马上意识到照片右侧的应该是孩子的父亲或者是母亲，"查一下最近发生的所有案件，失踪者或者被害者的孩子年龄在四到七岁的。"为了防止遗漏，徐缓缓特意扩大了年龄范围。

根据这个信息，搜索之后很快就有了结果："一共有两起，孩子都是六岁，死者分别是一名女性和一名男性，不过，都已经找到了凶手并且结案了。女性是在家中遭遇了抢劫被杀害，凶手是一名有偷窃案底的惯犯；另一名男性是在家被他的妻子杀害的，因为妻子忍受不了他对自己的长期家暴行为，在夜里用水果刀把他捅死了。"

在听了被害女性的名字后，徐缓缓摇了摇头："那名男性的名字、年龄、被害的日期呢？"

查到的队员看着电脑屏幕上显示的资料回答道："赵勇信，三十三岁，被害的日期……算起来应该是十二天前。"

"三个字的名字，三十三和十二都是三的倍数。"周齐昌听后抢先道，"又都是三！"还真是强迫症啊，他这个人对于三也太过有执念了，非要做到这种地步吗？

"所以说他也不是龚祁易杀的，现在还剩三个人。"他们一开始以为龚祁易杀了三个人绑架了三个人，但查到现在却发现其中两个人一个是自杀一个是被妻子杀害，和他没有任何关系，只不过死者的名字、年龄和死亡日期都和三有关系。

他们推测着："会不会余下的三个人都没死？"

一分钟后，赶到何露露家里的高临打来了电话，没有尸体也没有人，他说："何露露不在家里，没有门锁被撬开的痕迹，屋内也没有发生过打斗的迹象，也没有检测到任何血迹，麻烦的是这个小区的监控是新安装的，还没有运行。徐顾问，让周齐昌查一下小区附近的监控还有她最近的所有动向，要尽快确定她的位置。"

何露露的手机一直处于关机状态，她最近一次刷卡的记录是在昨天她家附近的超市，周齐昌不能确定她是什么时间失踪的，只能从昨天的监控开始看起。

在他们查找何露露下落的时候，徐缓缓继续看剩下的那三张照片碎片，可以确定他们是两男一女。徐缓缓看了一眼时间，还有不到两个小时。

在何露露的家里并没有发现什么线索，高临先回了队里，他从一张只能看到大腿的照片中发现了一个细节：背景应该是个床头柜。虽然只有一部分，但那里放着一个小本子，本子上隐约有一个图标，放大了图标之后，高临马上认了出来："这是 GR 酒店。"

然而这还不够，GR 酒店在 S 市一共有十家，他们不知道这张照片拍摄的时间，不知道是哪一家 GR 酒店，也就是说根本不知道照片中的人入住酒店的日期。

但这肯定是个线索，徐缓缓尝试着问："这几个月有发生在 GR 酒店的案子吗？"

一查居然有了结果，一名队员回复："有！但是自杀案，死者是一名男性，是服用安眠药过量死亡的，调查之后排除了他杀的可能性。死者叫侯士辰，三十六岁，二十一天前自杀身亡。"又都是三，完全符合龚祁易选择的标准。

高临的视线落在被放到一边的那三张照片碎片上，他拧着眉头道："所以说现在六人中三人已经死亡，两人自杀，一人被自己的妻子杀死。"他惊讶的是这三个人竟然不是被龚祁易杀死的，现在的情况是，"这就意味着何露露还没死，剩下还没确定身份的两个人也还活着。"

此时仅仅只有一个小时的时间了。

眼睛紧紧盯着监控画面的周齐昌总算看到了走出小区的何露露："队长，何露露是在今天下午两点十分的时候独自一个人离开家的。"他放大画面发现了握在她手里的手机，"奇怪，她明明拿着手机，为什么要关机？"

两点十分，听到这个时间，徐缓缓一愣："那个时候讲座进行到了一半，龚祁易是全程都坐在座位上的，没有离开过。"之后他就被带回了局里。

"那就不存在他亲自绑架了何露露了吗？"他们目前能想到的最大可能性是，"难道龚祁易有同伙？他是设计者，还有一个是在外面的实施者，如果是这样，何露露可能会在路上被绑架杀害。"

在没有找到何露露之前，徐缓缓现在也说不清楚到底是怎么回事。

"周齐昌，现在查到何露露的位置了吗？"

周齐昌摇了摇头，额头上已经冒出了细汗："还在查，她手机一直是关机状态，没法追踪。"他现在只能靠监控查，然而不是每一条路上都装有摄像头，这无疑很难把握她的路线、她的目的地。

在何露露的行踪还没查明、另外一男一女的身份也还没查清时，三个小时无情地到了。

徐缓缓走到了龚祁易所在的审讯室，然而她没有进去，而是去了旁边的监控室里看着他。不知道是不是因为感应到了有人在看他，还是他算好了时间，他停下了手指的动作，偏头看着监控室的方向，嘴角慢慢扬起，胜利般地笑了起来。

看到这样的笑容，徐缓缓突然觉得有种恍惚，当年言洛坐在审讯室里的时候也发生过这样的一幕，她在监控室里看着他，他突然偏头，也是这样如同一个胜利者一般笑了起来。几天后，在押送过程中，他杀了三名警察，成功逃脱。

徐缓缓攥紧了拳头，她不能让这种事情再一次发生。

当徐缓缓回到了刑侦队办公室时，发现了和刚才的紧张不同的气氛，她在他们的脸上捕捉到了相同的表情，读出表情的含义之后，她马上意识到有不好的事情发生了："怎么了？"

高临侧身看着她，面色凝重："找到何露露的位置了，但是两分钟之前，她在那里跳楼自杀了。"

"当场死亡。"

18.
成功与失败

　　监控、目击者都证实了何露露是自杀，她是独自一人进入大楼的同时打开了手机，乘坐电梯再走楼梯到了大楼的楼顶。两分钟后，她从那里直接跳了下去，时间恰好是六点整。

　　"六点……正好是三个小时，那时候才打开手机是为了确认时间，何露露是掐准这个时间点跳下去的。"这无疑完全印证了龚祁易先前在审讯室说的那一句：三个小时后就会有一个人死亡。

　　尸检结果还没有出来，高临他们不能确定何露露的体内是否有什么药物成分，但无论结果如何，她的自杀都存在众多的疑点：

　　何露露为何从出门后就开始关机？

　　为何要选在六点这个时刻跳下去？

　　她的跳楼又是否与龚祁易有关联？

　　明明第一个就确定了何露露的身份，却还是在三个小时后看到了她的尸体。徐缓缓紧紧咬着下嘴唇看着那六张照片碎片，其中三个人在今天之前就已经死亡，两人自杀，一个被杀。她原本以为其余的三个人可能是被龚祁易绑架并关在了三个不同的地点，预先设置了他们的死亡时间，就像是之前言洛干过的那样，然而现在的发展却让徐缓缓发现自己想错了，大错特错。

　　不是复制，我是要超越他。

　　徐缓缓此时才明白了龚祁易这句话真正的意思，她让周齐昌把那四个人的资料都调了出来，快速翻看了一遍后走向了龚祁易所在的审讯室。

徐缓缓走进审讯室。

"有人死了，是吗？"对上她的眼神，龚祁易眉心微微拧起，缩了缩脖子，"不要用这种表情看着我，我可是提醒过你们的，足足给了三个小时呢，是你们自己错过了。"

徐缓缓把四张照片碎片放在了桌面上，一个一个地推到他面前："童依青，十八岁，二十七天前在家割腕自杀，患有白癜风和抑郁症；

"赵勇信，三十三岁，十二天前被妻子在家杀害，有家暴史，妻子患有产后抑郁症；

"侯士辰，三十六岁，二十一天前在天何附中教学楼跳楼身亡，工作压力加上离婚，有抑郁症史；

"何露露，二十七岁，今天晚上六点从DH大厦跳楼身亡，被家人逼婚，有抑郁症史。"

即使一只手被手铐铐住，龚祁易还是拍了拍手，睁大眼睛满脸的欣赏："厉害，你居然已经找到了四个人。"他自顾自地点了点头，"难怪言洛会选择你，看来我的选择也是没错的。"

徐缓缓继续说了下去："他们不只是和三有关，这四个人中的三个都是有自杀倾向的人，另一个人的妻子患有产后抑郁，都是极其脆弱的人，另外两个人也是这样的情况。"她抬眼直勾勾地看着他，"我说得对吗？"

龚祁易轻笑，右手的食指敲了三下桌面："那你们就得抓紧了不是吗？三个小时后，不，现在恐怕已经不到三个小时了，又将会发生死亡。现在你还在这儿和我一起聊天，你难道不急吗？"他笑容渐深，眼神中透露着诡异，"还是你本就和我一样，喜欢这样刺激的游戏呢？"

听到这句话，徐缓缓并没有急着离开，她蹙眉看着他，语气里满满的怒意，几乎是咬牙切齿地道："龚祁易，你把人的性命当作什么？"

龚祁易耸了耸肩，露出了一个就像是无辜者般的表情："嗯？他们都是自己选择死亡的或者活该被杀死的，这个问题你应该问他们。"他指了下自己然后摆了摆手，"而不是我。"

徐缓缓轻呵了一声，咬着嘴唇慢慢点了点头，放在桌子上的两手紧紧攥拳，表情里是既愤怒又无奈："没错，这就是你的目的，在背后操控着别人的生命，但又没有证据能证明这一点，因为你没有亲手杀死他们，警方没法指控你杀人。"

看着徐缓缓说出了他心里的打算，龚祁易歪着头很是得意："对啊，所以之前在讲座上我只不过是和你开了个不太好的玩笑而已，你看我并没有杀任何人，没有证据你们只能放我走。"

徐缓缓静静地盯了他一会儿才又开口："言洛承认了自己的罪行，主动被抓，然后成功逃逸；而你主动被抓，让我们找到被你操控的所有受害者，却只能因为证据不足把你放了。"

"被你发现了啊。"龚祁易神色得意，"某种意义上的超越不是吗？他是逃走的，而我是被你们主动放走的。"

徐缓缓点了点头："你这招的确是不错。"

听在龚祁易的耳朵里如同她认输了一般："你也不错啊，不过有一点，看来你测谎出现失误了呢，"他说着身体前倾看着她，勾唇笑了起来，"徐缓缓。"

"是啊。"徐缓缓苦笑了一下，抬起手给他鼓了掌，"我承认，你的确是骗过了我，不过……"说完那个字，她收敛了笑容，瞬间变了表情，"至今为止还没有人能在表情上骗得了我的眼睛，既然你把这当作是一场游戏，那么现在游戏还没有结束，送给你一句话，在猫鼠游戏结束之前，谁是猫谁是老鼠还不一定呢。"她停顿了一下，站起身手撑着桌面俯身叫了他的名字，声音冰冷刺骨，"龚祁易。"

两人对视了数秒，谁也没有移开目光。

"呵呵！"龚祁易脸上的笑容并没有因此消失，"我喜欢这句话，不过，不是每只老鼠的结局都会被猫抓住，聪明的老鼠反而能把猫给玩死呢。"

此时另一边，徐靖结束了对何露露的尸检，她的体内并没有发现任何药物残留，死因没有疑点，的确是跳楼自杀。

还有两个多小时的时间，又会有一个人像之前那四人一样，在龚祁易的操控下，不是选择自杀就是被怨恨他的人杀死。然而即使知道，如果不能从这两张碎片中确定这两个人的身份，他们没有任何的办法去阻止。

徐缓缓返回刑侦队的办公室，高临和队员们还在对那两张碎片进行分析，但是这两张碎片上能辨明这一男一女身份的线索极其少。全S市不知道有多少名字是三个字，年龄可以乘除三的人，在没什么其他信息的情况下，周齐昌只能开始在有抑郁病史的人中寻找，然而这种公开的医疗记录是很少的，排查之后并没有什么结果。

很快，时间只剩下了一个多小时，就在这个时候，徐缓缓突然看到了一张照片碎片中的背景里的一本书的书脊，她把那个位置放大，果然有了发现："这是一本限量版的创意书，更加特别的地方在于买者可以在书脊的位置印上自己的名字。"

周齐昌倒吸了一口凉气，瞪大眼睛道："所以说这上面不是作者名，而是买者的名字！"

"杨云琳。"徐缓缓叫出了上面印着的名字，语速极快地道，"年龄应该在二十岁到三十五岁之间。"

周齐昌咬紧牙关快速搜索着，看到结果他激动地叫着："查到了一个唯一符合条件的杨云琳，二十四岁！队长，地址我发你手机了，我马上追踪她手机的位置！"

高临带队往她家里移动，徐缓缓和其他队员继续研究最后一张碎片，对他们来说剩下的时间同样也只有一个小时，因为他们根本没法判断谁会是下一个，是杨云琳还是最后这个未知的男性。

这次的手机追踪同样不顺利，杨云琳和何露露一样都在离开家时关了机，只能调出她小区的监控，上面显示她十多分钟前离开了小区，周齐昌赶紧给高临打了电话，告知了这一点，然后继续查看周围的监控来确定她的实时位置。

在还剩十五分钟的时候，周齐昌终于找到了她的去向："队长，她在GS商业区！靠近TS大街！"

在离九点还有不到五分钟的时候，高临在商场的八楼找到了确定好时间后准备跳楼的杨云琳，他冲过去将她救下，然而杨云琳只是不断挣扎着，嘴里只是重复喊着："放开我！让我去死！放开我！让我去死！"

　　高临和队员将情绪激动的杨云琳带到了一楼，就在他们准备走出商场的时候，只听到身后传来砰的一声闷响，紧接着周围响起了尖叫声。

　　"啊，有人掉下去了！"

　　意识到发生了什么的高临急忙转身，便看到了倒在冰冷瓷砖上的一个男人，血慢慢地从他的身下流了出来，在地上蔓延。

　　高临冲了过去，在男人的身旁蹲了下来，然而已经摸不到对方的脉搏了，他紧紧攥拳，痛苦而懊恼地闭上了眼睛。

　　明明就发生在他的眼前，他却依旧没能阻止。

　　刑侦队办公室里，接到高临电话的徐缓缓低头看向了手中最后一张碎片，她紧紧捏着，手在发抖，就差那么一点点，最后一个男人也能救下。

　　原本今天还活着的三个人，现在两个人都死了，即使他们救下了一个人，也是失败的。

　　徐缓缓冲进了审讯室，门一下子撞到了墙壁，发出了不小的声响。

　　龚祁易看着气势汹汹走向他的徐缓缓，只是挑了下眉头，紧接着他的衣领就被她抓了起来，一个字都说不出来。

　　"活了一个？"猜中结局的龚祁易面色不改，摊手道，"喂喂，有必要那么生气吗？这说到底可不能怪我吧，我那时候说了三小时后又会有人死，我可没说死的是几个啊，他们要一起自杀也和我无关啊。"

　　徐缓缓的双手因为愤怒而发抖，她紧抿着嘴唇闭上了眼睛，几秒后甩开了他的衣领："那个叫江唯一的男人跳楼死了，杨云琳活了下来。"

　　"唉，虽然不完美，但结局还算不错。"龚祁易叹了一口气，单手理了下自己的衣领，抬眼看着徐缓缓，突然想到了什么，微微一笑，"对了，你们不会天真地以为那个叫杨云琳的女人能指认我吧？况且我根本不认识她。"

　　"是啊。"这个问题徐缓缓早就意料到了，身体靠在桌子边缘，无奈地颔首道，"她当然没法指认你，一开始你就计划好了，即使有人活了下来，也没有证据会指向你。"

　　看着她无奈的表情，龚祁易异常兴奋，眼神里满是期待："所以你承认我赢了？"

徐缓缓慢慢憋出了三个字："你赢了。"

"太棒了！"从徐缓缓的嘴里听到这三个字，龚祁易满足地笑了，甚至给自己鼓了鼓掌，"最后我还是超越了言洛，不是吗？"

徐缓缓没有回答他的问题，直起身体，准备走出审讯室。

"等等。"龚祁易叫住了她，在徐缓缓回头后指了指他左手的手铐，咧嘴一笑，"既然没有证据的话，可以放我走了吗？"

徐缓缓突然笑了下，双手环胸看着他道："急什么，我们是没有证据啊，拘传时间不可超过二十四小时，可现在才过了不到七个小时呢。"

龚祁易收起了笑容，歪着头冷哼了一声："多出这十几个小时又能改变什么？你什么都改变不了，到时候还是要亲自送我离开这里，难道就为了多关我十几个小时？有意思吗？"

"有意思啊。"徐缓缓眯起了眼睛，慢慢开了口，"我之前就说过至今为止还没有人能在表情上骗得了我的眼睛，所以你在讲座上说你杀过人并不是在撒谎。"

龚祁易一听又笑了起来："你不会要说……"

徐缓缓直接出声打断，伸出手指指向了他："我当然指的不是这六个被你操控的人，而是被你亲手杀死的人。"

她说出这句话后，龚祁易的表情暴露了他的慌张，这就更加证实了她的想法，在这六人之前，他的确杀过人。

她之前分析过龚祁易原本是言洛的崇拜者，之所以现在转变成了要超越言洛，证明自己比言洛更强，是因为龚祁易的作品被言洛否定了，那么作品应该就是他杀过的人。

即使被她抓住了这个关键的一点，但徐缓缓其实把握并不大，在剩下的十几个小时内要找到龚祁易杀人的证据并非易事，时间太紧张了。但是如果不能找到而放走了他，徐缓缓知道就再也没有机会了，他最后的目标是言洛，而言洛比他藏在更深的暗处，最后的下场如何昭然若揭。

徐缓缓走出审讯室看到了从隔壁监控室里走出来的徐靖……

徐靖？！以为自己出现幻觉的徐缓缓揉了揉眼睛，抬起头再度看着那张清俊的脸，是他没错啊。

"你不是回家了吗？"

徐靖的确是回家了一趟，喂好了猫，然后又回来了，为了给她送夜宵。

徐缓缓看着他手里提着的袋子，捂着自己的肚子，刚才晚饭的时候就随便吃了几口外卖，现在还真是饿了。

除了给她的之外，徐靖还买了刑侦队所有人的份。高临接过夜宵，深感恋爱之后的徐靖果然是不一样了。

刚刚结束的对杨云琳的调查结果和预料的一样，没有任何一丝丝的证据指向龚祁易。

徐缓缓听后将自己对龚祁易的判断告知了他们："我们得找到他杀人的证据，这六个人中最早死亡的是在二十七天前，所以可以推断出龚祁易是在一个月之前杀的人，应该是一年前到一个月前这个时间范围内。"

他们查了在这个时间范围内所有还未结案的凶杀案，一共有五起，徐缓缓决定用最直接的方法，拿着五名死者的照片回到审讯室一张一张放在龚祁易的面前，然后观察他的反应。如果其中的某个人或者某些人是他杀害的，那么看到尸体的照片，他必定会有反应。

然而徐缓缓竟然并没有在龚祁易的脸上看到她所预想的表情，甚至她发现他看完最后一张照片后表情变得轻松起来。

龚祁易将五张照片叠了起来一同推向了徐缓缓，他身体向后靠去，眼神里带着嘲讽和得意："你不会想说这五个人都是我杀的吧？难不成查不到证据就准备诬陷吗？"

徐缓缓将照片收了起来，起身看着他厉声道："我们会找到的，你杀人的证据。"

龚祁易抬眼看着她，勾唇轻笑："那我拭目以待。"

走出审讯室的那一刻，徐缓缓向上吐出一口气，咬着下嘴唇，表情变得复杂起来，因为最麻烦的事情发生了，这五个人显然都不是他杀的，这就意味着尸体还没有被发现。

徐缓缓看着手机上显示的时间，还有十二个小时。

尸体没有被发现，刑侦队只能从失踪人口开始查，而徐缓缓则去了龚祁易的家里。

徐缓缓手里捧着徐靖给她买的咖啡，加了不少的糖，虽然她平时并不喜欢喝，但今天势必要通宵了。她走进书房，喝了一大口咖啡，放在一边，动了动手腕开始检查里面的东西。

那六张照片碎片是在书桌上发现的，是龚祁易故意放在了明显的位置，据高临所说，在他的家里并没有找到电脑，但徐缓缓找到了鼠标垫，他没有买电脑的可能性很小，那么被他藏起来的可能性就很大了。

为什么要藏电脑？因为里面有些东西是不想被人发现的。

那会藏在哪里呢？一旦龚祁易被从警局放了出来，为了进行下一步的计划，他绝对不会待在这里，明显是提前找到了另一个住处，重要的东西也都事先放在了那里。

周齐昌调查过他的资产，要在 S 市再买下一处房产是不现实的，而且还会暴露，在宾馆或者招待所开一间房间可能会被查到，即使用的是假身份证或者别人的身份证查不到记录，最重要的是放在里面的东西不安全，那么下一个可能是租房子或者……

"放在了认识的人的家里。"绝对让他放心的人。

龚祁易如此谨慎的人，通过通话记录肯定是查不到的。

"嗯……"徐缓缓屏住呼吸思索着，在快要憋不住的时候想到了一个方法，她赶紧给高临打了电话，让周齐昌把和龚祁易有关联的所有人的名字和联系方式查到之后发给她。

徐缓缓不久后拿到了这份名单，是从认识的年限由长到短这样排列的，她拿出自己的手机，开始一个号码一个号码打过去。

电话接通之后，徐缓缓并没有说一个字，而是等着对方先开口，对方喂了好几声，她还是不说话。就这样打了十几通，对方不是直接挂了电话就是骂了几句后挂了电话，因为已经晚上十一点多了，很多人自然都以为是恶作剧。

徐缓缓喝了口咖啡，继续拨出下一个号码。

接通之后，这次是一个年轻女人的声音："喂，喂，哪位？"

徐缓缓依旧没吭声，沉默了数秒后，传来了女人迟疑的声音："龚祁易？

是……是你吗？"

听到这个之后，徐缓缓没说话，直接挂掉了电话，然后看向了号码旁边的名字——梅洛。

徐缓缓眯起眼睛，轻哼了两声："被我找到了啊！"

查到了梅洛的地址之后，高临和徐缓缓在她家楼下碰了面，一同到了她家门口。

此时还差五分钟就到十二点了，高临按了门铃，没一会儿门就开了，一个年轻的女人出现在徐缓缓的视野里，穿着外套，显然在接到电话之后她在等着谁来。

徐缓缓从梅洛的表情里看到了惊讶，显然和她预料之中的不一样，而她以为来的人是龚祁易。

"警察。"高临向她出示了自己的证件，"梅洛吗？"

梅洛的手捏紧了衣角，看着他们眼神闪烁，非常不安："我是，有什么事吗？"

"龚祁易是你高中同学，对吗？"

听到龚祁易三个字，她明显有了反应，不过她没有直接承认，而是道："怎么了？"

高临："你最近有见过他吗？"

"没……没有。"

徐缓缓叹了口气，直接揭穿了她的谎言："梅小姐，你撒谎的水平并不高，而且我劝你也不要隐瞒了，龚祁易的一些东西放在你这里了对吗？就在不久之前。"

梅洛的表情越发紧张起来，身体不由自主地向后退了一步。

徐缓缓自顾自地点了点头："看来是对了。"

高临上前了一步："梅小姐，希望你能配合我们的调查。"

徐缓缓补充道："没错，如果你不想被当作是龚祁易的帮凶的话。"

"帮……帮凶？！"梅洛捂着嘴，满脸的震惊并没有伪装的痕迹，她只是隐约觉得龚祁易有什么事，但她没有想到会是这样。

"龚祁易杀了人。"

进屋之后，高临在侧卧里找到了属于龚祁易的东西，里面果然有他的电脑。

梅洛脸色发白地坐在沙发上，看着徐缓缓的背影，对于她刚刚说的话，还是有些不敢置信："他真的杀了人？"

徐缓缓回头看着她："嗯，只不过在今天之前他没有让任何人发现而已。"

梅洛哽咽着道："他……他只是在利用我对吗？"

徐缓缓想告诉她是这样，但又有些不忍心，梅洛对龚祁易付出了真心，他也正是利用这一点，一个被感情操控不会背叛他的人，便改口道："他没有正常人的感情。"

高临和徐缓缓带着龚祁易所有的东西回了局里，他的电脑设置了密码，要破解的难度很大，所以必须得到正确的密码才能打开，一旦输错了三次，电脑便会自动摧毁所有资料。

十分钟后，徐缓缓拿着电脑又坐在了龚祁易的面前，他看到了自己的电脑，自然知道了徐缓缓找到了梅洛。

龚祁易为她鼓了掌："你确实是厉害，怎么找到的？"

"想知道？"徐缓缓支着下巴看着他，"可我不想告诉你。"

徐缓缓停顿了一下，眯起眼睛看着他："你费尽心思地把电脑藏了起来，你说里面有没有可能可以找到你杀人的证据？"

即使被她找到了电脑，龚祁易也并不紧张，桃花眼染上了笑意："那你们得先解开密码才行，你拿着电脑来见我不就是为了从我口中套出密码吗？"

徐缓缓点点头，露出苦恼的表情："是啊，没有密码就不行啊。"

她的表情无疑满足了他。

龚祁易学着徐缓缓的动作重复了她刚才的话："想知道？可我也不想告诉你，你觉得我会傻到自己说出来吗？"

"当然不会，"徐缓缓说着突然语气一转，"但我有一点很好奇，你是怎么知道言洛邮箱的？"

龚祁易瞳孔一缩："我为什么会知道言洛的邮箱？"

"那就奇怪了。"徐缓缓将电脑屏幕转向他，慢慢笑了起来，"因为你就是把这个设为密码的呢。"其实在进入审讯室之前，刑侦队已经破解了密码，她只不过想看着龚祁易从原本嚣张得意的表情转变为愤怒挫败。

龚祁易瞪大眼睛看着已经解锁的电脑屏幕，因为愤怒手臂都颤抖起来，他看着徐缓缓，咬牙切齿道："你耍我？！"

徐缓缓收敛了笑容，冷冷地开了口："以牙还牙而已，用不着这么愤怒吧。"

周齐昌在龚祁易的电脑里找到了两张照片，应该是尸体局部的照片，和之前的六张碎片一样，并没有拍到死者的脸部，不过可以断定的是龚祁易杀了两个人。

可是光有照片依旧不能证明龚祁易杀了人，他们得找出死者的身份，然后找到他们的尸体。

徐缓缓看着手机上显示的时间，还有不到十个小时。

19、
油画和数字

徐缓缓看出了龚祁易脸上的慌张，直到这个时候，他才真的流露出了这种情绪，这就意味着一旦他们找到了尸体，他并没有完全的把握不被他们查到杀人的证据。

刑侦队办公室里，所有人都在研究这两张照片。

两张照片的构图基本是一致的，似乎是为了隐藏死者的身份，拍到的只有死者的腹部位置，上面放着一个木制的画框。画框是同样颜色和材质的，但里面放着两幅不同的油画，所以光从照片来看，不但看不到死者的脸，甚至连性别都无法判断。

两处地板的纹路和颜色不同，并且和龚祁易家里的也不同，观察一些细节便可以推断两张照片的拍摄地点应该是在死者的家里。但这里是凶案现场，绝对不是抛尸地点，把尸体留在死者的家里不至于到现在也没有被发现，所以龚祁易是在死者家中将他们杀害拍下照片之后，再将尸体移动到别的地点。

徐缓缓将视线移向了尸体之外的地方，在一张照片中她看到了一杯翻倒在地上的咖啡，杯子上有这家咖啡店的 logo，她刚才喝的咖啡也是这家的。不过要从这个人手查死者显然不可能，这是一家知名的连锁咖啡店，全市有近百家，每天不知道卖出多少杯咖啡，但是她还是细心地从杯口那里发现了一些痕迹。

"口红……"如果嘴唇上涂了口红，那么喝咖啡时就会留下这种印记，所以受害者是女性。咖啡是装热饮的杯子，所以死者点的是热的咖啡，这样的话，基本就可以排除掉 7 月、8 月、9 月这三个月。

徐缓缓将她的发现告诉了高临他们，但这两个信息显然还不够，根本不足以确定死者的身份。徐缓缓转而把视线又移向了那幅油画上，她觉得龚祁易不可能是随机弄了两幅油画，肯定是与死者有一定的联系，或者别的什么。

徐缓缓对油画没有很深入的研究，所以并没有认出这是什么作品。周齐昌查了之后，倒是有了发现，放在女性死者腹部上的这幅画创作于 1988 年，作品名为：《弹钢琴的女人》。

高临听后第一反应便是："会不会死者就是出生于 1988 年？"

徐缓缓觉得有这种可能性："如果真是这样，就缩小了不少范围，在近两年失踪的人群里查出生于 1988 年的女性，肯定没几个人。"

周齐昌很快埋头搜索起来，的确是没多少符合这些条件的人，一共就查到了三个人。

高临马上将视线投向他："这三人分别是什么时候失踪的？"

周齐昌马上把这三名女性的失踪信息调了出来，一一告诉了他们："一名是在去年 1 月，一名是在去年 8 月，最后一名是在去年 11 月。"

听了之后，徐缓缓开了口："8 月的可以先排除掉了。"

高临微微颔首："那就还有两个人，周齐昌你查一下她们失踪前住的地址。"

查到地址之后，刑侦队分两队到了她们的家里，鉴定科的也去了那里，拿着照片寻找拍摄的位置。

高临到了其中一名女性的家里，然而地板的颜色和照片里的完全不同，对地板进行检测之后，也没有发现血迹反应。他又问了失踪女性的家属，在她失踪之后，也并没有换过地板，家属看了照片也表示从来没看到她穿过格子衣服，所以可以暂时排除是她的可能性。

五分钟后，高临接到了自己队员打来的电话。

"队长，好像不是这里，地板的样式和颜色都不一样。"他们也问了失踪者的家属，地板同样没有换过。

以防万一，高临又去了之前排除掉的那名在去年8月失踪的女性家里，但是拍摄照片的地点依旧对不上，他开始觉得他们之前的推断肯定哪里不对。

如果这名女性死者不是出生于1988年的呢？

如果照片拍摄的地点并不是在死者的家里呢？

于是，调查的方向又回到了起点，周齐昌查了另一幅油画，是创作于1982年，作品名为：《长夜》。然而他查了这两年来的失踪人口，并没有找到出生在1982年的失踪者。

周齐昌抓了抓头，无奈叹息道："这么看来油画的创作年份并不代表两名死者出生的年份啊！"

徐缓缓揉了揉发酸的眼睛，看了一眼时间，已经只剩下八个小时了。她很少这么熬夜，加上这个时间点又是最困的时候，她有些撑不住了，已经没办法很好地思考，高临看到她的模样，便让她去休息一会儿。

现在每一分每一秒都很关键，徐缓缓自然不可能去睡觉，她沿着走廊走到了法医室门口，里面有光透出来，她踮起脚往里看，发现徐靖并没有休息，而是坐在桌前看着什么。

怕突然开门吓到他，徐缓缓先敲了门然后才按下了门把手推门走了进去。

发现徐靖正在看书，徐缓缓便问："你不回去呀？"

徐靖抬头发现是她，周身冰冷的气息消散了不少，他微微颔首，留在这里是为了等她这件事他自然不会说出口，看着她的模样，清冷的声音里带着担忧："困了？"

徐缓缓半眯着眼睛点了点头，直接侧身倒在了沙发上，脸上满是疲惫和不甘心："但是现在还没有进展，只有不到八小时了。"她害怕八小时过后，仍旧找不到龚祁易杀人的证据，她现在都可以想象到他得意的表情和会说的话了，她可不想让这种事情发生。

徐靖起身走了过去，在她旁边坐了下来，伸出手将她的脑袋轻轻按在了自己的胸口，什么话都没说。

徐缓缓瞬间被熟悉的气息包围，她闭上眼睛蹭了蹭，觉得格外安心，就这么静静地靠了几分钟，把自己心里所想的说了出来："徐靖，我好像低估了龚祁易。"一开始，她没想到会这么艰难，她原以为对付龚祁易，她胜券在握，可现在的情况导致她对自己有些没了信心。

徐靖轻抚了几下她的头发："我倒不这么认为，你可能只是暂时忽略了一些细节。"他之前在监控室看到过徐缓缓审讯龚祁易的过程，在他看来，他的缓缓在各方面都完全碾压对方。

细节啊……徐缓缓睁开了眼睛，原本有些混乱的大脑此时又开始运转起来。她有着过目不忘的记忆力，所以即使照片不在眼前，但也已经完全印在了她的脑子里，每一处细节都难以遗漏。

不知为何，那两幅油画总是让她有些在意。

徐缓缓再度闭上眼睛，她在大脑里将放在死者身上的油画从整张照片中提取出来，同时将原作放在一边作为对比，两者慢慢重叠起来，就这样，她终于发现了之前被她遗漏的地方。

"啊，我知道了！"徐缓缓激动得猛地抬起了头，好在徐靖意识到了她接下来的动作，头向后避开了，不然她的脑袋必然会撞上他的下巴。

完全没注意到这点的徐缓缓睁大了黑亮的双眼，抿着嘴唇微微笑着，和刚才低迷的状态完全不同。太过高兴的徐缓缓捧着近在咫尺徐靖的脸便重重亲了一口，不过是亲在脸颊。

快速亲完之后，徐缓缓收回手："我走了！"

在毫无准备之下被亲了一口的徐靖觉得有些"吃亏"，一把拉住说完就想走的徐缓缓，将她扯了回来，没有犹豫地含住了她的上嘴唇。

短暂而克制的一吻后，徐靖又轻轻吻了吻她的嘴角，清冽的气息喷在她的嘴边："走吧。"说完这两个字之后他才松开了手。

徐缓缓微红着脸跑了出去，走进刑侦队办公室时长长吐出一口气，这才冷静下来。

高临听到声音看向门口，发现是徐缓缓，知道她肯定有了发现："是不是想到了什么？"

徐缓缓点了点头："信息就藏在油画里。"她说了这么一句之后直接走向了周齐昌，然后让他把照片中的油画提取出来，和原作进行叠图，两张图叠在一起之后就可以很明显看出其中的差异。

徐缓缓指着电脑向他们解释道："这是龚祁易按照原作临摹的画，可以看到很多位置都是完全重合的，所以不重合的地方是他刻意改动了的，也就是关键，被他隐藏在其中的信息。"

另一幅油画也是同样的，龚祁易同样改动了一些地方。

龚祁易是一个非常狂妄自大的人，他自认为能超越言洛，能强大到让他们没有丝毫的办法，找不到他犯罪的证据，所以他才敢用这种非常冒险的方式。他想尽办法要向他们炫耀自己的高智商和本事，但是越是有这样的想法，他的作品里留下来的线索也就会越多。

过度的自大绝非好事，反而会坑了他自己，这也是他无法超越言洛的一点。

徐缓缓仔细地看着他改动的部分，然后她发现只有在和原作重叠时才能看出隐藏的信息，竟然是一些数字，每一幅都是。

第一幅油画里隐藏的数字从左到右为：1、0、5、0、3、1、2；

第二幅油画里隐藏的数字从左到右为：1、2、0、0、6、0、9。

徐缓缓把这些数字写在了纸上，摸着下巴琢磨起来："这些数字是什么意思呢？"

高临蹙眉道："是不是他作案的日期？"

徐缓缓点了点头："后面的四位像是日期，3月12号和6月9号。"这也符合龚祁易对于三的执念。

如果后四位代表着日期，那前面三位数字呢？他们又思索起来，突然一名队员找到了什么："105和120……等等，是不是死者身份证的第四位到第六位？这三位数代表着区县！"

周齐昌听到之后马上查了起来："找到了！105代表CN区，120代表FX区。"

这下都不用高临开口，周齐昌又结合着这两个信息赶紧在这两年的失踪人口里查，没有任何困难，便准确地找到了两个人。

一男一女，男性叫鲍柯永，24岁，去年6月9日失踪；女性叫谷晓妍，27岁，去年3月12日失踪，两人至今都没有找到。

刑侦队分别赶到了两人的家里，对比照片之后，证实了徐缓缓最开始的推断，龚祁易拍摄照片的位置就是在被害者的家里。

接到高临电话之后，徐缓缓让警员把龚祁易带到了审讯室，她没有坐下来，而是走到他不远处的地方停了下来，直接说了两个被害者的名字："鲍柯永、谷晓妍。"

果然，下一秒，徐缓缓就从龚祁易脸上看到了慌张，他低喘着气，试图克制着自己的慌乱，因为他根本没想到她竟然能找到，这应该是不可能发生的事情。

龚祁易紧抿着嘴唇看着徐缓缓，面色有些发白，但他依旧强撑着，扯出了一个很勉强的笑容："还不够，不是吗？找不到尸体你们依旧拿不出证据，到了时间还是得放我出去。"

徐缓缓视线移向手机，看了一眼屏幕显示的时间，然后又看向他，慢慢开了口："还有不到五个小时，虽然时间很紧张，但我们不用找到两具尸体，只要找到其中一具尸体，"她俯身压低声音，狠狠地道，"龚祁易，你就完了。"

徐缓缓走出审讯室时握在手里的手机响了，她一看到号码末尾的14就下意识地拧了下眉头。上一次言洛打来电话是两周前，在他挂断电话前，她说的那句话应该戳到了他的伤口。

这个时间点打来电话，明显言洛已经掌握了他想知道的所有信息，以他的能力徐缓缓并不会感觉诡异，只是，一旦言洛牵扯进来，事情势必就会往不受他们控制的方向发展。

之前言洛会整理线索来帮他们寻找顾铭父母的尸体是因为他自己的经历，但这一次情况却完全不同，言洛可不是喜欢被别人模仿的人，更何况龚祁易最根本目的就是要超越他、摧毁他。

徐缓缓心里想了很多后才接了起来，电话那头传来了言洛特有的嗓音，慵懒中带着笑意："徐缓缓，你很久没更新了啊？"

如果是编辑或者读者问这句话，她还会有些心虚，可对于言洛，她不必如此："你打电话来是为了催更？"

言洛听后低低地笑开来："顺便而已，主要是想你和谈谈关于龚祁易的事情。"

徐缓缓的后背靠在走廊的墙壁上："谈什么？"

言洛的手指敲了敲桌面："这世上你应该是最了解我的人，我以为你已经知道了。"

对徐缓缓而言，前面那句话可不是什么夸赞的话，不过她的确能想到言洛想说什么："我拒绝。"

"我就知道。"言洛叹了口气，语气里有着一丝无奈，"真搞不懂你，结果不都一样吗？"

徐缓缓对于他的说法自然不会认同，眉心慢慢拧起，语气也冷了下来："受到法律的制裁和被你杀死能一样吗？"

那边沉默了两秒，轻笑声先传了过来，徐缓缓先是觉得莫名，然后又听到了言洛的声音："所以说如果龚祁易要杀我，你也会救我？"

为什么会想到这个？徐缓缓抿了抿嘴道："在你被谁杀死之前，我会先抓到你。"

徐缓缓的声音慢慢传入他的耳里，言洛闭上了眼睛，嘴角噙着笑："那就是会救的意思了，我挺感动的。"

徐缓缓不懂他感动什么，转移了话题："龚祁易给死者拍的照片你应该看过吧。"

"看过，挺无聊的。"言洛轻哼了一声，明显对龚祁易的作品不屑一顾。

"那就别做任何多余的事。"徐缓缓怕的就是言洛在他们之前先找到了死者的尸体，故意毁掉证据。

言洛思考了一下，然后问她："那如果我什么都不做，你会请我吃饭吗？"

徐缓缓回答："牢饭的话可以。"

"嘀！"言洛轻笑，"真是无情。"

下一秒，言洛换上了难得严肃的语气："徐缓缓。"

"嗯？"徐缓缓感觉他有什么话要说。

"如果有一天我觉得玩腻了……"

后面那句近乎低语，徐缓缓感觉他还说了什么，但一个字也没听到："你说什么？"

然而奇怪的是，下一刻，言洛却挂了电话。

听到挂断的声音，徐缓缓一愣，话没讲完就挂了？她看着手机屏幕，直到屏幕变暗，依旧不知道他最后那句说的什么。可徐缓缓心里总是有一丝不安，但现在不是纠结这个的时候，她晃了晃脑袋，把手机放在口袋里走回了刑侦队办公室。

而此时周齐昌有了发现："去年的 3 月 12 号和 6 月 9 号龚祁易去过同一个地方，在同一家便利店刷过卡，都是晚上十一点左右。"

"什么地方？"

周齐昌说出了准确的地点："NH 区的环城路那里，我查了高速公路的监控，他都是晚上九点左右过的收费站，到了十二点再返回的。"

在两名死者失踪的那一天龚祁易几乎在同一时间去了离他居住的地方很远的 NH 区，还是同一个地方，那么只有一种可能性来解释："他把尸体埋在了那里。"

高临做出判断后又问："他是在哪里下的车？"

周齐昌摇了摇头："那里很多路都没有安装监控，有大概五十分钟的时间没有被拍到。"

高临又问："他去的时候最后在哪条路上被拍？"

"何翔路。"

高临打开了 S 市的地图，五十分钟的时间，埋尸体差不多需要半个小时："十分钟的话，大概十公里。"他在地图上画了一个圈，"应该就在这个范围内。"

确定了龚祁易埋尸体的大致位置，高临安排所有的警员都立刻前往那里，徐缓缓拿着地图又去了审讯室。

龚祁易一看到又是她，隐约的惊慌之后便是厌烦："怎么又是你？"

"局里的所有人都去找鲍柯永和谷晓妍的尸体了，只有我了。"徐缓缓将地图摊在他面前，在看到他的表情后，笑了起来，"你太不谨慎了。"

徐缓缓的轻笑声在他的耳朵里格外刺耳，龚祁易愤怒地单手将地图捏了起来，扔到了地上。

"啊！啊！啊！"

两个多小时后，刑侦队在那片区域内挖到了两具尸体，经过DNA检验，证实了死者正是鲍柯永和谷晓妍，另外在死者的指甲里和皮肤上找到了属于凶手的皮肤组织，DNA的结果与龚祁易完全匹配。

在即将到二十四小时的前五分钟，徐缓缓最后一次在审讯室见到了龚祁易，她没有坐下，只是走过去和他说了一句话："的确不是每只老鼠的结局都会被猫抓住，但看来你不是它们中的一只呢。"

徐缓缓走出审讯室，身后只有怒吼和撞击桌面的声响，已经连续二十多个小时没有睡觉的她走向正在等她的徐靖，大大地打了个哈欠："好困。"

走出警局到坐上出租车的这段路，徐缓缓的眼睛几乎已经快撑不住闭上了，好在徐靖牢牢拉着她的手，她才不至于摔倒或者撞到电线杆。

一坐上出租车，徐缓缓脑袋往后一仰，眼睛一闭，直接睡了过去。

徐靖刚报了地址，便看到了已经睡着的徐缓缓，车子发动，她的脑袋顺势向他这边歪了过来，他赶紧把肩膀靠了过去，手轻轻扶着她的脑袋，让她睡得更安稳一些。

"师傅，麻烦开得稳一些，谢谢。"

徐缓缓就这么一路睡到楼下，徐靖不忍叫醒她，便慢慢把她抱了出来。

即使徐靖动作再小心，徐缓缓还是迷迷糊糊地醒了过来，她睁开眼睛，看着徐靖近在咫尺的脸，揉了揉眼睛，一时不知道是怎么回事。

徐靖看着她染着困意的眼睛："继续睡吧。"

他的声音很是轻柔让她格外安心，徐缓缓歪头靠在他的胸口，就这么又睡着了。

徐靖抱着徐缓缓回了自己的家，慢慢看到主人回来，摇着尾巴走了过来："喵——"

徐靖走进卧室，把她轻轻放在自己的床上，然后脱了她的鞋子，给她盖上了被子。而徐缓缓丝毫没有醒来的意思，反而舒服地蹭了蹭枕头，换了个更舒适的姿势继续睡觉。

看着她安然入睡的模样，徐靖俯身将落在她脸颊上的头发拨到一边，然后拿起她的鞋子放到玄关。

虽然和徐缓缓一样也是二十多个小时未眠，不过对于徐靖来说已成习惯，加之之前喝了咖啡，所以并没什么睡意，他原本打算去书房，可却听到了手机铃声，但不是自己的。

他的视线落在徐缓缓的包上，怕声音吵到了她又担心是有急事，徐靖拿出了她的手机，是一个陌生号码，他原本只想将它调成静音，却注意到了号码末尾的数字。

徐靖听徐缓缓提起过，言洛打来的所有号码末尾的数字都是14，所以……

徐靖接了电话，他把手机放在耳边，没有说话。

言洛轻浮的声音响起："缓缓，恭喜你。"

"她在睡觉。"

听到这个清冷的嗓音，言洛眯起眼睛，直起了身体，语气一瞬间变了："徐靖，是你啊，我记得我打给的是徐缓缓。"

徐靖一手逗弄着慢慢，冷淡地道："你不知道原因吗？"

言洛冷笑了一声："嗬！"

徐靖并不想和他废话，便问："还有别的事吗？"

"原来是有的，现在没有了。"言下之意就是只想对徐缓缓说，不是对你。

徐靖欲挂电话，言洛的声音却又传了过来。

"你知道吗？只要我想做的事没有失败的，人也一样。"

徐靖手顿了一下，然后按了挂断，他把手机放了回去，回头看着卧室的方向，眉头始终没有舒展开来。言洛对他们来说始终是个危险的存在，无论是现在还是将来，就像是一个不定时的炸弹一般，威胁就在那里无法忽视，只是不知道何时会引爆。

徐缓缓独自承受了两年之久，可之后不会了，因为还有他在。

将近中午的时候，徐缓缓醒了过来，确切地说是被饿醒的。她在被窝里伸了个大大的懒腰，舒服地哼哼了两声，才睁开了眼睛看着天花板，卧室的窗帘拉得紧紧的，没有光线透进来，看不出现在是什么时候。半分钟之后，她猛地从床上坐了起来，因为她这时才反应过来这不是她的房间。

卧室是黑白灰的色调，就连盖在身上的被子也是黑白条纹的，空气里有着她熟悉的清爽的味道，她很确定自己在徐靖的家里，所以……她双手捏着被子，她现在是睡在他的床上呀。

虽然不是第一次睡在他家里，但上一次只是睡在客厅的沙发上，徐缓缓晃着脚丫子，一种亲密的感觉涌了上来。

等等，她是怎么到这里的？是被徐靖全程抱着抱到床上的吗？徐缓缓用手托着下巴，鼓起腮帮，莫名觉得有些遗憾，好不容易被公主抱，自己居然睡着了。

徐缓缓晃着脑袋和脚丫子，正好被听到动静走来卧室门口的徐靖看到。

"醒了？"

穿着休闲服的徐靖斜靠在门边，背光而立，目光灼灼地注视着她，徐缓缓赶紧停下了动作，对上他的视线。

"咕……"她刚想开口回应，肚子却比她先发出了声响。

呃……

徐靖眼眸里染上了隐约的笑意："午饭做好了，出来吃吧。"

"嗯嗯！"反正都习惯了，徐缓缓也不忸怩，翻身下了床，跟着徐靖走到客厅。

因为早饭没有吃，加上心情好，徐缓缓这顿吃得格外多，吃完了一碗米饭，又添了半碗。

似乎看着徐缓缓吃饭的模样胃口就会变好，徐靖也比平时多吃了一些。

吃完饭后，两人出门去逛超市，一是买食材和零食，二是为了消食。

进了超市，徐靖在后面推着购物车，虽然刚吃饱，但徐缓缓走到前面还是看到什么都觉得好吃，特别是到了能试吃的地方，她总是先尝了一口，觉得好吃了，就抬高手臂送到他的面前，徐靖自然不会拒绝，低下头方便徐缓缓把食物送到他嘴里。

徐缓缓眼眸里闪着亮光，一脸期待地问他："是不是很好吃？"

徐靖看着她，轻轻点头。

推销员是个和徐缓缓差不多的姑娘，看到这么一幕，眼前满是粉红色的泡泡，特别是男人那个眼神，好苏啊！

姑娘发自内心地道："你们好般配啊。"

听到对方对他们的称赞，徐缓缓丝毫没有害羞，甜甜地笑道："谢谢！"

这话自然在一定程度上也取悦了徐靖："你喜欢吃的话买两份吧。"

推销员顿时笑开了花，将东西递给徐缓缓，在他们离开时还不忘送上祝福："祝你们永远幸福哦！"

就这么走走停停在超市逛了一个多小时，结完账，东西分成了两袋，徐缓缓马上拿过了一袋拎在手里，另一只空着的手去牵徐靖的手。

原本准备两个袋子都自己拿的徐靖发现了她的意图，他将手指滑入她的指尖，与她十指相扣。

一路就这么手牵手到了十二楼，徐缓缓很自然地跟着徐靖进了他的家。等着他在冰箱里摆放食材的时候，徐缓缓就拿出猫罐头喂慢慢。这么长时间的相处，显然慢慢已经把她当作了女主人，和她的亲昵程度不亚于和徐靖的，徐缓缓对此很满意，好歹给它喂过这么多顿饭呢。

徐靖回了房间脱了外套，只剩下里面的黑色衬衫，徐缓缓看着他向自己走过来，充满了禁欲的气息，正摸着下巴欣赏着，耳朵里就传来了一个清冷的声音。

"缓缓，陪我去睡会儿。"正是出自禁欲系的某男。

"……"徐缓缓受到了冲击，"啊？"

徐靖想逗逗她，故意拧了拧眉头："不愿意？"

看着他有些失落的表情，徐缓缓赶紧举起手，想也没想直接回答："愿意！"神态和动作都有种敢于赴死的壮烈感。

徐靖微微颔首："那去吧。"

"……"徐缓缓呆在原地眼巴巴地看着他，紧张得结巴起来，"大……大白，大白天……"

看她这副模样，徐靖也不再逗她了："我二十多个小时没合眼了。"

"啊！"徐缓缓这才反应过来误解他的意思了，看着他眼底的疲惫，顿时心疼起来，同时又愧疚起来，一定是因为她占了他的床，所以他才没法休息的。

徐缓缓一下子变了态度，拉着徐靖的手就往卧室走。

直到平躺在床上，两人的身体几乎快要相贴，徐缓缓偏头看着徐靖的侧脸，心脏怦怦地加速跳着，几秒前还觉得没什么的她，脸慢慢红了起来。

偏偏就在这时，徐靖一翻身面对着她，两人的视线相交，徐缓缓只觉得自己心脏快要跳出来了。下一秒，她整个人就被徐靖抱在了怀里，脑袋贴在他的胸口，这时才发现原来心跳加速的不止她一个人。

徐靖的下巴轻轻搁在她的头顶，感受着两个人的心跳，这种亲密的姿势和感觉让徐缓缓止不住上扬了嘴角，她动了动手，抱住了他的腰，将自己的身体更加贴向他的。

"缓缓，我相信你。"低沉染着些许笑意的声音在她的上方响起。

相信什么？自制力吗？

后半句话接踵而至："能把持得住。"

"……"徐缓缓觉得很无辜，明明提出睡觉的人又不是她！

徐靖此时是真累了，没多久后就入睡了。徐缓缓因为之前睡了好几个小时倒是不困，听着徐靖渐渐平缓的呼吸声，她动也不敢动，生怕吵醒了他，结果因为他的怀抱太过舒服，睡意渐渐来袭，她又睡着了。

一觉醒来已经快到了吃晚饭的时间，徐缓缓打着哈欠睁开眼睛，抬头一看，发现徐靖在她之前已经醒了，正低头看着自己。

徐缓缓眨了眨眼睛："睡得好吗？"

"嗯。"随着这一声回答，徐靖的脸慢慢凑近，吻在她的脸上，在吻到她的额头时，徐缓缓已经闭上了眼睛，什么都看不见，身体反而会因为他的触碰而变得更加敏感。她感觉自己完全被他的气息包裹着，吻细细密密地落了下来，慢慢下移，一点一点最后落在了她的唇上。

徐靖的吻并不急切，他轻轻含住她的上嘴唇，吮吸着伸出舌头描绘着她的唇形，舌头慢慢撬开她的牙齿进一步地侵入。他的手穿过她的头发，让她更加贴向自己，加深了这个吻。

徐缓缓睫毛轻颤，手下意识地抓着他的衣角，整个人都有些酥酥麻麻的。

不知过了多久，漫长的一吻结束，两人的气息都是气促的，呼吸交织在一起，显得格外暧昧和甜蜜，徐靖最后克制地吻了下她的嘴角，抱着她又躺了一会儿才起身。

下了床之后，徐缓缓去了洗手间，从镜子里看到现在的自己，衣服凌乱，眼神迷离，脸颊微红，简直可以用四个字来形容——情迷意乱。

徐缓缓用冷水泼了几下脸，捂着胸口做了个深呼吸才走了出去，她循着声音找到了在厨房的徐靖，他背对着她，正在系围裙。

看到这一幕，徐缓缓眼睛一亮，微咬着嘴唇，轻快地走了过去，她绕到徐靖的身前，抬头看着他："我来帮你。"

徐靖停下动作，然后把围裙给了她，自己则张开了手臂。

徐缓缓低下头拉着围裙的两边，然后靠近徐靖果断抱了上去，她偏着头紧紧贴在他的怀里，双手在他的背后慢慢打着蝴蝶结。

系好之后，徐缓缓探出脑袋往后面看了一眼，嘀咕了一句："哎呀，歪了。"于是又松开重新系了一遍。

这次终于满意了，她手并没有松开，抬起脑袋看着他的下巴，咧着嘴道："好啦，搞定！"

徐靖低头对上她黑亮的眼睛，轻轻捏了下她的鼻子。

徐缓缓满足地待在一边看他做饭，看着看着心里有些不好意思起来，从一开始到现在每次都是徐靖给她做饭，她还从没有做一道菜给他吃过，她觉得是时候培养一下自己做菜的本领了！

于是她突发奇想地道："徐靖，明天晚上让我来做饭吧！"

徐靖偏头看着她有些怀疑："你来？"毕竟在他眼里，徐缓缓就是个只会煮泡面的吃货。

"是啊！"徐缓缓心想自己好歹也吃了二十多年了，吃过那么多的美食，烧个菜应该不是什么难事吧。

发现徐缓缓似乎兴致特别高，徐靖自然没意见，反正有他在边上。

"好。"

20、
肠粉与糖醋小排

　　第二天因为徐靖下午有个讲座，两人中午就到附近的餐厅吃午饭。徐靖先去了洗手间，徐缓缓坐在靠窗的位置看着菜单，纠结到底是吃叉烧肠粉还是牛肉肠粉的时候，听到有人喊了一声她的名字。

　　徐缓缓顺着声音传来的方向看过去，发现有两位年轻的女子向自己走来，当她们走到桌边时，才认出了她们，是初中的同班同学，当初和徐缓缓虽然没有什么交集，但也没有过恶意。

　　"好巧啊，在这里遇上。"

　　徐缓缓闻言点点头，对她们露出无害的微笑。

　　"下周六有同学聚会，缓缓你去不去？"

　　那天正好是徐缓缓的生日，比起同学聚会，她还是更愿意和自己爸爸还有徐靖在一起过。

　　"那天我有安排了。"

　　两个女同学点点头，便跳过了这个话题："和朋友吃饭？"

　　徐缓缓刚想回答，恰好在这时，徐靖走了回来，看到和徐缓缓说话的两人后，礼节性地向她们点了下头。

　　徐靖没认出她们，但她们却认出他来，眼前的好像就是当初的学霸兼校草徐靖啊，因为他浑然自带的气场，她们不敢过多去看他，于是只好齐刷刷看向对面的徐缓缓。

　　然而这时倒是徐靖先开了口："我是徐缓缓的男朋友，徐靖。"他的语气很郑重。

虽然猜到了，但直接听到却还是有一定的冲击，就连徐缓缓也是吃了一惊，这好像是徐靖第一次对外这么介绍自己。她随即又觉得格外满足甜蜜，对于这个称谓，丝毫没有掩饰自己的喜悦。

两位女生出了餐厅后都在感叹，不仅仅对于徐靖和徐缓缓会成为情侣感到惊讶，还有他们都和记忆力中的样子有了很大的偏差。

两人吃过午饭便去了邀请徐靖开讲座的学校，到了礼堂，她就像之前徐靖那样坐在下面听讲座。对于徐缓缓来说也是第一次经历，台上台下相隔不远，不过明显轻松了好多。

十分钟后，徐缓缓看到了走上台的徐靖，颜值气场加之这一身刚换上的西装，完全就是行走的荷尔蒙，和在法医室穿着工作服又是完全不一样的感觉。她在下面不禁莞尔，特别是徐靖走到话筒前向她投递了一个目光，她的心脏就像一下子被击中一样。

虽然徐靖说的内容是她不怎么熟悉的，不过也不影响她全程欣赏，听着他流利地说出各种她不懂的专业术语，徐缓缓只剩下一种感慨：实在是太帅了！

而这样一个近乎完美的男人现在是她的男朋友。

两个小时后，讲座结束了，徐缓缓和徐靖并肩走出大礼堂，走在校园里，她看着走在旁边的徐靖，突然毫无征兆地抬高手然后戳了下他的左脸。

徐靖偏头看去："怎么？"

徐缓缓的食指还戳在他的脸上，形成了一个大大的酒窝，她歪着头笑了起来："就是想看看你是不是机器人。"

"嗯？"

徐缓缓微沉吟："唔，感觉你好厉害，从小到大你都是第一名吗？"

"嗯。"

徐缓缓受到打击了："我还从没得过第一名呢。"

徐靖抬起左手抓住那根在他脸上戳来戳去的手指，然后与她掌心相贴，一同放进了自己的大衣口袋里，牢牢握着："但你有我了。"

这么一想，徐缓缓开心起来："对哦！"

回了家，徐缓缓准备将之前的诺言付诸实践，她系好围裙，看着上面摆放的食材和菜刀，莫名有种要考试的紧张感。

既然是第一次，那就要做自己最爱吃的一道菜，于是徐缓缓决定做糖醋小排！

可想象是丰满的，现实是骨感的，原本觉得自己肯定没问题的徐缓缓每一个步骤都有问题。

"徐靖，排骨要不要洗一洗？"

"徐靖，油放多少啊？"

"啊！油溅到我手上了！"

"老抽放多少？这点还是要多一点？"

"糖要放多少呀？"

……

弄到后来，徐缓缓发现自己好像还是更适合，吃……

虽然最后做出来的味道是不错的，不过主要还是因为徐靖在旁边，挽救了一盘可能成为黑暗料理的糖醋小排。

徐缓缓特意拍了照片上传了朋友圈，写明是自己烧的，顾清看到之后反应很大地直接给她打来电话。

"喂，顾清。"

顾清和她认识了这么多年，实在觉得不可思议："徐缓缓，你居然烧菜了？！"

"对啊。"徐缓缓热情邀请，"你要不要来吃？"

顾清在友情和美食之间果断选择了后者："不了，我现在正准备去一家米其林三星餐厅，更何况我明天还有个重要的会议。"

有什么关系吗？难不成是怕吃了她烧的菜食物中毒吗？

徐缓缓和顾清在电话里聊了起来，把厨房又还给了徐靖，等到她挂了电话，看到端着菜走出来的徐靖。

好香！

虽然糖醋小排的味道到底是比不上徐靖之前给她烧的，不过毕竟是她

徐 徐 图 之

自己第一次烧出来的，徐缓缓还是觉得很美味的，于是一个人几乎干掉了三分之二。菜吃得多了，饭自然也吃得多了，于是她就吃撑了。

吃撑了的徐缓缓只想躺在沙发上回味，却还是被徐靖拉出去散步消食了。

初春的夜晚还是有些冷，不过徐缓缓被徐靖牵着，倒是一点都没感觉到冷意，他们走到了附近的商业街，灯火通明，路上都是来逛街的人，不少都是成对的情侣。

上次她来这里的时候还是一个人，这一次身边却多了一个人。

"你知道我之前无聊的时候会来这里干什么吗？"

徐靖偏头看着她，目光柔和："吃东西？"

"呃……吃是吃。"徐缓缓尴尬地摸了摸鼻子，发现自己在徐靖眼中吃货的形象怕是根深蒂固了，"还有就是观察路人。"

徐靖能猜得到："看他们是否撒谎？"

徐缓缓点点头："有一项研究表明一般人十分钟可能会说三句谎话，犯罪的人当然会说更多，有时候他们说的甚至九句话里有十句都是假话。"对上徐靖有些疑惑的眼神，她抬起一根手指放在嘴边继续说了下去，"因为还有一句话没说出口。"

徐缓缓能轻易看穿别人是否撒谎，这或许是一种让人羡慕的本事，不过一开始也给她带来了一些苦恼，因为她看穿了很多的谎言，比她想象的更多，还有更重要的是她不知道该不该去拆穿。后来她发现有时候她其实是多管闲事了，有些人并不是不知道对方在撒谎，而是故意装作不知道，他们并不希望别人去拆穿。

有段时间她很迷茫："不过当我站在这里，观察着经过这里的人，听着他们的话，看着他们的表情，虽然撒谎的人也有，但发现其实更多的人说的都是实话。"

所以即使徐缓缓拆穿过各种犯罪之人的谎言，但她依旧相信这世上有更多说实话的人。

徐缓缓笑脸盈盈地对他说着这段话。

徐靖自然明白徐缓缓和他说这些话的意思，她希望他能尝试着去相信别人，他之前的确是因为他的母亲而排斥别人，可现在因为她，他好像愿意去尝试一下，就像当初他愿意去尝试她喜欢吃的方便面。

徐靖漆黑深邃的眼渐渐染上了笑意，他伸出手把她揽进自己的怀里，低下头轻轻说了一个字："好。"

徐缓缓猝不及防地被他的气息包裹着，她疑惑地眨了眨眼睛，她刚才有提问吗？

他们走了差不多一个小时后就回去了，夜里起风，徐靖怕徐缓缓会冷，而她则是怕自己看着路边的美食饮料店忍不住又想吃。

难得如此放松地一起过了一个周末，想到第二天要等徐靖晚上下班才能见到他，徐缓缓就有点舍不得，心情完全表现在了她的脸上还有行为上，比如在门口抓着徐靖的手不肯放。

"要不要一起睡？"

"啊？"

徐靖被她的反应逗笑了，清隽的脸上因为没有丝毫掩饰的笑容而如同染上了一层光辉，显得更为夺目。

徐缓缓呆呆地看着他的脸，这是她第一次看到徐靖这么笑，能让人沉醉其中的笑容。她听着自己的心跳声，原来喜欢一个人，就连他的一个笑容都能让她满满心动。

被美色完全诱惑的徐缓缓直接用行动表达，踮起脚在徐靖的嘴唇上轻啄了一下，做完之后才反应过来自己刚才干了什么，她抿了抿嘴刚想退后，一只手穿过她的头发轻轻托着她的后颈将她拉了回去。

吻接踵而至，轻柔而缠绵。

当然最后徐缓缓还是回自己家去睡了，因为她总觉得自己可能会把持不住，把徐靖给扑倒了。

回到房间，许久没更新的徐缓缓码了一章发了上去，此时已经快晚上十一点了，她刚合上电脑，放在旁边的手机就响了。

徐缓缓一看那个号码，都懒得拿起手机，接听之后直接按了免提。

言洛第一句话便是："你终于更新了啊。"

徐缓缓忍住翻白眼的冲动，语气不快地道："你是我小说的粉丝吗？"

言洛居然还承认了："是啊，所以如果哪天你把我作为男主的原形我会很高兴的。"

徐缓缓最终还是翻了个白眼，直截了当地道："永远不会有那一天。"

听到她的回答，言洛低低地笑了起来，虽然徐缓缓没明白笑点在哪儿。

"早上我给你打过电话。"

早上？那时候她应该在睡觉。

徐缓缓没说话，先去看了通话记录，他的确打来过，而且有五分钟的通话时间，她马上反应过来，应该是徐靖接的。

"有什么事？"

徐缓缓十几秒后才出声，言洛自然有了推断："看来徐靖没告诉你。"

"他怕影响我心情。"徐缓缓并不介意徐靖接她电话，何况她知道他是在发现是言洛打来后才接的。

"你们，在一起了？"

徐缓缓心里想着关他什么事，而且她并不想和他说明自己的私事："没事要说的话我就挂了。"

就在她准备放下手机时，言洛有些低沉的声音又传了过来："如果我们早在十几岁时就认识，现在会怎么样呢？"

徐缓缓眉心微微皱了起来，她有些不明白他为什么会突然问这样的问题："你是想问如果是那样的话会改变什么吗？"

这的确是言洛想说的，不过在问出口之后，他发现这个假设其实并没有什么意义，他低着头，阴影掩盖住了他此刻的表情："或许什么都不会改变吧。"十几岁的时候徐缓缓在他眼里非常普通，他根本不会多看她一眼，也许他们之间依旧不会有什么交集。

徐缓缓总觉得言洛最近有些怪，说出的话一次比一次让人摸不着头脑。

"说实话，我和徐靖某些方面很像不是吗？"

很像？哪里像？一个是三观正、颜值高、身材好，几乎完美的法医界男神；一个是无三观、无底线、无人性，几乎变态的连环杀人犯。徐缓缓简直无力吐槽了："两个极端好吗？"

言洛听后也没有恼，反而笑了起来，近乎苦笑。

我和他的眼光很像，尤其是对女人。

这句话就在言洛的嘴边，可他说不出口，他想之后也不会说出来了。从两年前到现在，他自己也已理不清他对于徐缓缓的感情了，一开始只是好奇，接近之后是越发强烈的占有欲，后来似乎变成了一种执念，或许其中有爱情，或许又没有，他不知道，因为他从没有体会过。

但有一点言洛很清楚，自己对徐缓缓的感情是单方面的，就像他对那个生了他的女人一样，徐缓缓只是想抓住他将他绳之以法。

徐缓缓还在思考言洛最近有些奇怪的原因，她觉得自己似乎抓到了点什么，最大可能性就是："言洛，你是不是……"然而话还没说完，她就听到了电话挂断的声音。

徐缓缓放下手机，眉头却迟迟没有松开，她觉得言洛的状态不对劲，应该是和他的母亲有关，因为她能想到的唯一能对他产生影响的只有他母亲一个人。

可到底发生了什么事呢？

现在还是没有能找到言洛下落的线索和方法，徐缓缓也懒得再继续想下去，转眼把言洛抛之脑后。

然而几天后，徐缓缓却收到了言洛发来的一封邮件，这次的邮件和上一次间隔很久，以至于她都以为他不会再给她发邮件了。

徐缓缓点开一看，她原以为会和之前一样，是一首英文诗，然而却是一段录音。

"爸爸，我好害怕，救救我和妈妈……"

嗯？徐缓缓一愣，这是一个女孩的声音，十岁左右的年纪，掺杂着哭声，焦急慌张的语气，说到妈妈之后便断了。

这段录音似乎证实了她那天的猜想，言洛最近的变化和他母亲有关。他在十岁时和母亲一同被绑架，在他的父亲交了五十万的赎金后，言洛被放了。然而除了一根手指和大量血迹之外至今没有找到他的母亲，发现的血迹量足以致死，所以当时推断他母亲已经死亡，但尸体始终没有找到，而绑架勒索者被警方找到时已经死亡，且死于意外。

而今天他给她发了这段女孩求救录音，徐缓缓觉得不是没有原因的，她把电脑塞进包里然后出门打的去了警局。

到了局里，徐缓缓直接去了刑侦队办公室，高临看到她，先是觉得意外，随后意识到可能出了什么事。

高临起身看着走过来的徐缓缓，问："徐顾问，怎么了？"

徐缓缓把电脑从包里拿出来放在他的办公桌上："是言洛，他早上给我发了一封邮件，里面是一个女孩的求救录音，我觉得应该有些问题。"她开了电脑，然后点开了那封邮件，把录音放了出来。

高临听了之后让周齐昌去查是否有这个案件，结果真的查到了，不过不是这两天发生的，而是一年前的绑架案。

"一年前的 4 月 12 号，谷韩燕和女儿在外出时被绑架，之后绑匪向谷韩燕的丈夫洪斌勒索六十万，并称如果报警就马上杀了她们，洪斌因此没有报警。交了赎金之后绑匪却没有放人，反而又将赎金提高到了一百万，并且扬言在两天内拿不到赎金就杀了谷韩燕和女儿。洪斌到这时才报警，然而这之后再也没有接到绑匪打来的电话。五天后，警方追踪到了一个废弃的仓库，在那儿找到了洪斌女儿的尸体，然而那里只有谷韩燕的血迹，却没发现她。三天后却在绑匪仁军家里找到了他的尸体，而他在四天前已经死亡。"

"绑匪的死因呢？"

"酒精中毒。"

"那六十万呢？"

"只找到五万，绑匪是一个赌徒，其他的应该都被他赌光了。"

被绑架者同样是孩子和孩子的母亲，虽然发现了血迹但是尸体没有找到，反而绑匪已经死亡；绑匪都是赌徒，最后在他们家里发现的赎金都只剩下几万，除了一些细节之外，几乎和言洛母亲的案子一样。

徐缓缓问了很多，高临意识到了些什么，低头看着她："你觉得这个案子有问题？"

徐缓缓拧着眉头微微颔首："和言洛母亲当年的案子太像了，他母亲当年被推断为死亡，但是尸体至今没有被找到，和这个案子中被绑架者一样，而且绑匪都已经死了。"最大的不同就是谷韩燕的女儿死了，而言洛被绑匪放了。

"就是因为绑匪死亡，所以不知道被害者的尸体被他藏到什么地方去了。"

徐缓缓追问道："那绑匪和被绑架者有关系吗？"

"没有。"

徐缓缓总觉得很不对劲，结合最近言洛奇怪的举动，她突然有一个很大胆的猜想："如果被绑架者其实并没有死呢？"

21.
打不开的邮件与十二小时

"被绑架者没有死？那为什么这么长的时间都没有出现？言洛的母亲失踪了有十多年了吧。"

"徐顾问，你是怀疑被绑架者与绑匪是同伙？"

"对，这只是我的一个猜测，因为毕竟即使发现了血迹，但依旧没有找到尸体。最关键的是，我觉得言洛最近可能查到了当年他母亲案子的一些事，和当初认定的事实有很大的偏差。"

"他没有说什么？"

"没有。言洛从来不是会直接说出来的人，所以我觉得或许他是想通过这个类似的案子来告诉我们。"

"那就开始查吧。"毕竟谷韩燕的案子是一年前发生的，比起十多年前发生的案子无论从哪个方面都好查一些。

就在刑侦队去调取案卷的时候，徐缓缓发现言洛又发来了一封邮件，她便想点开，然而却失败了，弹出了一个对话框，写着权限不够无法打开。

嗯？这是从没有发生过的事情。

徐缓缓又尝试了几遍，还是一样的结果。

搞不懂的徐缓缓便拿着笔记本给周齐昌看："周哥，我为什么点不开邮件？"

周齐昌接过笔记本试了一下，也是一样的情况，他研究了一下，发现了问题："对方设置了权限，无法打开。"

"换电脑也不行吗？"

"不行。"

听周齐昌这么说，徐缓缓有些急了："没有什么办法吗？"

周齐昌也没什么把握："我试一下吧。"

然而直到高临他们拿来了卷宗，两人依旧没能打开这封邮件，徐缓缓这时才完全意识到问题的严重性了。

"如果十二小时内我打不开这封邮件，言洛就会杀一个人。"徐缓缓之前一直以为只要她每天检查邮件就不会发生这样的情况，但她怎么也没想到言洛会这么做。

徐缓缓有种强烈的感觉，这次和之前每次的戏弄都不同，他真的会杀人，而且已经选定了要杀的人，就是说那个人必须死。

"如果谷韩燕真的没死，我们得在十二小时内找到她。"

"言洛的目标是她？"

徐缓缓微微颔首："很有可能。"她马上给言洛发了一封邮件，希望他联系她，如果是之前他必定会马上给徐缓缓打来电话，但这次却没有。

如果没法改变言洛杀人的念头，那他们就只有尽快找到谷韩燕了。

十二个小时，找一个失踪一年本以为已经死亡的女人。

因为谷韩燕的丈夫因公在 Y 市出差，高临只能打电话给他了解当时的情况还有谷韩燕被绑架前的状态，而徐缓缓则在翻阅案卷，找寻着未被发现的蛛丝马迹。

谷韩燕是和女儿在 4 月 12 号外出时被绑架，当天谷韩燕的丈夫洪斌在家里接到了绑匪仁军的电话，二十四小时内要拿出六十万赎母女俩。洪斌取出了银行卡里的钱和家里的现金凑齐了六十万后放在了仁军指定的地方，但是之后绑匪又将赎金提到了一百万，洪斌在两天内根本没法凑齐一百万，于是报警。

六十万……第一次提出的赎金分明是计算好的，当时洪斌家里所有能拿出的资产恰好就是六十多万，而第二次绑匪提出一百万是知道洪斌拿不出这样高额的赎金，必定会选择报警。料定这点之后，绑匪连电话都没有打来，所以他们原本计划好的就是拿到一开始的那六十万。

之前也有过骗家里钱的案子，伪装成被绑架者，然后让同伙向家里打电话勒索钱财，其中最大的不同是绑匪仁军死了。那么谷韩燕的目的就不只是拿到这六十万，还有伪装她的死亡，让所有人都以为她被绑匪撕票了。而恰好仁军又酒精中毒死亡了，这样即使没有找到尸体，所有人都不会怀疑她的死亡。

如果徐缓缓所有的假设都是正确的，那为什么一个九岁孩子的母亲会设计这样一个绑架骗局呢？而且连自己的女儿也不放过。

"徐大神，会不会绑匪有两个人，除了仁军之外还有一个绑匪，他杀了谷韩燕之后又杀了仁军，然后独吞了大部分的赎金？"

这的确比一个九岁孩子的母亲设计骗局要更能被人接受，但如果仅仅是这样的案子，言洛根本就不会参与进来，徐缓缓摇了摇头，还是觉得谷韩燕活着的可能性更大。

言洛依旧没有回复邮件或者打来电话，徐缓缓看了谷韩燕的资料，失踪时三十四岁，和丈夫结婚十一年，没有任何不良嗜好或者违法记录，一家公司的普通员工，没有丝毫奇怪的地方。

出轨？为了男人吗？

徐缓缓马上走到高临身边让他询问一下洪斌，谷韩燕是否向洪斌提出过离婚，而结果是她的确提过离婚，在失踪的两年前。不过和好之后，谷韩燕没有再提过，后来两人的感情也一直很好，高临表示能感觉到洪斌很爱他的妻子。即使她已经失踪一年，但是他依旧相信她还活着，发现警方在调查他妻子的失踪案，他马上表示自己会尽快赶回来。

周齐昌通过谷韩燕的通话记录还有社交软件查找她可能出轨的痕迹以及社交情况，其他队员也在询问她之前的朋友和同事，了解关于她的更多信息。

徐缓缓开始查仁军的死因，徐靖看了当时的尸检报告，仁军的确是酒精中毒导致呼吸、心跳抑制而死亡，他的家里也发现了大量的酒瓶，他有长期的饮酒史，所以基本可以排除他杀的可能性。

如果仁军的死因没有疑点，难道是因为在谷韩燕想要杀他之前，发现他已经酒精中毒而死亡？

然而这些，都只是徐缓缓的推测，她没有一点点证据能证明自己的推测，而即使她的推测都是对的，也没法找到隐藏起来的谷韩燕，而现在只有不到八个小时了。

　　状况让徐缓缓有些急躁，她咬着手指看着自己的电脑，邮件不能打开，而言洛还没有回复。

　　在言洛面前，徐缓缓始终有种无力和失败感，即使她能看穿他的谎言，却依旧没法改变什么。两年前，她一眼看出了他是连环杀人犯，但直到现在还无法确定他究竟杀了多少人；今天，她被通知还有七个多小时后他就要杀一个人，可直到现在她也没法查出那个人在哪儿。

　　无论是两年前还是现在，主动权都在言洛手中，似乎不曾改变。

　　周齐昌和其他队员的调查结果中并没有发现谷韩燕出轨的痕迹，虽然有时候脾气急躁了些，但是在朋友眼中她是一个非常顾家、非常爱女儿的女人，这样一个女人会因为什么目的而不惜害死自己女儿吗？

　　调查到这里，似乎和徐缓缓的猜测有不少矛盾，可如果不是谷韩燕的失踪有问题，为什么言洛会关注这个案子呢？

　　四个小时后，对于谷韩燕的下落依旧一无所获，而高临疾步走了进来，面色凝重："洪斌联系不上了。"

　　"洪斌？"谷韩燕的丈夫这个时候联系不上了。

　　高临："我打电话想问他什么时候能到 S 市，但是从十分钟前他的手机关机了。"

　　一种情况是手机没电，第二种情况是他自己关机，第三种情况是被迫关机。

　　如果是第一种情况那是没办法，但如果是另两种情况，就有些……

　　徐缓缓重新看了一遍案卷，洪斌是在仁军第二次要赎金之后报警的，之后仁军没有再来过电话。自始至终警方都没有听过仁军打来电话的内容，所有的内容都是洪斌后来告知警方的，如果他撒了谎，没有人会知道，也不会有人怀疑。

　　警方在仁军的家里搜到了五万的现金，如果洪斌当初给仁军的钱不是六十万，而是五万左右呢？如果那不是为了救自己妻子和女儿的赎金，是买凶杀人的报酬？

徐缓缓猛然发现自己陷入了思维定式，她以为言洛的变化是因为他的母亲，就自然而然地认为在这个案子中同样有问题的也是被绑架者——谷韩燕。

"言洛要杀的不是谷韩燕，是她的丈夫洪斌。"

半个多小时后，就像是为了验证徐缓缓的推断一般，警局接到了一个匿名电话，声称发现了一具尸体。

一个小时后，已经辨别不清模样的尸体被运回了局里，经过 DNA 检验之后，证实了这是谷韩燕的尸体。

徐靖对其进行了尸检，谷韩燕和她女儿的死因一样，是被勒死的，死亡时间超过一年，这意味着杀死她的是仁军。

只剩下一个多小时的时间，由原本查找谷韩燕的下落变为找到洪斌。

查了一些记录后显示，洪斌这两天的确是在 Y 市出差，而他是在三个小时前回到了 S 市，周齐昌通过监控寻找他的踪迹，现在可以确定的是他没有回过家。

徐缓缓算着时间，洪斌是在回到 S 市后才关的机，第一种可能是他意识到警方怀疑到了他的身上，所以自己关了机，回来为了拿钱准备逃跑；第二种，他认为不会有被怀疑的危险而回了 S 市配合调查，但是却被言洛绑架了，手机也是言洛关掉的。

如果是第二种，除非言洛故意暴露地点，不然一个小时他们根本不可能找到；但如果是第一种，假设言洛还没对他下手，那他们就还有机会。

洪斌的家里和他父母的家都已经派去了警员，他也不大可能去那里，一个男人为了什么能做到雇人杀妻女的地步？最大的可能就是为了另外一个女人。

"周哥，你查一下洪斌的通话记录，他有没有和某个女人有密切的联系？"

"有，联系最多的有一个女人，是……"周齐昌马上顺着号码查到了对方的身份，"是他的同事，叫罗依莲。"

"查一下她家小区的监控，洪斌很有可能去了那里。"

周齐昌查监控的同时，高临他们也马上往那里赶去，十多分钟后，周齐昌在罗依莲所在小区的监控画面里看到了步履匆匆的洪斌。

然而洪斌进了罗依莲所住的那幢楼后不到十五分钟就离开了，徐缓缓看着那时候的时间，已经是一个小时前了。

洪斌肯定是要逃跑了，而他们只剩下三十分钟找到他。

时间在他们的搜查过程中结束了，但他们还是没有找到洪斌的踪迹。

晚上九点，整整十二小时。

十分钟后，洪斌的手机开机了。

周齐昌迅速定位到了他手机的位置，离那里最近的派出所派警察赶到了那里，但一切都晚了。

四十分钟后，徐缓缓和徐靖到了那里，是一个仓库，仓库里的灯很亮，一走进去，略有些刺眼的光让徐缓缓不由得眯起了眼睛，里面站着高临还有其他几名队员，她接过徐靖递来的手套戴上然后走了过去。

十几步路，她走得格外沉重，她在高临身边停下，便看到了洪斌的尸体。

他倒在铺满了钱的地上，睁大着双眼，就连嘴里也被塞了一张红钞。

毫无疑问，这一次她又输了。

洪斌的死亡时间在晚上九点左右，就如同言洛当初和徐缓缓说的那样，十二个小时内不打开邮件，他就会杀一个人，于是在九点过后马上杀了洪斌，在言洛眼中必死的人。

徐缓缓一走出仓库，手机便响了。她咬着嘴唇看着黑夜，不用看也知道是谁打来的，她轻轻呼出一口气，拿出了放在口袋里的手机接起后放在耳边，她照例没有开口，而对方这一次也没有开口。

沉默了足足有一分钟才传来了言洛的声音："缓缓。"

"为什么要杀洪斌？"

言洛的语气很轻松："你应该已经知道了，不是吗？"

"是因为你母亲吗？"

没有丝毫的停顿，言洛像是急于跳过这个话题一般："对了，再过两天就是你生日了。"

言洛不想回答，徐缓缓却要追问下去："你是找到你母亲了？"

徐缓缓等着他的答案，而片刻之后，传来了一声轻笑。

"缓缓，你算是在关心我的事吗？"言洛的语气里充满了愉悦。

"我只是想抓到你。"

言洛低下头玩弄着手中的黑色钢笔，缓缓道："如果有一天在被你抓到之前我就死了，你会不会伤心？"

徐缓缓从没想过这个问题，不过："我为什么要伤心？"

言洛重重叹了口气："真够冷血的，好歹我们认识了两年多了。"

说她冷血？徐缓缓在心里冷笑："你上次不还想让人杀了我吗？"

言洛依旧没有回答，而是道："今天辛苦了，好好休息吧。"

听到电话挂断的声音，徐缓缓放下手机，歪着头觉得有些奇怪，这是言洛第一次提到了他自己的死亡，难道他生病了？还是有危险？

"怎么了？"

徐靖清冷的声音把徐缓缓的思绪拉了回来，她偏头看着他，在徐靖面前，她从来不会隐瞒什么："是言洛打来的，总觉得有些不安。"

徐靖抬起手揽住她的肩膀，安抚着她："没事的。"

他轻柔的声音传入她的耳里，徐缓缓靠在他的怀里，抬起头微微鼓起腮帮："你是不是还要回局里？"

徐靖修长的手指细心地帮她整理着被风吹乱的头发："嗯，你先回家，我做完尸检再回去。"

"好吧。"徐缓缓轻声应着，伸出双手抱住了他。

徐靖的怀抱太过温暖和安全，让她一时不想松开。

这时徐靖的身后传来了两声轻咳，听到声音的徐靖偏头看去，发现是走过来的高临，显然是准备收队回局里了。

徐靖收回视线，低语道："高临来了。"

"啊！"一听到这个，徐缓缓赶紧松开了手，看到了站在不远处正看着他们的高临。亲密的举动被看到总有些让人羞赧，徐缓缓微微红了脸，和徐靖摆了摆手，随即用唇语对他说了三个字——"明天见。"

22、
生日与蛋糕

　　第二天，高临他们还在追踪言洛的下落，然而狡猾如他，怎么会留下任何的踪迹？

　　徐缓缓站在厨房门口看着在里面做饭的徐靖，脑子里不由自主地就跳出言洛昨天晚上说过的话，她有些烦躁地抓了抓头发，觉得自己原本的好心情都被破坏了。

　　看着徐靖的背影，徐缓缓走过去从后面抱住他，脸贴在他的后背，无比依赖地蹭了蹭。

　　"想好明天的生日怎么过了吗？"

　　"嗯？你怎么知道的？"徐缓缓惊讶地看着他，她从来没有和他说过自己生日是几号。

　　"早知道了。"徐靖回答得很模糊，其实在初中时他就已经知道了，并且记到了现在。

　　"哦。"徐缓缓没再追问下去，心里却在猜想着各种可能性，但终究没想到是在那么早的时候。

　　"我想早上去爸爸那儿。"就像前几年的生日那样，和他一起吃个饭，然后去墓地看看妈妈。

　　"唔……"徐缓缓还在思考接下来要和徐靖去哪里，他的声音又传了过来。

　　"这次我能陪同吗？"

陪同的意思是要和她一起回家吗？

由徐靖提出来，徐缓缓还是有些惊喜的，她其实也觉得是时候把徐靖带给她爸爸看看了，只不过没找到恰当的时机。

"好啊！"徐缓缓微微弯了眼睛，满脸染上了甜蜜的笑意。

徐靖的嘴角也噙着浅笑，用筷子夹起一块刚烧好的牛肉递到徐缓缓的嘴前："尝尝，当心烫。"

浓郁的香味环绕着她，徐缓缓稍微吹了吹，然后一口咬了下去，她嚼了几下还没吞下就忍不住赞叹："好好吃！"

毕竟是第一次带男朋友见爸爸，徐缓缓难免有些紧张，光想着这件事的她自然无暇去顾及言洛了。

第二天早上，徐缓缓想着先去趟商场给爸爸买点礼物，可出门一看到徐靖她就蒙了，一下子想不到什么形容词的她只能感慨穿正装的他简直帅得不行不行的，最重要的是他什么时候准备的礼物？！

"怎么了？"

徐缓缓指着他手里拎着的礼盒："你早就准备好了？"

徐靖微微颔首。

徐缓缓凑过去看着里面的东西，更加惊讶了："你怎么知道我爸喜欢这个？"

"叔叔喜欢就好。"前不久，徐靖特地去了趟天何大学，拜访了和徐父交好的宋教授，了解清楚之后准备的。

虽然徐靖没有说，但徐缓缓也能猜到个大概，即使已经知道这个男人有多么多么的好，但她还是被感动了。无论是之前还是现在，她始终有种被徐靖宠着的感觉。他从来不会多说什么，但却为她做了很多很多。

到了徐爸爸住的地方，徐缓缓按了门铃，她昨天和他说了今天自己回来，不过并没有说徐靖的事，主要想给爸爸一个惊喜。

过了一会儿，徐爸爸开了门。

"爸爸，这是徐靖。""我的男朋友"这五个字还没说出口，原本预想在自己爸爸脸上看到的惊讶表情并没有看到。

徐爸爸看着徐缓缓身后的徐靖满脸笑意，哪里来的惊讶，只说："来了啊。"

"叔叔您好，我是徐靖。"

徐缓缓蒙了，什么情况？！

简单地打了招呼之后，趁着徐爸爸去泡茶，徐缓缓跟了过去。

徐爸爸压低声音向自己女儿控诉："老宋说让我装作不知道，你不知道我忍得多辛苦，每次你打电话回来就想问你。"

果然是宋教授说漏嘴的……徐缓缓挽着徐爸爸的胳膊："嘿嘿，爸，所以这次带来让你看看呗。"

自己女儿一撒娇，徐爸爸自然没脾气了，况且这个未来女婿自己看着也很满意，特别是徐靖提出他来做午饭。看着他在厨房熟练的动作，徐爸爸心里一百个满意，自己女儿这么喜欢吃，找个这么会做饭的当然是最好不过了。

在融洽的气氛下吃完了午饭，徐爸爸叫徐靖跟自己去了书房，徐缓缓一个人在厨房里洗碗。在她差不多洗好的时候，徐靖走了进来，帮她一起把碗筷整理好。

"我爸爸和你说了什么呀？"徐缓缓对此非常好奇。

徐靖低头看着她，眼神温柔，并没有回答这个问题，而是道："我们去看你母亲吧。"

刚走出厨房，在客厅的徐爸爸向她摆了摆手，用唇语和她说着：去吧。

"嗯嗯。"明白自己爸爸心意的徐缓缓点了点头。

从母亲的墓地离开，徐缓缓觉得内心非常轻松，妈妈应该会很开心吧，看到她身边有了一个这么好的人。

他们两人又在外面逛了一会儿才回了家，晚饭后不久，有人按了门铃，徐靖在收拾，徐缓缓便去开了门。

门外是一个戴着安全帽的年轻人，看到徐缓缓之后微笑道："您好，这是您订的蛋糕和玫瑰花。"

一大束的玫瑰出现在徐缓缓的眼前，她赶紧伸出双手抱着，这时徐靖走了过来，接过了对方递来的蛋糕。

关上门后，徐缓缓抱着花低头数了数，九十九朵，她忍不住咧嘴笑了，这还是她从小到大第一次收到玫瑰花呢。

徐靖看着她的表情，眉眼中也同样染上了笑意。他把蛋糕盒子小心打开，徐缓缓走过去一看，竟然是她最爱的蓝莓芝士蛋糕，真是惊喜一个接着一个。

徐靖含笑看着她："喜欢吗？"

徐缓缓点点头，眼睛里像是闪着亮光："喜欢！"

她把玫瑰花放在一边，然后用勺子挖了一口蛋糕先送到了徐靖面前。

虽然并不爱吃甜食，但只要徐缓缓在，徐靖还是会去吃，他张开嘴，把那一口蛋糕吃下。

"好不好吃？这是我最爱的味道。"

蛋糕在嘴里很快化开，细腻的甜味，徐靖点点头："好吃。"

徐缓缓给自己挖了一大口，享受得闭上了眼睛，感受着蛋糕在自己嘴里融化的美妙滋味，再睁开眼时，眼前却是徐靖清隽的脸，他的眼睛漆黑幽邃，倒映出她的脸。

她的眼睫轻颤，徐靖轻轻吻了吻她的眼睛，随后徐徐向下含住了她的嘴唇。

蛋糕的甜味在两人的嘴里融化着，带着属于俩人的浓浓情意。

"生日快乐，缓缓。"

这一天徐缓缓收到了不少的生日祝福，爸爸的、徐靖的、顾清的，还有高临他们的，比之前任何一次的生日都要让她满足，她觉得自己现在无比幸福，而且最舒心的是，今天一天言洛这家伙都没有来打扰。

写完今天的更新后，徐缓缓看了一眼电脑显示的时间，还有十分钟就要到零点了。

她大大伸了一个懒腰，关上电脑起身直接扑倒在床上，翻滚了几下后她换了一个舒适的姿势，很快便睡着了。

所以徐缓缓并不知道，当零点到来的那一刻，她的邮箱里收到了一封邮件。

第二天一早，徐缓缓是被门铃声吵醒的，她正睡得迷迷糊糊，强撑着从床上爬了起来，慢吞吞地扶着墙壁挪到了门口，她通过猫眼看着外面的人，发现门外站着的是徐靖。

徐缓缓赶紧理了理自己睡乱的头发才开了门，原本弯起的嘴角在看到徐靖的表情后降了下来："怎么了？"

"言洛他……"

徐缓缓从徐靖口中听到了这个人的名字，她的瞳孔倏地放大，没有听完徐靖的话后便道："他又杀人了？！"

"他自杀了。"

这四个字穿透她的耳朵，重重直击到了她的心脏。

徐缓缓从没有想过她有一天会听到这样一种结局，也没有想到会对自己的冲击这么大。

徐缓缓的眼神闪烁起来，不可置信地向徐靖确认着："言洛，真的自……自杀了？"

"对。"

徐缓缓一时间还是有些没法消化这个消息，她脑子里一片混乱，就在这时她突然想到了什么，留下徐靖一个人在门外，立刻转身冲回了房间，打开了自己的笔记本电脑。

徐缓缓马上打开自己的邮箱，最上方赫然是一封未点开过的邮件，她看着时间，是昨天中午十二点收到的。

怎么会这样？

她昨天晚上还查看过邮箱，分明是没有新邮件的，可现在……

徐缓缓有些混乱地点开了这封邮件，内容只有两行字。

亲爱的缓缓：

生日快乐。

徐靖走到了她身后，手轻轻放在她的肩膀上："他给你发邮件了？"

"昨天中午十二点发的，可我那时候肯定没收到。"

十二点，等等……徐缓缓瞬间明白了，如同上一次的邮件一样，他动了手脚，十二个小时内她没有打开邮件，之后言洛就会杀一个人，只不过，这一次这个人是他自己。

徐缓缓跟着徐靖去了警局，从高临口中了解到了所有的情况：之前被言洛带走的那个叫宋娇的女孩今天早上出现在警局门口，交给了他们一段录像还有一份资料。

徐缓缓坐在电脑前看着这段录像，她看着右下角记录的时间，23:53。

言洛出现在了镜头前，这是一年多后徐缓缓第一次看到他，和之前几乎没什么变化，依旧是标志性的笑容，带着仿佛能控制一切的气场。

"缓缓，生日快乐，不过等你看到的时候，你生日已经过了。"言洛顿了一下，笑容不减，"我之前说过吧，如果有一天我觉得玩腻了就会结束这一切，现在我觉得到这个时候了，这场追逐的游戏慢慢变得无聊了，你知道我是喜欢刺激的人。"他说着对着镜头眨了下右眼，"我也问过你如果有一天在被你抓到之前我就死了，你会不会伤心？我知道你肯定不会为了我这个变态的杀人犯而伤心，不过还是希望你能记住，所以我特地选了在你生日之后的那一天，作为我的忌日。"

言洛眯起眼睛，慢慢勾起唇角，伸出舌尖舔了下嘴唇，即使到这个时候，他依旧是那个有着变态控制欲的人。

"啊，对了，还有一份东西要送给你，这些年来我杀过的所有人的信息都已经整理好了，你明天就可以看到了，作为迟到的生日礼物。缓缓，我和你之间的游戏，是你输了；但我和她之间的游戏，却是我输了。"

最后那句近乎低叹，旋即他又笑了，但却像是在自嘲。

徐缓缓意识到那个她指的是言洛的母亲，他果然找到了她。

言洛看了一眼手腕上的手表，此时已是23：59，再抬眼时，他收敛了笑容，声音低哑缓慢："生日快乐，缓缓，还有，再见了。"他目光深深地看着镜头，然后慢慢向后退了两步，在时间指向零点的那一刹那整个人向后倒去，坠入身后的黑暗之中。

徐缓缓平静地看完了他自杀的录像，沉默了五分钟。她的心情有些复杂，将近两年的时间，她一直想要抓住他，可现在他死了，自己结束了这个漫长的游戏，也终结了自己的生命。

那七分钟的录像时间，言洛说的每一句话、每一个字都没有撒谎，徐缓缓看着放在一边的那份名单，她扫了一眼，上面写了二十五个人的信息，第二十一到二十三个人是当年押送他的三名警察，第二十四个人是洪斌，最后一个人就是他自己。

他是一个连环杀人犯，最后杀的人便是他自己。

徐缓缓没有在上面看到他母亲的名字，所以言洛并没有杀她，或者她已经死了，或者就像他说的，他和她之间的游戏，是他输了。

一个月后，言洛的尸体还没有被找到，而徐缓缓循着言洛留下的线索找到了原本被判定为死亡的一个中年女人——言洛的母亲姜心安。当年她和情夫为了骗取财产而合谋演了这一场绑架案，然而在成功之后，她又狠心杀了情夫伪装成意外制造了这场完美的骗局。

在拿到赎金把言洛放走的时候，姜心安最后和他说了一句话："言洛，为妈妈报仇。"

徐缓缓走出审讯室，研究着那份名单上的受害者，她突然明白了言洛为何开始杀人。

从五年前开始到两年前，言洛陆续杀的二十个人都有一点或者几点的特征与当年"绑架"了他和他母亲的绑匪类似。言洛是在用这种极端的方式为他母亲报仇，他以这样扭曲的信念活了十多年，然后某一天突然发现事实和他以为的完全不同，他的这些犯罪瞬间变成了一场笑话。

姜心安用一场计谋，用一句话便彻底毁了言洛的一生。

徐缓缓回到家里，打开她的邮箱，清空了所有的邮件。

言洛从她的人生中彻底消失，她也永远不会知道那整整一百封邮件中隐藏着的一个男人对一个女人的爱语。

半年后。

蛋糕店内，顾清坐在窗口的位置，喝着咖啡欣赏着窗外的街景。听到脚步声，她扭头一看，秀眉顿时拧了起来，瞪大了眼睛，高雅的形象瞬间破功："徐缓缓，你点四块蛋糕干什么？这种高热量的食物我可只吃半块啊！"

徐缓缓在她对面坐了下来，看着四块精致诱人的蛋糕，心里格外幸福，抿嘴微笑着："那我吃两块半好了，还有一块打包回去吃。"

"两块半蛋糕？！"顾清看着那些奶油，心里估算着卡路里，整个人都有些不好了，她语重心长地道，"缓缓，你可是要准备办婚礼的人了。"

"婚礼要明年呢，还有……"徐缓缓抬起手捏了捏自己的脸，"我不胖啊。"她虽然吃得不少，不过并不是易胖的体质，虽然说不上瘦，但以她的身高，现在的体重绝对是标准的。

顾清无奈摇头，指了指她的腹部："你自己捏捏，你都有小肚子了。"

徐缓缓闻言低下头，用手捏了捏，是有点肉，可徐靖说她现在这样正好啊，软软的，很舒服。

顾清一看到她的表情便猜到，眯着眼睛道："你现在脑子里在想徐靖吧？"

被发现了，徐缓缓笑了笑，没有否认。

"他应该明天就回来了。"

刑侦队去 Y 市协助办理一桩大案子，已经去了五天，今天中午通电话的时候，徐靖说还有一些收尾工作，很快就能回来。

顾清甩甩手，很爽气地道："行了，我知道了，这两天我就不约你了。"

徐缓缓想了想："你约我吃饭还是可以的呀。"

顾清忍不住翻了个白眼："你就知道吃。"

"先生，您的蛋糕打包好了。"

"谢谢。"

男性低哑磁性的嗓音在徐缓缓的身后响起，略熟悉的声音让她不由得一愣，她急忙转过头看向柜台的位置。下一秒，她松了口气，那里站着一个三十出头的矮个男人，并不是她以为的那个人。

徐缓缓随即拍了拍自己的脸，真是的，自己在瞎想什么啊。

顾清顺着她的视线往那里看去，疑惑地问："怎么了？认识的人？"

徐缓缓摇了摇头："不是，搞错了。"她转瞬抛之脑后，拿起叉子挖了一块抹茶蛋糕放入嘴里。

太好吃了!

这天夜里十一点，从 Y 市飞往 S 市的航班才抵达，徐靖回到小区时已经过了十二点。他走进楼梯按了按钮，电梯门缓缓关上，电梯里的镜子照出了他略显疲倦的脸。电梯缓缓上升，他看着屏幕上向上跳动的数字，心里那种迫切的心情也随之增加，一周没有见，那种思念如此强烈。

电梯停在了十二楼，徐靖迈开步子走了出去，走到家门前，他用钥匙开了门，打开玄关的灯，果不其然看到了放在鞋柜上唯一的一双女鞋。

徐靖轻声轻脚地走到里面的卧室，房间里也是一片黑暗，他慢慢走到床边，把床头柜上的灯打开，并调到了最暗的亮度，终于看到了半张脸闷在被子里的徐缓缓。

床的旁边放着猫窝，慢慢窝在里面，和女主人一样熟睡着。

简单的洗漱之后，徐靖换上了家居服，让他整个人都褪下了在外的冷峻。他再度走到床边，然后打开了床头柜的抽屉，拿出了一个黑色丝绒的盒子，他轻轻掀开被子，在徐缓缓的身边躺下。

徐靖侧身看着她的睡颜，微张着嘴，可爱而美好。他打开盒子，取出了里面的戒指，轻轻拉起她的左手，将它戴在了她的无名指上，不大不小，正正好，就像她一样，填满了他心里所有的位置。

两手相贴，十指交缠。

"晚安，徐太太。"

23、
番外

1月初，S市迎来了全年最冷的时期，也是徐缓缓最不愿出门的时候，她天生怕冷，所以每次出门她都要套很多件衣服，还有帽子、围巾、口罩、手套，光穿好这些就要花费好久，她索性就不出门了，窝在家里吹着空调、写着小说、喝着热可可，别提有多舒服了。

今天自然也是一样，徐缓缓写完一章，合上电脑，伸了个懒腰，看时间徐靖快回来了。她正这么想着，手机就来了电话，她凑过去一看，竟然是徐靖打来的。

这个时候，难不成有案子？徐缓缓边想边接了起来："喂，徐靖。"

"缓缓，你现在下来吧，我在楼下。"

徐缓缓略惊讶："我们要出门？"

"嗯，今天晚饭在外面吃吧。"

"哦哦，那我马上下来。"虽然徐靖更喜欢自己做饭，不过他们一个月还是会有几次在外面吃饭，如果吃到了好吃的菜，徐靖就会回来研究之后再做给徐缓缓吃。

徐缓缓放下手机，穿戴齐全之后出了家门。到了楼下，还没走出去就看到了站在外面的徐靖，黑色羽绒服，浑身散发着禁欲清冷的气息。

她突然想到，她第一次见到徐靖的时候，他就穿着这件羽绒服，那次的记忆一下子涌了上来。

听到了徐缓缓的脚步声，徐靖偏头看着她，眼中的冷淡一瞬间融化，反而染上了温柔的笑。

徐缓缓慢吞吞地走到了徐靖身前，寒风一吹，她身体前倾，脑袋就埋进了他的怀里："好冷啊。"

徐靖抬起手将她的围巾围好，等到她抬起头站直身体，他便牵起她的左手，塞进了自己的口袋里："好点了吗？"

徐缓缓半张脸埋在围巾后面，小幅度地点头："嗯嗯！"

上了出租车，徐缓缓也没问去吃什么，到了目的地就跟着徐靖走，反正吃什么她都开心。

走着走着一抬头，她看到了商场屋顶上面的摩天轮，银白色的灯光，就像是一枚镶嵌在空中的钻石戒指一般耀眼。

徐缓缓惊讶得张开嘴："哎？摩天轮已经开始运营了吗？"

"嗯，今天是第一天。"

徐缓缓抬头看着他，对上他的眼神，她立马就猜到了："徐先生，我们不会是要去坐摩天轮吧？"

"徐太太，是的。"

"好棒！"徐缓缓难掩激动，一下子抱住了徐靖。之前摩天轮还在造的时候她和他提过一次，没想到他都记得，而且这是运营的第一天，想想都知道很难预约。

"一边吃晚饭一边坐摩天轮是我的梦想啊！"她之前只坐过一次摩天轮，是和闺蜜顾清一起，然而顾清恐高，死死抓着她的手号了三十分钟。

徐缓缓一直觉得和自己爱的人一起坐摩天轮是一件特别浪漫的事，再加上可以吃美食，简直完美。

徐靖发现徐缓缓两眼放光，便知道她是想到了美食。

摩天轮一共有三十个白色轿舱，徐靖和徐缓缓是第二十位，他们面对面坐了进去，点好的晚餐已经放在他们面前的餐桌上。

徐缓缓兴奋地看着窗外，S市最美的夜景之一在她面前一览无遗。

美景、美食……徐缓缓抿着嘴看着徐靖，还有眼前的美色。

徐缓缓咽下嘴里的食物，轻咳了一声，拿起一个干净的勺子放到自己的嘴前："徐先生，问你个问题。"

徐靖抬眼看她，目光柔和："什么问题？"

徐缓缓举起勺子道："你还记不记得一年前我们见面的那次，你在电梯里，明明看到我了，却没有等我一下。"

徐靖眨了下眼睛，点了下头。

"你之前和我说是因为懒得按按钮。"徐缓缓眯起眼睛，贼贼地笑着，"老实交代，不是因为这个原因吧。"她总觉得引发那一堆肌肉的理由很牵强，感觉徐靖不会冷漠到那个样子。

看着徐缓缓的表情，徐靖有些不自然地移开了视线，的确不是，那个理由是他那时候当场编的。

徐缓缓嘿嘿一笑，起身坐到了他边上，凑过去看他："果然不是吧。"

徐靖又将视线重新落在徐缓缓的脸上，他点了点头，承认了。

"那是什么原因啊？"她追问着。

"因为太突然。"徐靖眼神中带着浓浓的情愫，慢慢说给她听，"看到那个把自己裹成粽子的女孩和记忆里那个怕冷、爱发呆、不会撒谎、不会做数学题的女孩太像了。"

"哎？我？"徐缓缓没想到初中时那个没有存在感的学渣居然还能被他注意到。

徐靖浅笑："不然还能有谁？"

惊讶之后，徐缓缓嘴角抑制不住地上扬，声音里带着愉悦和甜蜜："徐先生，你从初中就暗恋我了吗？"

徐靖抿了抿嘴，看着眼眸里染着浓浓笑意的徐缓缓，轻叹最后化成了无尽的宠溺，他清冷的嗓音都带上了柔情："是的，徐太太。"

话音刚落，吻接踵而至，小小的空间里充盈着属于他们的幸福。

他们的轿舱在这一刻升到了最顶端，摩天轮的灯光变成了浪漫的粉色。

徐靖和徐缓缓吃完晚饭，离开了摩天轮，整个晚上，徐缓缓的嘴角就这么一直上扬着，眼里像是闪着星光。

走出商场时，徐缓缓惊喜地发现，下雪了。

S市今年的第一场雪。

徐缓缓伸出手脱掉了右手的手套，接住了一片片小雪花，她抬起头看着空中飘落的雪，然后发现徐靖的黑发上已经沾了不少的白色雪花。

突然想到了什么，徐缓缓摘下自己的帽子拿在手里，笑脸盈盈地看着徐靖："你说我们这样走回家，是不是就可以走到白头了？"

徐靖拉过她没戴手套的右手牢牢握在手里，徐徐笑道："是啊。"

"徐靖，回去吃冰激凌吧。"

"嗯？""下雪天，当然要吃冰激凌啦！"

"谁说的？"

"徐太太说的。"

扫一扫看更多图书番外，作者专访

【官方 QQ 群：555047509】

每周丰富多彩的群活动，好礼不停送！
作者编辑齐驾到，访谈八卦聊不停！

280/